隨著靈魂的流動與文字的風向，縱情航行。

Voyage

Na

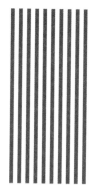

# 什麼都沒有

卡門・拉弗雷特——著
Carmen Laforet

李文進——譯

da

omnibook 博識出版

# 序

秘魯作家／二〇一〇年諾貝爾文學獎得主
——馬里歐・巴爾加斯・尤薩（Mario Vargas Llosa）

在一九五八年來到西班牙以前，我想我從沒讀過在伊比利半島上居住的任何一位當代西班牙作家寫的作品，因為那幾年，拉丁美洲普遍對西班牙有一種偏見，儘管不太正確：在「那裡」出版的任何東西都散發著一股氣味，聞起來像發霉，像教堂的聖器室，像佛朗哥主義的味道。因此我現在才知道安德蕾雅脆弱且令人窒息的故事；這個在小鎮長大的少女滿懷期待地來到一九四〇年代早期的巴塞隆納，在這透著灰白色的大城市裡攻讀文學。卡門・拉弗雷特以既高尚又冷冽的散文體敘述這個故事，在故事中，沒有明講的比明講的還重要，讓讀者在讀這部小說時，從頭到尾都沉浸在無法形容的痛苦中。一個少女被關在飢餓、半瘋癲、位於阿里保街的家裡，小說仔細解剖了這個人物，全書或許除了一處輕描淡寫提到內戰期間被燒掉的教堂外，連最細微的政治影射都找不到。然而，政治籠罩整個故事情節，就像一股不祥的沉默，就像吞噬一切、摧毀一切的癌症一樣蔓延開來：大學喪失了活力與新鮮空氣；資產階級家庭僵化，扭捏作態，內心腐敗；迷惘的年輕人在令人窒息的環境中，忍受厭煩、貧窮、偏見、恐懼、粗鄙、永無止境的困惑，不知道該做什麼，或該去哪裡尋求解脫。

靠著令人驚嘆的精湛技巧，以粗略的見聞錄和極簡略卻富表現力的筆觸為基礎，這部小說呈現出一幅龐然的陰鬱景象，那似乎是整個宇宙共謀的結果，讓安德蕾雅感到挫敗，並且讓她還有周遭幾乎每一個人都遠離了快樂。

在《什麼都沒有》的世界裡——Nada，一個無法超越的標題，道盡了小說和故事情節發生的城市的一切事物——只有富人和窮人，而且和第三世界國家沒兩樣，中產階級是一片既薄弱又萎縮的膜，並且，就像安德蕾雅的家庭狀況一樣，有一半已陷入粗俗的大雜燴裡，工人、乞丐、流浪漢、失業者、社會邊緣人都在此混雜，那是個令中產階級恐懼的世界，中產階級則企圖藉由粗暴的偏見以及精神錯亂的幻想抵禦那樣的世界。小說人物活在小到有如幼蟲一般的小小世界裡，在那之外什麼都不存在；就連安德蕾雅偶爾造訪的那個波希米亞的小天地——由年輕的畫家們在城市舊區裡開創出來，這些人嚮往叛逆、玩世不恭與摩登，但他們不知道要如何達到——也是眼界狹窄，像個可笑的模仿品。

然而，最重要的是在愛與性這兩方面，《什麼都沒有》中的人物似乎都脫離現實，活在一個神祕的銀河系裡，慾望似乎不存在，或者是被壓抑，被引導到補償性的活動中。如果小說世界幾乎在生活各方面都表現出拘謹到泯滅人性的道德觀，讓男女疏離，讓他們的關係貧瘠，那麼正是在性的方面，扭曲的程度達到了不可置信的程度，而在許多的情況下，性無疑是書中人物的精神病、痛苦、焦慮、生命騷動的潛在原因，幾乎所有人物都是這些症狀的受害者，就連安德蕾雅羨慕又嫉妒的好友，活潑又自由奔放的艾娜也是。

卡門．拉弗雷特在創作她的第一部小說時，還是一位二十幾歲的少女。她有想過在這部小說裡，她堅定又清楚地描繪出一個缺乏自由，並在審查制度、偏見、虛偽和隔離之下飽受蹂躪的社會嗎？她料想得到在她深刻創作的故事中，那位在被奪走初吻時感到氣憤的天真少女安德蕾雅，是個英勇而不顧一切地反抗壓迫的範例嗎？或許沒有，或許這一切就像經常出現在傑出小說中的情形一樣，是直覺、靈感和忠於內心的結果，她以這些條件試圖透過寫作捕捉一個捉摸不定又危險的真相，那只能用虛構的迷宮和象徵符號表現出來。她成功做到這一點，因此她絕美、駭人的小說出版了半個世紀之後，依舊充滿了生命力。

# 導讀

國立政治大學歐洲語文學系西班牙文組教授
楊瓊瑩

多年前，我在美國念博士班時曾修習西班牙女性文學的課程，卡門．拉弗雷特（Carmen Laforet）的成名之作《什麼都沒有》（*Nada*）是文學課程必讀的作品之一，也是我個人相當鍾愛的小說。值得欣喜的是，多年後在台灣即將出版該作品的中文繁體譯本（李文進譯著），無疑地，將是本年度西語文學翻譯市場及學界的一大盛事。

卡門．拉弗雷特於一九二一年出生於西班牙巴塞隆納，在她兩歲時隨著家人遷移到加納利群島的帕爾馬斯（Las Palmas）居住，直到十八歲，她才返回巴塞隆納讀大學。在一九四四年，拉弗雷特的第一部小說《什麼都沒有》贏得了西班牙首屆納達爾（Nadal）* 的文學首獎，當時在西國文壇造成轟動。小說於一九四五年正式出版。《什麼都沒有》引發文壇的注目，不僅因為拉弗雷特年僅二十三歲奪獎，也由於拉弗雷特以樸實的筆法描寫西班牙戰後的社會概況，當時正值佛朗哥獨裁執政，社會上充斥暴力、壓制、貧窮等問題。拉弗雷特的文學創作產量不算豐富，其類型卻相當多元，但由於她一生行事低調，在西國文壇沉寂多年，直到她二〇〇四年過世後，西語學界及歐美文壇才陸續編纂及研究拉弗雷特的作品。拉弗雷特除了經典之作《什麼都沒有》，也書寫了《島與魔鬼》（*La isla y los demonios*, 1952）、《新女性》（*La mujer nueva*, 1955）、《中暑》（*La insolación*, 1963）等膾炙人口的長篇小說，《回到角落》（*Al volver la esquina*, 2004）則是作家去世後同年出版的作品。

《什麼都沒有》是一部以倒敘、自傳體的形式，描寫女主角安德蕾雅（Andrea）在西班牙內戰結束後離開鄉下獨自前往巴塞隆納念大學，寄居在親戚家所發生的日常生活點滴及人生經歷的感人故事。當安德蕾雅深夜抵達外祖母位於阿里保街（la calle de Aribau）的老舊公寓，她馬上對公寓的黑暗、骯髒、凌亂之景象感到驚恐，對於昔日充滿兒時美好回憶的夏日住所產生的幻想，已全然破滅。公寓裡不僅住著年邁的外祖母，還住著嚴苛的安古斯蒂雅斯（Angustias）姨媽、生性浪漫多情的大舅羅曼（Román）、性情衝動且具暴力傾向的小舅胡安（Juan）、經常遭受家暴威脅的小舅媽葛洛莉雅（Gloria）及僕人安東尼雅（Antonia）。在這個充滿貧窮、晦暗、暴力及仇視的環境裡，安德蕾雅深刻感受到親戚之間的關係愈加緊繃。安德蕾雅彷彿是二十世紀版的愛麗絲（Alice），跌落於充滿孤寂與疏離的危險「奇境」（Wonderland），無法預知居所發生的家庭劇碼。安德蕾雅時時受到安古斯蒂雅斯姨媽的監視及壓迫，天真地以為隨著姨媽的離去，她將搬進寬敞的房間，也將擁有個人的空間，殊不知一切未改善，反而是個人受到更多監控的開始。另一方面，安德蕾雅在大學認識來自富裕家庭的艾娜（Ena），她日後成為安德蕾雅的親密好友且在其人生旅程上扮演重要的角色。小說在接近結尾時爆發大舅羅曼的離奇自殺，家人間的衝突與愧疚，艾娜放下對羅曼的復仇而選擇離開巴塞隆納。小說最後以安德蕾雅接受艾娜的父親所提供的工作職缺，逃離充滿夢魘的巴塞隆納作為結束，女主角將搬到馬德里，展開真正獨立及自主的新生活。

小說裡的人物角色相當多元，來自不同的社會階層及家庭素養，是西班牙內戰後巴塞隆納的社會縮

＊納達爾（Nadal）是西班牙的文學大獎之一，由出版界龍頭 Planeta 旗下的 Ediciones Destino 每年頒發。自一九四四年以來，每年的一月六日授予該獎項，已經造就許多文壇優秀的作家。

影。整體而言，拉弗雷特對於女性人物有較細膩的描繪，也賦予她們主導故事發展的重要角色；作家對於男性人物著墨較少，他們則經常扮演陪襯的角色。

安德蕾雅是《什麼都沒有》的女主角及主要敘事者，整部小說以安德蕾雅的視角來觀察及描述周遭的人物及事件，儘管如此，她卻始終不是小說的焦點人物，連拉弗雷特也鮮少描繪安德蕾雅的外觀。安德蕾雅的雙親在內戰期間相繼過世，她淪為孤兒，必須寄養在親戚家及倚賴政府的獎助金完成學業。她天資聰穎又生性純真，具有個人獨到的判斷力，面對阿里保街的暴力親戚及艾娜的上流社會朋友，她憑著智慧並帶著尊嚴，試圖追尋屬於自我的空間。與安德蕾雅相比，艾娜自幼受到雙親的寵愛，尤其是母親近乎崇拜偶像的關注，塑造了自信與叛逆的個性。對於安德蕾雅，艾娜著迷於她的差異性而願意成為摯友。透過艾娜的引導，安德蕾雅逐漸認識巴塞隆納充滿自由及文化氣息的都會空間。然而，安德蕾雅日後發現艾娜的母親昔日曾瘋狂地迷戀大舅羅曼而遭受羞辱，艾娜的友誼似乎成為報復羅曼的工具，也使安德蕾雅一度陷入痛苦的深淵。

由於內戰爆發，安德蕾雅在阿里保街的親戚由富裕的資產階級淪為暴徒，然而，女性人物在外祖母的住所扮演顯著的角色。安德蕾雅的外祖母生性寬厚，像鬼魂般在老舊的住所中走動，當子女用剃刀與手槍互相威脅時，她不斷向聖母瑪利亞祈禱。安古斯蒂雅斯性格乖戾，不輕易與他人妥協，是十足的宗教狂熱分子，視「教化」外甥女安德蕾雅為自身的首要任務。小舅媽葛洛莉雅是勞工階級的美人，經常遭受丈夫胡安的毆打，是典型的家暴受害者，但在危急時刻，始終守護自己的家人。羅曼是小說男性角色裡占有最大篇幅的人物，也是阿里保街的家庭核心成員。他原先是一位才華洋溢的音樂家，具有魔鬼般的氣息，掌控家中的空間氛圍。羅曼帶有憂鬱及邪惡的謎樣個性，隨著艾娜顯露曖昧情愫與他交往、展開為母復仇計畫，逐漸使他淪落為失去理智的愛情失敗者，加上從事非法交易，最後用自己的手結束他悲劇性的一生。安德蕾雅的另一位舅舅胡安，雖然熱愛繪畫，但缺乏藝術天分，經常毆打妻子葛洛莉雅，是典型的家暴者。在羅曼自殺後，胡安近乎瘋狂，象徵戰後對人生缺乏希望與無助的沒落中產階級。

空間在《什麼都沒有》扮演重要的角色，彷彿是真正的主角。小說主要情節發生在巴塞隆納，由於城市空間廣闊，真正深刻捕捉女主角安德蕾雅的人生經歷是在阿里保街的老舊公寓。它是安德蕾雅抵達城市的起點，卻也由此處女主角逃離巴塞隆納。阿里保街的公寓是封閉的空間，外觀老舊、光線昏暗、內部骯髒與雜亂無章，象徵充滿壓迫、暴力、缺乏希望、停滯與貧窮氣息的空間。安德蕾雅初抵公寓，感覺像一場惡夢，意味著未來即將面對更多的苦楚及壓抑：「一盞微弱的燈照亮眼前出現的門廳，燈泡安在天花板上的大燈座的其中一個燈臂上，骯髒、沾滿蜘蛛網。黑暗的背景裡，傢俱放得亂七八糟，好像搬家時才會出現的場景。」（頁19）該公寓的蕭條景象，也影射因內戰之故，安德蕾雅的親戚之沒落與貧窮。我們讀到，公寓令人窒息，浴室沒有熱水，像極了「巫婆的房子」。黑黑髒髒的牆壁上，留下手指抓過，還有絕望慘叫的痕跡。到處可見牆壁油漆剝落，它們像是張開沒有牙齒的嘴巴，散發出溼氣」（頁23）。

相對於阿里保街的老舊公寓所呈現的封閉、壓抑的空間，透過安德蕾雅的視角，作者拉弗雷特不忘勾勒巴塞隆納的重要建築物、景點、地標或特定的街道，再現了城市公共空間所象徵的自由、友誼、開放、文化、社會階層、自我追尋等深刻的意涵。關於代表文化空間的大學，拉弗雷特並未做任何詳細的描繪，但它卻是女主角結交朋友、拓展自我空間的重要地點。安德蕾雅前往好友艾娜位於拉耶達納街（Vía Layetana）的家，參加菁英分子的文藝聚會，感受到周遭環境所散發的自由與浪漫的氣息。安德蕾雅在彭斯（Pons）的陪伴下，走訪海上聖母教堂（Santa María del Mar），對於加泰隆尼亞哥德式建築的雄偉感到驚奇。之後，安德蕾雅受邀參加彭斯的家庭舞會，置身於彭斯位於孟塔內爾街（Muntaner）的豪宅，她深深體認到自己僅是渺小、無依的觀察者，無法逾越上流社會的藩籬。

《什麼都沒有》是一部刻畫年輕女性成長的小說，堪稱西班牙版的《麥田捕手》（*The Catcher in the Rye*），主要探討存在的危機及年輕人追尋身分認同等議題。小說的原文標題「Nada」在西班牙文的意思是「什麼都沒有」，其出版的年代正值存在主義的盛行期，因此，也算是屬於存在主義的小說作品。讀者閱讀安德蕾雅在巴塞隆納居住一年的青澀經驗，不僅感受到西班牙內戰後的貧窮、停滯、人生無望，也逐漸認同女主角如何在逆境中尋覓自我的方向。

# 什麼都沒有

Nada

致我的好友

琳卡·巴貝卡·德·波雷爾（Linka Babecka de Borell）

以及畫家

培德·波雷爾（Pedro Borell）

《無》（片段）

有時，它是一種苦澀，
一種臭氣，一種幻影，
一種不和諧的聲音，
一種不情願的觸及。
它像不變的現實，
我們都可以感知，
而我們竟以為那是
毋庸置疑的真理……

J.R.J. 01

# 第一部分

# 1

我在買票的最後一刻遇到了困難，所以沒搭上原本跟他們說好的那班列車。半夜到了巴塞隆納，沒人來接我。

那是我第一次一個人旅行，但是我不害怕，反而感覺那個晚上很自在，就像做了一趟愉悅又刺激的冒險。在長時間、令人疲憊的旅行後，我的血液開始在僵硬的小腿裡流動。我帶著驚喜，微笑地望著巨大的法蘭西火車站，看著一群又一群等待特快車的人們，同時觀察我們這班誤點三小時才抵達的列車的乘客。

特殊的氣味、吵雜的說話聲、總是昏暗的燈光，對我來說都十分有吸引力，因為終於抵達夢想中充滿未知的大城市，可以享受它的美好，我為此沉醉。

我開始跟隨扛著行李的人群湧向出口，就像潮流中的一顆水滴。我的行李又大又笨重，裡面裝了幾乎滿滿的書，但是我憑著旺盛的精力和殷切期盼，獨自扛著它前進。

一陣濃郁、清新的海風，混合著這座城市最初給我的模糊感受，進入了我的胸口：沉寂的房子，密密麻麻的建築，陶醉在寂寞當中、有如哨兵的街燈。急促的喘息，跟著清晨窸窣的吵雜聲傳到我的耳邊。很近，就在我背後，與通往伯恩區的神祕小巷子相對望，那裡就是讓我內心激動的大海。

我滿臉笑容，配上一件舊風衣，看起來怪透了。風衣在微風吹撫下，拍打我的雙腿，拒絕了我不信任的殷勤「搬運工」[02]接近我的行李。

我記得在幾分鐘後，所有人不是跑著搭上僅有的幾部計程車，就是爭先恐後地擠上輕軌電車，只剩我孤零零地站在寬敞的人行道上。

一輛在戰後重新出現的舊式馬車停在我面前，我毫不猶豫地跳上了車，讓一位緊追在後、失望地揮著帽子的先生羨慕不已。

那天晚上，我搭著快解體的舊馬車暢遊空無一人的寬敞大馬路，穿越隨時燈火通明的市中心，就像內心渴望的那樣，我體驗了一段感覺短暫，但是對我來說卻充滿了美麗意象的旅程。

車子在大學[03]廣場繞了一圈。我記得美麗的建築感動了我，似乎慎重地問候我，歡迎我的到來。

我們沿著我親戚住的阿里保街前進。十月蒼綠的法國梧桐樹，伴隨著熄燈的陽台後面，上千名沉睡者的喘息聲，更顯街道的寧靜。車輪揚起的噪音在我腦海中徘徊。突然，我感覺車子發出嘎吱聲，搖晃，接著停住不動。

「到了，」車伕說。

我抬頭望著眼前的房子。一排又一排的陽台看起來都一樣，外面鑲著黑色的鐵條，死守著住戶們的祕密。我看了看，無法預測之後我會從哪幾個陽台探出頭來。我伸出微微顫抖的手，拿了一些零錢給警衛。當他在我身後關上門，鐵條和玻璃撞擊發出巨大的聲響後，我開始扛著行李，非常緩慢地往樓梯上爬。

一切都開始和我想像的不一樣。一盞燈照著狹窄、斑駁的馬賽克拼貼階梯，這個場景不曾存在我的記憶裡。

到了公寓門口，我突然害怕了起來，不敢叫醒門裡面的人。他們雖然都是我的親戚，但是我跟他們不太熟，所以猶豫了一下才小心翼翼地按下電鈴。沒人回應。我心跳加速，再按了一下電鈴。我聽到一個顫抖的聲音：

「來了！來了！」

拖曳的腳步聲，笨拙的雙手鬆開了門閂。

然後一切感覺就像一場惡夢。

一盞微弱的燈照亮眼前出現的門廳，燈泡安在天花板上的大燈座的其中一個燈臂上，骯髒、沾滿蜘蛛網。黑暗的背景裡，傢俱放得亂七八糟，好像搬家時才會出現的場景。在光影交錯中，我首先看見一位穿著連身睡衣、披著披肩、身形矮小的老太婆。心想，我按錯電鈴了。但是，當那位苦瓜臉的老人露出慈祥的微笑時，我很肯定她就是外婆。

「葛洛莉雅，是你嗎？」她輕輕地說了一句。

我開不了口，只是搖搖頭，但是在黑暗中她看不見我。

「進來，進來，孩子！你在那裡幹嘛？天啊！希望安古斯蒂雅斯沒有發現你這個時候才回來！」

我驚訝地拖著行李，關上背後的大門。這時候，可憐的老婆婆開始沒頭沒腦地喃喃自語。

「外婆，你不認得我了？我是安德蕾雅。」

「安德蕾雅？」

她晃來晃去，絞盡腦汁回想。真是可悲啊！

「對啊，外婆！你的孫女……我早上沒有在預定的時間抵達。」

老婆婆持續在狀況外。這時候，門廳的一道門後出現了一位又高又瘦、穿著睡衣的男子，過來處理現場的窘境。他是我的舅舅，胡安。他滿臉凹洞，就像在孤懸的燈泡照射下出現的一顆骷髏頭。

當他輕輕拍了我的肩膀幾下，叫我一聲外甥女後，外婆明亮的雙眼立刻充滿淚水。她張開雙手，抱著我的脖子，反覆地說：「小可憐啊！」

整個場景中存在著某種焦慮。屋裡的熱氣令人窒息，彷彿空氣不流通，發出了腐敗的味道。我抬起頭，看見幾個像女鬼一般的人影出現在我的眼前。我隱約看見其中一位，幾乎讓我起了雞皮疙瘩。她穿著像睡衣的黑色連身裙，全身上下看起來邋遢、可怕，對我微笑時，甚至露出泛著綠色牙垢的牙齒。一隻哈欠連連的黑狗跟在她的後面，就好像她的喪服延伸出去的裙襬。我後來知道她是傭人，但是在我印象裡，從沒看過比她更不討喜的人。

在胡安舅舅身後，出現了一位又瘦又乾的年輕女子，她略帶紅色的凌亂頭髮遮掩了她白皙、尖瘦的臉，她身上披著皺巴巴的床單，讓她整個人看起來更加悲傷。

我感覺外婆的頭還靠在我的肩上，手臂仍勒著我。所有人的影子都讓我覺得又長又陰鬱。細長、寧靜、悲傷，就像鄉下守靈時的燈照出來的模樣。

「好啦，可以了！媽，可以了！」一個乾澀、不耐煩的聲音說。

此時我發現還有另一個女人在我背後。我感覺她一隻手搭在我的肩上，另一隻手托住我的下巴。我雖然高，但是安古斯蒂雅斯姨媽的個子比我還高，她逼我這樣看著她。她的表情不屑，灰白的頭髮及肩，幽暗、狹長的臉上顯露出一種特殊的美。

「你今天早上放了我一個大鴿子啊，孩子！……我哪裡想得到你清晨才到？」

她放開我的下巴，穿著一身白色的睡衣和藍色罩袍，站在我面前。

「天啊，天啊，這不對勁！一個女孩子，單獨這樣……」

我聽到胡安碎念：

「這都要怪安古斯蒂雅斯這個老巫婆，打亂了這一切！」

安古斯蒂雅斯假裝沒聽見。

「好吧，你應該也累了。」接著，她對著穿了一身黑的女人說：「安東尼雅，幫小姐準備好一張床。」

當下，我不只是累，還覺得全身髒兮兮。那些人在堆滿東西、昏暗的空間裡走動，看著我，讓我原本已經忘記的旅途上的悶熱和煤灰，似乎又全部朝我這裡撲過來。除此之外，我迫切渴望呼吸一下新鮮空氣。

我發現那個披頭散髮的女人笑笑地看著我，但因為沒有睡飽，所以她的神情看起來呆滯。她帶著同樣的笑容看著我的行李箱，逼得我不得不往那個方向看。我的旅伴[04]孤零零地倒在我身旁，土裡土氣的樣子讓我有點心疼：棕褐色的外表，繫著繩子，成了那個奇怪聚會的焦點。

胡安靠近我說：

「安德蕾雅，你不認識我老婆嗎？」

接著，他推了一下那頭髮凌亂的女人的肩膀。

「我叫葛洛莉雅，」她說。

我發現外婆用殷切的眼神看著我們。

「欸，欸！你們握什麼手啊！要抱在一起，親愛的，像這樣，這樣！」

葛洛莉雅在我耳邊悄悄地說：

「你害怕嗎？」

當時我是有那麼一點害怕，因為我發現胡安撐起了臉頰，露出緊張的怪表情，勉強做出微笑的樣子。

女暴君安古斯蒂雅斯姨媽回來了。

「走吧，去睡覺，很晚了。」

「我想洗個澡，」我說。

「什麼？你說大聲一點！洗澡？」

安古斯蒂雅斯和其他人都瞪大了眼，驚訝地看著我。

「這裡沒有熱水，」安古斯蒂雅斯最後開口說。

「沒關係。」

「這個時候你還敢沖澡？」

「是啊！」我回答。「我敢。」

冷水淋在身上真是舒服！能離開那些怪人的視線，好自在啊！我想那間浴室應該從來沒被用過。整個房子的燈都泛著綠光，真的好憂傷！在洗手台上斑駁的鏡子裡，反射出布滿蜘蛛網的低矮天花板，也呈現出我的身體在發亮的細細水流之間，踮著腳，站在有汙垢的陶瓷浴缸裡，盡量避免碰到骯髒牆壁的模樣。

那個浴室就像是巫婆的房子。黑黑髒髒的牆壁上，留下手指抓過，還有絕望慘叫的痕跡。到處可見牆壁油漆剝落，它們像是張開沒有牙齒的嘴巴，散發出溼氣。一幅陰森的靜物畫裡出現了蒼白的海鯛和洋蔥，襯著黑色的背景。家裡因為沒有多餘的空間可以存放，只好把這幅畫掛在浴室鏡子的上方。變形的水龍頭發出有如瘋子的笑聲。

我像醉漢一樣，開始看見奇怪的幻影。我猛然關掉水龍頭，沖澡這具有護身作用的透明魔法也消失了，然後我獨自又回到被髒東西包圍的世界。

我不知道那天晚上我是怎麼睡著的。在他們為我安排的房間裡，有一台沒有闔上鍵盤蓋子的大鋼琴，牆上掛著許多富饒之角[05]，有些還不便宜。另外，還有一張中國式的書桌、幾幅畫、凌亂的傢俱，真像一座廢棄宮殿裡的閣樓。據我了解，那裡就是這屋子的客廳。

客廳中間擺了一張沙發床，上面罩著一塊黑色毯子，那裡是我睡覺的地方。床的周圍擺了兩排少了內裡的沙發，像極了墓室，旁邊圍繞著悲痛的家屬。他們還因為天花板上的大燈沒有燈泡，在鋼琴上點了一支蠟燭。

安古斯蒂雅斯跟我道別時，在我額頭上畫了一個十字。外婆則溫馨地擁抱我，讓我感覺到她的心撲通撲通地跳，有如一隻小動物拍打著我的胸口。

「孩子，如果你被嚇醒了，就叫我，」她用微弱、顫抖的聲音說。

接著，神祕兮兮地在我耳邊說：

「我從來不睡覺的，孩子。我晚上在家裡都一直有事情可以做，永遠，永遠都不會睡的喔！」

最後她們都走了，留下我和傢俱的影子獨處。在燭光的照射下，傢俱的影子放大，搖晃，好像有了生命。屋子裡隨處可聞到的怪味道，變得更加明顯了。那是貓的屎尿味。我感覺自己就要窒息，於是我冒險爬上一張沙發的椅背，打開充滿灰塵的天鵝絨窗簾之間的一扇門。在椅背的輔助下，我辦到了。我發現客廳和一整排對外的陽台相通，這種設計讓巴塞隆納的房子內部有足夠的照明。柔和的黑色天空中，三顆星星閃爍著。望著它們，就像巧遇多年不見的老朋友，頓時之間，我好想哭。

在一團混亂的思緒中，閃爍的星光使我想起我對巴塞隆納的一切憧憬，甚至是在進到這個住滿怪人和鬼傢俱的地方之前的感受。我害怕躺在那個有如棺材的床上。我相信只要蠟燭熄掉，就會有說不上來的恐懼讓我不停地發抖。

# 2

天亮時，床上的毯子掉在地上。我覺得冷，所以把它們撿起來蓋在身上。

早班的輕軌電車開始在城市裡穿梭，雖然房子的隔絕減弱了電車的叮叮聲，但其中一班電車發出的聲響仍傳到我的耳邊，就和我七歲那一年夏天，也就是我最後一次拜訪外公、外婆時的景象一樣。我回憶中的巴塞隆納突然模模糊糊地湧現，但又如此地真實、清晰，就像剛摘下的水果飄散出的香味一樣：早班電車發出聲響時，安古斯蒂雅斯姨媽從我睡的簡便小床前走過，關上大量陽光照進來的百葉窗。或是在夜裡我熱到睡不著，喧譁聲沿著阿里保街爬坡上來，而微風從敞開的陽台外帶來沾染灰塵的綠色梧桐樹樹枝的氣味。巴塞隆納到處是寬敞、淋得濕答答的人行道，人群在咖啡廳喝著冷飲……其他的一切，明亮的大型商店、汽車、喧鬧，甚至前一天從火車站搭車回來的經驗（讓我對這城市又多了一份認識），全都成了刻意建構出來、缺少生命力又虛偽的事物，就好像因為過度加工、刻畫而失去原本的新鮮感的事物。

還沒睜開眼，我就再次感受到一股幸福的暖流。我在巴塞隆納。我做過太多關於這情境的夢，好讓我在聽到這個城市跟我說第一句話時，我不會認為那是一種奇蹟，而是像我的身體，像粗毛毯摩擦我的臉頰一樣，是如假包換的真實。我好像做了惡夢，但現在我可以在快樂中喘口氣。

一睜開眼，我看見外婆正盯著我看。但是，出現在我眼前的不是前一天晚上又矮小又憔悴的老太婆，而是一位鵝蛋臉的女人，她頭上戴著上個世紀流行的帽子，臉上罩著細薄紗，露出溫柔的微笑，身上的藍色絲質連身裙閃著微微的光芒。在她身旁陰影處是我外公。他很帥氣，留著濃密、栗色的落腮鬍，藍色的眼珠上方是挺拔的眉毛。

我從沒見過他們那樣在一起的情景，我很想知道在這幾幅畫上署名的畫家到底是誰。五十年前，當外公和外婆來到巴塞隆納時，他們兩個就是這個模樣。他們的戀愛故事曲折漫長，很難交代得清楚，我已經不太記得是怎麼一回事……或許跟失去一大筆錢財有關。但是，在那個時候大家都很樂觀，他們兩人也很相愛。他們是最先住進正在發展的阿里保街的屋主，當時還有很多空地，或許土地的味道讓外婆回想起其他地方的某個花園。我想像她穿著那套藍色連身裙，戴著那頂優雅的帽子，第一次進入這間空無一人，仍散發油漆味的公寓。「我想住在這裡，」她隔著玻璃望見外面的空地，內心大概這麼想著，「這裡好像郊區，真是安靜！還有這個房子，是這麼乾淨、這麼新……」那是因為他們來巴塞隆納抱持著跟我截然不同的想法。他們想要安頓，想要穩定、規律的工作。這座城市是他們的避風港，但對我來說，這裡是我生命展開巨大變化的跳板。

那間公寓有八個陽台，各個掛滿了窗簾，有紗、有天鵝絨、有蝴蝶結，大衣箱裡塞滿了某些滿值錢的小東西。古董鐘在這個家裡仍在運作，還有一台鋼琴（我怎麼會忘記它呢？），在黃昏時散發著懶洋洋的古巴風情。

雖然外公和外婆不年輕，但他們有很多孩子，就像小說裡的情節。此時，阿里保街持續蓬勃發展。許多和這棟建築一樣高，甚至更高的房子在此形成了一大片密集街區。行道樹的枝條逐漸茁壯，第一班輕軌電車的到來，為此街道增添了幾分特色。建築漸漸變舊，它被翻修過好幾次，裡頭的屋主和管理員也多次替換，但是外公和外婆就像不變的傳統一樣，一直住在那裡的二樓。

當我還是唯一的小孫女時，我在那裡度過最快樂的童年時光。那個家已經不再平靜，它被困在市中心。光、噪音、騷動，衝破了那些掛著天鵝絨窗簾的陽台，屋裡同樣人滿為患。但是我很喜歡那樣的喧囂。每個舅舅都買糖給我，而且我還會因為捉弄人而得到他們的獎勵。外公和外婆雖然頭髮灰白，但是身體還很硬朗，會用微笑來回應我的一舉一動。這一切怎麼會變得如此遙遠？

面對那裡一切的改變，我有一種不確定的感覺，想到我必須面對前一天晚上和我交談的人時，這種感覺又變得更加沉重了。「他們人怎麼樣？」我思索著。我就在那裡，躺在床上，翻來覆去，不敢去面對他們。

在白天的光線照射下，房間裡恐怖的感覺不見了，但是凌亂、嚇人、完全沒有整理的樣子還是沒有消失。外公、外婆的相片沒有相框，歪七扭八地掛在貼著深色壁紙且受潮的牆上，幾乎要被太陽光給照到。

我開心地設想他們兩人在幾年前就已經過世。一想到那個臉上罩著細紗的少婦和來幫我開門、我幾乎認不得的小號木乃伊沒有任何的關聯，我就樂得不得了。可是，事實上外婆還活著，儘管可悲，但她就生活在那一大片長年累月堆在家裡的廢物當中。

三年前，外公過世了，家人決定留下一半的公寓。負責封死連通門的工人就像倒垃圾一樣，毫無次序地將舊的小東西和多餘的傢俱一個又一個地堆進家裡。現在房子混亂的狀態，就是當初工人臨時擺放的樣子。

在前一天晚上攀爬的椅子上，我看見一隻毛髮凌亂的貓在太陽底下舔著自己的腳。牠看起來跟周遭的事物沒什麼兩樣，死氣沉沉。牠睜大了眼睛，似乎有人性地盯著我看，就像一副閃亮綠色鏡片的眼鏡，放在灰白鬍子的嘴巴上面。我揉一揉眼皮，再看著牠。牠拱起背，脊椎的樣子暴露出牠削瘦的體型，這不禁讓我聯想，牠和屋裡的每個人都一樣，有一股特殊的家族氣息。因為長期挨餓、缺乏陽光，也可能是牠在思考的關係，所以樣子怪裡怪氣的，而且似乎快掛點了。我對牠微笑，開始換裝。

打開房門，我進到所有房間都通向的門廳，那裡又暗又擠。對面是飯廳，還有一個明亮的陽台。走去飯廳的途中，我踢到一根光溜溜的骨頭，它的肉肯定被狗啃了。那裡沒人，只有一隻喃喃自語、像是在笑的鸚鵡。我總認為這種動物是瘋子，牠們會冷不防地發出恐怖的尖叫聲。那裡還有一張大桌子，上面扔了一個用完的糖罐。一張椅子上擺著一個褪色的橡皮洋娃娃。

我餓了，但是所有可以吃的東西都被畫在掛滿四面牆的靜物畫裡，我看著它們，此時安古斯蒂雅斯姨媽呼喚我。

姨媽的房間和飯廳相通，還有一個面著街道的陽台。她背對著我，坐在小書桌前面。我驚訝地停下來，看著她的房間，因為那裡又乾淨又整齊，好像是屋子裡的另一個世界。裡面有一個帶鏡子的衣櫃，還有一個大的十架苦像[06]，擋住與門廳相通的內門。在床頭旁邊有部電話。

姨媽轉頭，得意地看著我驚訝的表情。

我們彼此沉默了一會，我才從門的這一頭露出友善的微笑。

「過來，安德蕾雅，」她對著我說。「你坐。」

我發現，在白天的光線照射下，安古斯蒂雅斯似乎豐腴了不少，而且綠色的罩袍底下也多了一點分量和身材曲線。我一邊竊笑一邊想著，在第一印象裡，我的想像力跟我開玩笑也開得太過頭了。

「孩子，我不知道他們是怎麼教你的……」

（從一開始安古斯蒂雅斯就滔滔不絕地講，好像準備好要來個長篇大論。）

我開口要回答，但是她用手指做了一個動作，打斷了我。

「我知道你在修女學校讀了一陣子的高中，而且幾乎整個戰爭期間，你都待在那裡。我對這部分很有信心。但……你爸那邊的家人總是奇奇怪怪的，你跟堂姊一起在鄉下生活的那兩年，情況是怎樣呢？安德蕾雅，我不否認我昨天一整晚都在擔心你，想著……他們交到我手上的這個任務真的很難。要照顧你，要讓你聽話……我辦得到嗎？我想可以，就看你配不配合了。」

她不讓我有開口的機會。我不知所措，只好默默地聽她說，但是不太懂她的意思。

「孩子啊！城市就是地獄。在整個西班牙，沒有比巴塞隆納更像地獄的城市了……我昨晚擔心你自己從車站過來，你是有可能出事的。住在這裡的人都是一群一群的，一群人在暗中觀察另一群人。做事再怎麼小心謹慎都不為過，因為魔鬼總是以誘人的模樣出現。一個女孩子在巴塞隆納要懂得保護自己。你有聽懂嗎？」

「沒有，姨媽。」

安古斯蒂雅斯看著我。

「你不怎麼聰明嘛，親愛的。」

我們又不說話了。

「我換個方式來跟你說。你是我的外甥女，所以你是出生好人家、端莊的女孩子，你是天真無邪的天主教徒。要是我不幫你留意所有的事，你在巴塞隆納會遇到一大堆危險。因此，我要告訴你，沒有我的允許，你別想踏出家門一步。現在你懂了嗎？」

「懂。」

「好，那我們換個話題。你來這裡幹嘛？」

我快速地回答：

「來讀書。」

（聽到這個問題，我整個人在內心顫抖。）

「來讀文學，是嗎？……沒錯，我已經收到你堂姊伊莎貝爾寄來的信。好，我不反對，但只要你知道，這一切都是你欠我們，欠你媽的親戚。要感謝我們的施捨，你將來才能完成你的願望。」

「不曉得你知不知道……」

「我知道！你每個月有一筆兩百比塞塔[07]的津貼，但是現在根本就不夠你半個月生活……你沒有大學的獎學金嗎？」

「沒有，但是我免繳註冊費。」

「那是因為你是孤兒，又不是靠你自己得來的。」

當安古斯蒂雅斯無預期地重開一個話題時，我又被搞糊塗了。

「我要提醒你幾件事。要不是我不忍心說我兄弟的壞話，我會直接跟你說，在戰爭過後，他們都變得有點神經病……孩子呀，他們兩個都受了不少苦，而我的內心也跟著他們煎熬……他們不懂得感激我，我原諒他們，我還替他們祈求上帝。但是，我必須把你看好……」

她講話的音量降低了，最後甚至變成溫柔的呢喃：

「你的胡安舅舅跟一個一點都不合適的女人結婚。一個正在糟蹋他人生的女人。如果我哪天知道你和她成為朋友，那就表示你在我眼中是一個非常噁心的人，我會感到很傷心……」

我正對著安古斯蒂雅斯坐著，裙子下的大腿逐漸卡在硬邦邦的椅子上。除此之外，我感到沮喪，因為她跟我說，要有她的同意我才能移動。我毫不留情地認定她獨裁、不夠理智。我這一生在判斷事情時犯了很多錯誤，到現在我還不知道我當時做的判斷是對還是錯。但可以肯定的是，當她帶著溫柔的語氣跟我說葛洛莉雅的壞話時，我感覺她很刻薄。我猜自己當時認為如果我惹得姨媽有點不開心，她應該也不會讓我太難堪，所以我開始斜眼看她。我發現，整體來說她長得不醜，手的線條甚至還很漂亮。在她繼續又命令又建議的長篇大論中，我在她身上尋找細微的缺點，最後，當我起身要走時，發現她的牙齒帶著髒髒的顏色。

「安德蕾雅，親我一下，」她在此時要求我。

我用嘴脣磨蹭了一下她的頭髮，接著在她可能抓住我，反過來親我之前，我就已經跑到飯廳去了。

飯廳裡已經有人。我馬上看見葛洛莉雅，她穿著舊的日本和服，一匙一匙地餵著濃稠的嬰兒食品給一個小孩子吃。她看到我，微笑地跟我打招呼。

我感覺到一股暴風雨前的寧靜壓迫著我，不過她似乎不是唯一讓我感覺到有火藥味、讓我產生不安的人。

桌子的另一邊，坐著一個捲髮、討喜、聰明的男子，他在為一把手槍上油。我知道他是另一位舅舅：羅曼。他立刻過來給我熱情的擁抱。前一天晚上我看到的那隻跟在傭人後面的黑狗，現在和羅曼在一起，形影不離。他跟我介紹，那是他的狗，名字叫「小雷」。所有的動物好像天生都對他有好感。受到他的熱情影響，我也感受到一股歡樂的氣氛。因為我的緣故，他把鸚鵡從籠子裡抓出來，逗了牠幾下。那隻鳥依然在嘀嘀咕咕，好像在對自己說話，那時我才發現，牠在罵髒話。羅曼樂得大笑。

「這隻可憐的小鳥很常聽到這些髒話。」葛洛莉雅這時候呆滯地看著我們，忘記餵她的孩子吃東西。羅曼突然變得粗魯，讓我無所適從。

「欸，你看到那個女人有多白痴嗎？」他連看都不看她一眼，幾乎用吼的跟我說。「你有看到那個女人是怎麼看我的嗎？」

我很驚訝。葛洛莉雅氣得大叫：

「我哪是在看你，臭小子！」

「你看到了嗎？」羅曼繼續講。「她要不要臉，跟我說這些廢話……」

我想舅舅瘋了，我低著頭往門的方向看。胡安聽到聲音，走了進來。

「你是在挑釁我嗎，羅曼？」他大喊。

秒。

「你，把褲子穿好，然後閉嘴！」羅曼把頭轉過去，對著他說。

胡安板起了臉，靠近羅曼，兩個人擺出鬥雞一般的架勢，既凶狠又可笑。

「打我啊，兄弟，如果你敢打！」羅曼說。「我恨不得你出手！」

「打你？我殺了你！……我早就應該殺了你……」

胡安的情緒失控，額頭上暴出青筋，但他沒再往前一步，只是握著拳頭。

羅曼靜靜地看著他，開始竊笑。

「我的手槍在這裡，拿去，」他對著胡安說。

「別逼我，混蛋！你別逼我，不然……」

「胡安！」葛洛莉雅大吼。「你過來！」

鸚鵡開始在她身上亂叫，她頂著凌亂的紅頭髮，情緒激動。但是沒有人理她。胡安看了她幾秒。

「我的手槍在這裡，拿去，」羅曼再說。此時胡安的拳頭握得更緊。

葛洛莉雅再度尖叫：

「胡安！胡安！」

「閉嘴，死女人！」

「過來，臭小子！過來這裡！」

「閉嘴啦！」

有一小段時間，胡安把怒氣轉移到他太太身上，開始罵她。那女人也對他大小聲，最後哭了。

羅曼開心地看著他們，接著轉過來跟我說話，安慰我：

「你別嚇著，小朋友。這裡每天都會上演這齣戲碼。」

他把手槍收進口袋。我看到槍被仔細地上好了油，在羅曼的手中黑得發亮。他對我笑了笑，摸了一下我的臉頰，然後安靜地離開。此時葛洛莉雅和胡安吵得不可開交。羅曼在門口巧遇剛做完彌撒回來的外婆，經過她時，他輕輕地摸了一下她。外婆進到飯廳，這時候安古斯蒂雅斯姨媽很生氣地探出頭來，要胡安和他太太安靜。

胡安拿起小孩吃飯的盤子，對著她的頭丟過去。沒丟中，盤子砸中安古斯蒂雅斯姨媽迅速關上的房門，碎了。小孩流著口水大哭。

胡安到這時候才冷靜下來。外婆喘著氣，拿下頭上的黑色頭巾。

傭人進來飯廳擺碗盤，準備吃早餐。跟前一天晚上一樣，我沒辦法不注意到這個女人。在她醜陋的臉上，露出一種打勝仗的囂張表情。她一邊挑釁地哼著歌，一邊攤開破破爛爛的桌布，開始擺杯子，彷彿她用這個方式結束了這場爭吵。

# 3

「孩子，你有開心嗎？」安古斯蒂雅斯問我。此時，我們才剛從明亮的街上回到陰暗的公寓，還頭昏眼花。

她一邊問我問題，一邊將右手搭在我肩上，把我拉向她。當安古斯蒂雅斯抱著我，用暱稱叫我時，我的內心有一股現實的發展已經扭曲、錯亂的感覺。這一切都不對勁啊！但是我要習慣，因為安古斯蒂雅斯會常常抱著我，跟我說一些好聽的話。

有時候，我覺得她為了討好我，費盡心思，在我身邊打轉。她會看我是不是躲在哪個角落，把我找出來。在談到其他家人的時候，如果她發現我笑了或表現出有興趣的樣子，她就會語帶保留。她也會坐在我旁邊，用力地把我的頭壓進她的胸口。我脖子會痛，但是被她的手抓住，所以只能保持這個姿勢，聽她嘮嘮叨叨地叮嚀這、叮嚀那。相反地，如果她覺得我傷心了，或受到驚嚇了，她就會很樂，而且變得很霸道。

還有的時候，她硬要叫我跟她一起出門，我會覺得有一點丟臉。看到她頭上戴著棕色的毛氈帽，上面插著一隻公雞羽毛做裝飾，她原本就剛硬的臉部線條更像個阿兵哥。我的套裝剪裁不合身，她還要逼我戴上藍色的舊帽子。我沒辦法拒絕，只能消極抵抗。被她牽著手走在路上，原本我幻想中的街道，現在都變得不這麼亮麗和吸引人了。

「別轉頭，」安古斯蒂雅斯說。「不要這樣子看別人。」

如果我忘了我是在她身邊，也只有忘幾分鐘而已。

有時候，我發現某個男人或女人的身上有種說不上來、吸引我的地方，把我的魂都勾走了，甚至我很想轉身跟著他們離去。這時候，一想到我的樣子和安古斯蒂雅斯的打扮，我就覺得丟臉。

「孩子，你很粗魯，又很沒家教耶！」安古斯蒂雅斯會帶著一點沾沾自喜的語氣說。「你跟大家在一起，表現得安安靜靜、畏畏縮縮的，隨時都像要落跑的樣子。有時候我們在店裡，我回頭看你，你那個樣子就讓我想笑。」

沒有人能夠想像，那樣逛巴塞隆納有多麼可悲。

到了晚飯時間，羅曼從我眼神看出來我去散步了，然後笑了出來。這表示安古斯蒂雅斯將和他大吵一架，最後胡安也會來攪和。根據我的觀察，胡安一直在幫羅曼說話，但是羅曼一點也不領情，也不感激他的幫忙。

只要發生類似這樣的情形，葛洛莉雅就會喪失平時的冷靜，情緒變得暴躁，幾乎大叫地說：

「你可以這樣跟你的兄弟說話，那我們沒什麼好說的！」

「當然可以！不然你以為我會像你還有像他一樣，那麼卑鄙！」

「是啊，孩子，」外婆會這麼說，並對他投出溺愛的眼神，「你說的對。」

「閉嘴啦，媽，不要逼我罵你！不要逼我飆髒話！」
可憐的老人搖頭，靠在我身上，在我耳邊小聲地說：
「沒人比他還要好，孩子，他最好，最命苦，是個聖人……」
「媽，拜託你別來攪局好嗎？你可以不要跟外甥女說那一些有的沒的、跟她一點關係都沒有的事嗎？」
他情緒失控，說話的音調開始顫抖，令人討厭。
吃完晚餐後，羅曼只光顧著用自己的水果盤餵鸚鵡吃點心，不會理我們在做什麼。安古斯蒂雅斯在我旁邊啜泣，咬著手帕，因為她不僅認為自己堅強，能夠控制大家，同時也覺得自己待人客氣，可是卻是個衰包、受害者。我不太清楚這兩個角色她到底比較喜歡哪一個。葛洛莉雅將高腳兒童座椅從餐桌前拉開，在胡安的後面用一根食指比著太陽穴，對我微笑。
胡安沉默、恍神，顯露不安，幾乎要跳起來了。
羅曼做完他的事，在外婆的肩膀上輕輕拍了幾下，然後第一個離開飯廳。他在門口停留，點一根菸，最後撂下一句話：
「連你智障的老婆都在笑你啊，胡安：你要小心啊……」
一如往常，他連看都不看葛洛莉雅一眼。
果然不出所料。胡安先是一拳打在桌子上，然後開始大肆毒罵羅曼，直到公寓的門發出砰一聲，表示羅曼已經走掉才結束。
葛洛莉雅雙手抱起小孩，回房間哄他睡覺。她看了我一下，問我說：

「安德蕾雅，你要來嗎？」

安古斯蒂雅斯姨媽的兩隻手摀著臉。我感覺得到她從指縫偷看。她的眼神焦慮，帶著祈求，直愣愣地看著我。但，我還是站起來了。

「嗯，好啊。」

外婆露出顫抖的微笑來回應我。接著姨媽怒氣沖沖離開，把自己關在房間裡。依我現在看來，她那時候應該是因為吃醋而氣得發抖。

葛洛莉雅的房間看起來有點像野獸的巢穴。那是一間對內的房間，裡面幾乎被一張雙人床和搖籃給占滿，空氣裡飄著一股摻雜嬰兒、粉撲和臭衣服的特殊氣味。牆壁上掛滿照片，其中在一個特別的地方，貼著一張色彩鮮豔、上面畫了兩隻小貓的明信片。

葛洛莉雅坐在床邊，將孩子抱在腿上。孩子很可愛，睡覺時兩隻胖胖、髒髒的小腳勾在媽媽的手上。

孩子睡著後，葛洛莉雅把他放進搖籃裡，並且適意地舒展自己的身體，用手撥動一頭閃亮的秀髮，然後四肢無力地癱在床上。

「你覺得我怎麼樣？」她不時地問我。

我喜歡跟她聊天，因為永遠可以不用回答。

「我真的年輕貌美嗎？是真的？……」她腦袋空空，可是很天真，所以她這種虛榮我不覺得討厭。她的確年輕，在跟我說家裡發生的事情時，笑得很瘋。而且在講到安東尼雅和安古斯蒂雅斯時，也很逗趣。

「你會慢慢認識這些人，每個都很可怕，你會明白的……這裡沒有一個是好人，除了那個漸漸痴呆的可憐老人，就是你外婆……還有胡安。孩子啊，胡安真的好得不得了。你看到他大吼大叫那些了嗎？可是他人真的很好……」

她看著我，發現我面無表情後，她放聲大笑……

「那我呢？你覺得我怎麼樣？」她最後說了一句：「安德蕾雅，如果我人不好，怎麼有辦法忍受這所有的人？」

我看她聊得相當忘我。在環境這麼不舒爽的房間裡，她像個頭重腳輕的紅髮布偶倒在床上，滾來滾去。她說的話大部分是好笑的謊言混合真實事件。我不覺得她聰明，也不覺得她本身吸引人的地方來自她的內在。不過，現在看來，我是從我發現她擔任胡安的裸體模特兒那天起，才對她產生好感的。

我從來沒進去過胡安的畫室，因為我對他有戒心。某天早上我在找鉛筆，問了外婆，她跟我說舅舅那裡有。

那個大間的畫室原本是外公的辦公室，它的外觀很妙，裡面和家裡其他的房間一樣雜亂無章，堆滿了各種東西，有書，有紙，還有胡安給學生練習用的石膏像。牆壁上到處掛著舅舅創作的靜物畫，它們看起來不自然，而且色調也不怎麼協調。在一個角落，莫名其妙地擺了一具掛在一個金屬支架上、供學生解剖課用的人體骨架。在受潮、斑駁的大片地毯上，孩子和貓在上面爬。那隻貓進來尋找從各個陽台照進來的明亮陽光，牠的尾巴軟趴趴，看起來要死不活，任憑孩子玩弄。

在這場景的中央，我看見葛洛莉雅裸體擺了一個彆扭的姿勢，坐在一張蓋著窗簾布的凳子上。

胡安沒有天分，但很賣力在創作，他想一筆一筆地描繪出那個精緻又有彈性的胴體。我覺得他在白費力氣。畫布上逐漸呈現出一個僵硬的假人，那副呆滯的樣子就像葛洛莉雅聽到羅曼跟我說任何話時，臉上會出現的表情。葛洛莉雅在我們面前褪去了災難般的衣服，雖然四周被醜陋的破東西給包圍，但是她的身體呈現出令人難以置信的美與白皙，就像上帝顯現神蹟。她四肢修長，胸部光滑、玲瓏有致，活脫脫是個甜美小惡魔。她完美的肌膚表面上除了展現熱情，還融合了一種難以捉摸的機靈。這種特質從來沒在她的眼神裡出現過。只有在傑出人士身上或在藝術作品裡，才看得到這種吸引人、有生命力的火光。

我只進到那個地方幾秒鐘，就馬上入迷了。胡安似乎很高興我來到這裡，立刻跟我大談他的創作計畫。但我沒在聽。

當天晚上，我沒有特別留意，便開始跟葛洛莉雅交談，那是我第一次進她的房間。她說話沒什麼內容，讓我感覺像一陣悅耳又慵懶的雨聲。我開始習慣她，習慣她快速提問但不需要有人回應，習慣她沒什麼腦又思路不清。

「是啊，是啊，我是好人……你別笑。」

我們都沉默。然後她靠了過來，問我：

「那羅曼呢？你覺得羅曼怎麼樣？」

她做了一個怪表情，接著說：

「我知道你覺得他人很好，不是嗎？」

我聳了聳肩。過了一會，她說：

「你覺得他人比胡安好，不是嗎？」

有一天，她莫名其妙就哭了。她哭得很快、很急，樣子很奇怪，感覺想要趕快止住不哭。「羅曼是個混蛋，」她跟我說。「你會慢慢認識他的，安德蕾雅。他把我傷得很深。」她擦了眼淚，繼續說：「我不會一次跟你講完他對我做過的事，因為實在太多了。你慢慢就會知道了。你現在很迷他，我的話你都不信了。」

坦白說，我不覺得我迷羅曼，而是幾乎相反，有時我會冷淡地觀察他。晚飯時間總是鬧哄哄，但是某天晚上吃完飯後，羅曼難得露出友善的樣子，邀請我：「小朋友，你要來嗎？」我感到開心。羅曼跟我們住在不同樓層。他在頂樓整理出了一個房間，像極了舒適的避風港。他用舊磚塊砌了一座壁爐，還釘了幾個矮書櫃，漆成了黑色。他有一張沙發床，在裝著欄杆的小窗下面有一張漂亮的桌子，上面放滿了紙，以及各個時期、各種造型的墨水罐，每罐都插著羽毛筆，還有一台功能陽春的電話。據他表示，那是用來打到傭人房的。另外，一個造型繁複的小時鐘會發出美妙、特別的報時音樂。臥室裡還有三個舊時鐘，它們隨著時間流逝滴答滴答地擺動。書櫃上，擺著某些特殊的硬幣，還有幾個近代複製的古羅馬油燈，以及一支握把用珍珠母做的舊手槍。

在那個房間裡，書櫃的任何角落都有意想不到的抽屜，每個都收藏了稀奇的小東西，羅曼把它們一一展示給我看。小東西的數量多歸多，但是都很乾淨，而且擺放得還算整齊。

「我這些東西都還不錯，或者，至少我會盡力維持它們的樣子……我喜歡這些東西，」他笑著說。「你不要以為我想標新立異才這麼做，但事實上就是如此。樓下那些人不懂得善待東西。那裡的空氣好像一直瀰漫著吼叫……都是東西發出來的聲音，它們窒息了，被弄痛了，它們極度悲傷。

至於其他的，你不用幫我們編故事：我們吵架、吼叫是沒有理由的，也不會得出什麼結論……你是怎麼想我們的？」

「不知道。」

「我早就知道你一直在利用我們的個性，天馬行空地編故事。」

「沒有。」

這個時候，羅曼將濃縮咖啡機插上電，不知道從哪裡拿出了神奇的咖啡杯、酒杯和烈酒，接著，還有幾根香菸。

「我知道你喜歡抽菸。」

「沒有，嗯，我不喜歡。」

「為什麼你連我都要騙？」

羅曼講到我的時候，語調總是直接透露出他對我的好奇。

「你堂姊寫給安古斯蒂雅斯的信，我全都知道得一清二楚。而且信的內容我也看了，當然我是沒有權利看，就只是好奇。」

「嗯，我不喜歡抽菸。我在鄉下故意這麼做，只是要惹毛伊莎貝爾，沒有別的意思。我就是想氣她，想盡辦法逼她讓我來巴塞隆納。」

因為我臉紅又不耐煩，羅曼覺得我只說了一半的真話，但是我句句屬實。最後，我還是收下了一根菸，因為我一直都覺得菸令人心情愉快，而且我是真的喜歡它散發的味道。現在回想起來，我就是從那時候開始，在菸裡找到了快感。羅曼露出微笑。

我發現他覺得我跟大家不一樣，讀的書比他們多很多，應該是比較聰明，當然也比較假掰，淨想一些有的沒的。我不想戳破他的幻想，畢竟我覺得自己沒那麼好，而且我的白日夢和多愁善感也有一點無聊。這些我都盡量隱藏，不想讓他們那些人知道。

羅曼身材瘦瘦的，行動敏捷。他蹲在地上的咖啡機旁跟我說話，感覺他的身體在用力，而且在他黝黑的肌肉底下，充滿彈跳的爆發力。接著，他突然躺在床上，神情放鬆地抽起菸來，宛如時間對他來說並不重要，宛如他永遠沒有必要再站起來，幾乎就像是要這樣倒著，抽菸抽到死。

有幾次我觀察他的手。我挺欣賞那一雙充滿生命力的手。它們乾瘦，跟他的臉一樣黑，筋的線條明顯，還有一些輕微突起的結節。

而當時我面對他的辦公桌，坐在屋裡唯一的一張椅子上，感覺跟他離得好遠。他第一次跟我說話時，我被他的親切給吸引，但是那樣的感覺再也找不到了。

他煮了一壺美味的咖啡，屋子裡充滿熱騰騰的蒸氣。我感覺在那裡很愉快，就像逃離了樓下的生活，躲進一處避風港。

「那一次就跟船要沉了一樣。我們像可憐的老鼠看到水，不知道該如何是好……你媽的動作比誰都還快，她先走逃過了一劫。你的兩個姨媽隨便找人嫁了，也逃跑了，只剩下不幸的安古斯蒂雅斯姨媽，還有我和胡安，我們兩個都是混蛋。而你，雖然看起來沒有很衰，但是現在過來這裡，就像一隻迷了路的小老鼠。」

「你今天不想彈樂器嗎？你說呢？」

於是羅曼打開書架最外邊的櫃子，從那裡拿出小提琴。櫃子最裡面還有幾張捲起來的畫布。

「你也會畫畫？」

「我什麼都會。一開始我學醫，後來放棄了，因為我想當工程師，但最後沒有被學校錄取。這些事你不知道？我也開始以畫畫當作嗜好……我畫的可是比胡安好太多了，我跟你保證。」

這點我不懷疑。在羅曼身上我看到無限的可能。當他站到壁爐旁開始拉琴時，我完全變了。我卸下心防，對所有人逐漸產生的一絲絲敵意不見了。我的內心如我的雙手舒展開來，接受音樂的洗禮，就像雨水澆注乾旱的土地。我覺得羅曼是獨一無二、傑出的藝術家。他在音樂裡譜出了美妙的愉悅，突破一切的悲傷。那是羅曼的音樂，沒有名字，也是我之後再也不曾聽過的音樂。

氣窗正對著黑色的夜空。在燈光的照明下，羅曼顯得更高、更莊嚴，彷彿他在自己的音樂當中呼吸。一波又一波的思緒出現在我腦海裡，先是純真的回憶、憧憬、努力，還有我目前搖擺不定的處境，再來是狂喜、傷心、絕望、人生一個重要的轉機，接著在空無之中溺斃。我感受到自己死亡，感受到我極度的絕望化作一種美麗、一種無光又痛苦的平靜。

很快地陷入一片寂靜，然後羅曼開口：

「你應該被催眠了……你從音樂裡聽到什麼？」

我的雙手和心靈瞬間關閉。

「什麼都沒有。不知道，就是喜歡……」

「騙人。告訴我，你聽到什麼？你最後聽到的是什麼？」

「什麼都沒有。」

他失望地看了我一會。接著收起小提琴，又說：

「你說謊。」

他拿手電筒幫我從上面打燈，因為樓梯的燈只能從大門那裡開，我必須走三層的樓梯才能回到住的公寓。

第一天離開時，我感覺在前面的黑暗處似乎有人往樓下走。我以為是錯覺，所以沒有出聲。下一次那樣的感覺更加明顯。羅曼突然把照明的手電筒從我身上移開，對著樓梯間有東西在動的地方照。我瞬間清楚地看到葛洛莉雅，她衝下樓往大門的方向跑。

# 4

鬼混了好多天啊！每當我拖著沉重的腳步從學校回來，總覺得到這裡以後都一直過著沒有意義的日子。這樣的感覺就像一塊灰色的方石，重壓在我的頭上。

那天早上，天氣潮濕，空氣裡聞得到烏雲、濕輪胎的味道……綿綿細雨中枯萎、泛黃的葉子從樹上掉落。城市秋天的早晨，房子的天台和電車的受電桿被自然的景色所包圍，就像我多年幻想中城市的秋天應該有的樣子，真美。但是我卻擁抱悲傷。我好想靠著牆，雙手抱頭，閉上雙眼，轉身背對這一切。

廢了好多天啊！每天都像連續劇有太多狗屁倒灶的事情。心煩的事很片段，就像被截斷後丟棄在戶外的舊木頭，還沒真的開始就已經在我腦中發脹。對我來說，它們都太不陽光，還散發出像是我家裡發酵的怪味道，讓我感覺有點想吐……但是，它們竟然成了我生活中唯一的樂事。漸漸地，在我眼前出現了現實世界的第二場景，而我的感官也被打開，開始享受阿里保街公寓裡鬧哄哄的生活。我變得習慣遺忘我的外表、我的夢想，我慢慢忽略每個月分的氣味以及我未來的遠景，我逐漸在意葛洛莉雅的每個動作；在意羅曼說的每個字隱含的意義；在意他的話中有話。我那天突如其來的憂傷，似乎就是這些事情所導致的結果。

我進公寓後，外面立刻下起雨，門房對我大喊著要我在踩腳墊上把鞋底清理乾淨。

那一整天過得像夢境一樣。我腳上穿著一雙大號的毛氈拖鞋，吃完飯後我蜷著身體坐在外婆的烤爐旁邊，聽著外面嘩啦嘩啦的雨聲。雨水用力地打在陽台的玻璃上，原本形成了一層黏糊糊的泥漿，後來水滴輕鬆地滑過灰色的表面，清除了玻璃上的灰塵，讓它變得亮晶晶。

我不想動，也提不起勁來做事。我第一次懷念羅曼給我的菸。外婆來跟我作伴。我發現她想用抖個不停、笨拙的雙手，縫一件小朋友的衣服。不久，葛洛莉雅來了，雙手枕在後腦勺，開始聊天。外婆也開口，不過她一如往常，講著同樣的話題，有最近結束的戰爭，也有多年前當她的孩子還小的時候發生的往事。在我微微疼痛的腦中，兩個講著陳腔濫調的聲音，伴隨著背景的雨聲，讓我昏昏欲睡。

**外婆：**沒有比他們更相愛的兩兄弟了。（安德蕾雅，你有在聽嗎？）沒有兄弟會像羅曼和胡安這樣……我有六個孩子，其他四個總是各顧各的，兩個女孩會互相鬥嘴，但是最小的這兩兄弟就像小天使……胡安金頭髮，羅曼黑頭髮，我一直都把他們打扮得一模一樣。禮拜天他們會跟我和你外公一起去彌撒……在學校裡，如果有人欺負他們兩人其中一個，另一個就會跳出來保護他。羅曼比較皮……可是他們好相愛喔！對媽媽來說，每一個孩子絕對都是一樣的，但是這兩個在我眼裡更是寶貝……因為他們兩個最小……因為他們最可憐，尤其是胡安。

**葛洛莉雅：**你知道胡安想當軍人嗎？但是他沒有通過軍校的入學考試，之後去了非洲加入摩洛哥軍團[08]，在那裡待了好幾年，你知道嗎？

**外婆：**他回來的時候，帶了好多那裡的畫……他說他要改行當畫家，你外公聽了很火大，但是我就出來幫他擋著，羅曼也是。孩子啊！那時候羅曼這個人還不錯……我一直都護著我這些孩子，隱瞞他們調皮搗蛋、做壞事。你外公會跟我發火，但是我受不了別人罵他們……我那時候的想法是：「用一匙的蜜，捕蠅不費力。」[09]……我知道他們晚上都出去鬼混，不讀書……我會心驚膽跳地等他們回來，怕你外公會發現……他們會跟我說他們又惡搞了什麼，但是孩子呀，我一點也不驚訝……我深深地相信，他們受到良心的譴責，就會慢慢導正回來了。

**葛洛莉雅：**不過媽，羅曼現在不愛您，他說您用的方法把大家都害慘了。

**外婆：**羅曼？……嘿嘿！他愛我呀，我相信他是愛我的……只是他比胡安還拗。葛洛莉雅，他在吃你的醋啊。他說我比較愛你……

**葛洛莉雅：**羅曼這麼說？

**外婆：**是啊！某一天晚上，我在找剪刀……那時候時間已經很晚，大家都在睡覺了。門緩緩地開了，羅曼站在門口，他過來親了我一下。我跟他說：「你跟你弟的老婆做了見不得人的事，你犯了這樣的罪，上帝不會原諒你的……」接著他走了……我又說：「因為你的錯，她才變成了不幸的孩子，而且你弟也跟著受苦。我怎麼有辦法像以前一樣愛你？」

**葛洛莉雅：**羅曼以前很愛我，安德蕾雅，這到現在還是個大祕密，但是他就愛上我了。

**外婆：**孩子啊，孩子啊！羅曼怎麼會愛上一個已婚的女人啊？他愛你就像疼愛自己的妹妹一樣，就只是這樣……

**葛洛莉雅：**是他把我帶到這個家……他現在不跟我說話，不過在戰爭最激烈的時候，就是他把我帶到這裡來的……安德蕾雅，你第一次進到這裡時，也嚇到了，是這樣沒錯吧？可是我那時候更慘……因為沒有人愛我……

**外婆：**我愛你，我們大家都愛你啊！你怎麼會這麼不知感恩，說這種話？

**葛洛莉雅：**那時候家裡沒東西吃，而且跟現在一樣髒，還住了一個躲避敵人追殺的男人。他是安古斯蒂雅斯的老闆，赫羅尼莫先生，沒有人跟你提過他嗎？安古斯蒂雅斯把床讓給他睡，自己搬去你現在睡的地方……他們在外婆的房間幫我準備了一張床墊。所有的人都用不信任的眼神看我，連赫羅尼莫先生都不想跟我說話，因為他覺得我是胡安的情婦，無法忍受我的存在……

**外婆：**赫羅尼莫先生是個怪人，你想，他連貓都想殺……你看，這隻可憐的貓已經很老了，老是吐在家裡的角落，赫羅尼莫先生那時候也說他沒辦法忍受。但是我當然是站出來保護大家，只要有人被欺負、受委屈了，我都會這麼做。

**葛洛莉雅：**我跟那隻貓一樣，被媽保護。有一次我跟安東尼雅打了起來，就是現在還在家裡的那個傭人……

**外婆：**很難理解，怎麼會對一個傭人出手……我年輕的時候，那根本就沒辦法想像……我年輕的時候，我們家裡有一個通往海邊的院子……有一次，你外公親了我……我好幾年都沒辦法原諒他。我……

**葛洛莉雅：**當我們到這裡的時候，我很害怕。羅曼跟我說：「你不用怕。」可是他已經變了。

**外婆：**他在被祕密警察抓走的那幾個月就已經變了。他們折磨他，當他回來的時候，我們都快認不得他是誰。胡安比他還慘，所以我現在更能理解胡安。胡安比較需要我，還有這個女孩，她也需要我。要不是我，她還有名聲可言嗎？

**葛洛莉雅：**在更早之前，就在我們搭著長官車進到巴塞隆納的時候，羅曼就已經變了。你知道他在紅軍[10]裡擔任要職嗎？但是他是間諜，是卑鄙、被人看不起的傢伙，會出賣對他掏心掏肺的人。不管怎麼樣，反正只有懦夫才會從事間諜工作。

**外婆：**懦夫？孩子，在這個家裡沒有懦夫……羅曼人好又勇敢，當時還為我冒著生命危險，是我不想要他跟那群人搞在一起。他小時候……

**葛洛莉雅：**我跟你講一個故事，安德蕾雅，就發生在我身上，讓你看看這就是一個血淋淋的故事……我跟你說，之前我在塔拉哥納的鄉下無家可歸……戰爭的時候我們總是在外面撿一些床墊還有破爛的東西，然後逃跑。有人會哭，但是我覺得那太有意思了！……大約在一、二月的時候，你知道的，我遇見了胡安，他對我一見鍾情，兩天後我們就私定終身……我跟著他到處跑……那樣的生活真的很美好。安德蕾雅，我跟你發誓，胡安跟我在一起真的好快樂，而且他那時候又帥，不像現在簡直跟瘋子沒兩樣……那時候很多女生會跟隨著自己的老公或男朋友浪跡天涯。我們總會認識一些有趣的朋友……我從來不怕砲彈的轟擊，也不怕槍林彈雨……不過我們也很少接近那些危險的地方。胡安那時候做的是什麼工作，我不是很清楚，反正就還滿重要的。跟你說，我當時真的很幸福。春天漸漸地來了，我們去了一些漂亮的地方。有一天胡安跟我說：「我介紹我哥給你認識。」安德蕾雅，我就這樣認識了羅曼。剛開始覺得他人很客氣……你是不是覺得他比胡安帥呢？我們在那個海邊的鄉下跟他生活了一陣子。每天晚上，他都跟胡安關在我臥室旁邊的房間裡講話。我想知道他們都在說些什麼。如果是你，你不會這麼想嗎？而且兩個房間還隔著一道門。我猜他們在說我。我很肯定他們在說我。有一天晚上我就去偷聽。我從鑰匙孔裡看到他們兩個人低頭看著一張地圖，羅曼開口說：

「我還得回巴塞隆納，你可以過來，這很容易的……」我慢慢才了解到，羅曼想要胡安加入國民軍……安德蕾雅，你想，那幾天我開始感覺到我懷孕了，我跟胡安說，他卻表現得好像有什麼心事……你可以想像得到，就在我跟他說這件事的當天晚上，我有多麼想去羅曼的房門後面偷聽。我赤著腳，穿著睡衣，到現在我似乎還感覺得到當時的焦慮。胡安說：「我決定了，沒什麼可以阻攔得了我。」我當時不敢相信他會這麼說。要真的是這樣，我早就拋棄他了……

**外婆**：胡安做得很好。他把你送來這裡，跟我一起……

**葛洛莉雅**：那天晚上，他們完全沒提到我，完全沒有。胡安來睡覺的時候，發現我在床上哭。我跟他說我做了惡夢。我以為他要丟下我跟孩子。他摸了摸我，然後什麼也沒說，就自己睡著了。我沒闔上眼睛，就盯著他看，看他會做什麼夢……

**外婆**：看著你珍愛的人睡覺是一種享受。每個孩子睡覺的方式都不一樣……

**葛洛莉雅**：隔天，胡安當著我的面，要羅曼來巴塞隆納的時候把我帶到這個家。羅曼吃了一驚，然後嚴肅地看著胡安說：「我不知道有沒有辦法。」他們晚上吵了很久。胡安說：「這是我最起碼能做的，據我所知，她沒有任何親戚。」羅曼接著說：「那帕基妲呢？」我之前都沒聽過這個名字，我感到很好奇。但是胡安又開口：「把她帶回家。」那晚他們沒再提這件事。不過他們還做了一件有趣的事。胡安給了羅曼很多錢，還有其他的東西，可是之後羅曼拒絕還給他。媽，這您應該很清楚。

**外婆：**孩子啊！不應該躲在門外偷聽。我媽可是不會讓我這麼做的，不過你是孤兒……也難怪……

**葛洛莉雅：**海浪聲音很大，所以有些話我聽得不清楚。我搞不清楚誰是帕基妲，也沒聽到什麼有用的話。隔天我告別胡安，雖然傷心，但是想到我要去他家住就感覺欣慰些。羅曼開車，我坐在他旁邊，沿路他開始跟我開玩笑……只要他願意，他就顯得很親切，但他終歸是個壞人。我們在路上休息了好幾次，還在一個小村莊的城堡裡待了四天……城堡很美，裡面重新翻修過，一切的設備都很現代……只是有些房間破爛不堪。阿兵哥住樓下，我們跟軍官一樣住樓上……那時候羅曼對我很不一樣。他人很客氣的，孩子！他把一台鋼琴的音調好，彈了幾首歌，就像他現在對你一樣。他還要我裸體，讓他作畫，就像現在胡安會做的事……那是因為我的身體很美。

**外婆：**孩子，你在說什麼呀？這傢伙就會胡說八道……你別理她……

**葛洛莉雅：**是真的。再說，我也不願意啊！媽，您也很清楚，雖然羅曼說了很多我的壞話，但我可是規規矩矩的女孩子……

**外婆：**當然啊，孩子，當然啊……你先生這樣畫你是不對的，要是他有錢可以請模特兒，也不用叫你來……孩子，我知道你那麼犧牲也是為了他，所以我才這麼愛你……

**葛洛莉雅：**當時在城堡的公園裡有很多紫色百合花。羅曼想畫我的頭上插著那些紫色的百合花……你覺得怎麼樣？

**外婆：**紫色的百合花……好漂亮喔！我好久沒有獻花給我的聖母了！

**葛洛莉雅：**然後我們就來到這個家。你可以想像我那時候感覺自己有多倒楣！我覺得這裡的每個人都是瘋子。赫羅尼莫先生和安古斯蒂雅斯說我的婚姻根本不算數，還說胡安回來之後不會娶我，又說我無知，長得也不怎麼樣……赫羅尼莫先生的老婆有時候會過來，有一天她偷偷來看她老公，還帶了一些好東西給他。當她知道這個家裡住了一個「賤女人」，這可是她說的喔，她就暈過去了。媽在她臉上灑水……我要羅曼把胡安當初給他的錢還我，因為我想離開這裡。那筆錢很多，還是戰爭前使用的銀幣[11]。羅曼知道以前在鄉下生活時，我一直偷聽他跟胡安的談話之後，他就發火，開始對我比對一條狗還差。我甚至連一條瘋狗都不如……

**外婆：**你該不會現在要哭了吧，傻妞？男人就這樣，脾氣很容易上來。不過在門後面偷聽真的很不應該，我一直都是這樣提醒你的。有一次……

**葛洛莉雅：**那幾天有人來找羅曼，把他帶到祕密警察局，要套他的話，所以才沒把他給槍斃。現在暗戀他的傭人安東尼雅，那時候突然變成母老虎，跳出來幫他講話。說我是壞女人、我不要臉，還說胡安回來後會把我丟出窗外，甚至說我是抓耙子，所以羅曼才會被抓走。還威脅要用刀剖開我的肚子。我就是在那時候揍她的……

**外婆：**那個女的是母老虎沒錯，不過多虧了她，羅曼才沒被槍斃。就是因為這樣，我們還在忍受她……她都不睡覺，有幾次晚上，當我去找我放針線的籃子，或者是去找常常忘記放在哪裡的剪刀時，她總是出現在她的房門口，對著我大喊：「您怎麼還沒上床？您怎麼起來啦？」有一天晚上，我還被她嚇了一大跳，嚇到跌倒……

**葛洛莉雅：**我那時候挨餓。可憐的媽媽，您還會留一點自己的食物給我。安古斯蒂雅斯和赫羅尼莫先生囤積了很多食物，只不過他們都留給自己享用。我在他們的房門口偷看，發現他們會時不時地給傭人一點東西，害怕她……

**外婆：**赫羅尼莫先生是個懦夫。我本人不喜歡懦夫，不喜歡……還有更糟的。有一次來了一個民兵[12]來搜我們家，我冷靜地把我所有的聖像都拿給他看。他問我：「您相信上帝的那些謊話？」我回答：「當然啊！您不信嗎？」「不信，我也不讓任何人相信。」「所以跟您相比，我更像支持共和軍的人，因為別人想什麼跟我沒關係，我相信思想自由。」結果他搔了搔頭，覺得我說的有道理，隔天帶了一條從別人那裡沒收的念珠來送我。我再跟你說，就在同一天，樓上鄰居放在床頭的一幅聖安東尼歐像被丟出窗外……

**葛洛莉雅：**我不想跟你說我那幾個月受的苦。最後情況變得更糟。國民軍攻進城，接著我的孩子出生。安古斯蒂雅斯把我帶到診所去，放我在那裡……當天晚上砲火猛烈，護士丟下我一個人，後來我就感染了。我發高燒燒得很嚴重，超過一個月。我誰都不認得了。我都不知道孩子是怎麼活過來的。戰爭結束時，我還躺在病床上，每天昏昏沉沉的，頭腦不清醒，也沒什麼力氣可以走動。某一天早上，病房的門開了，胡安走進來。我一時之間認不出來他到底是誰。感覺他變得又瘦又高。他坐在我床邊，抱著我。我把頭靠在他的肩膀上，開始哭。接著他開口：「請原諒我，請原諒我。」就像這樣，小小聲地說。我開始摸他的臉頰，因為我幾乎不敢相信那個人是他。我們就這樣過了好一會。

**外婆：**胡安帶了很多好吃的東西，煉乳、咖啡、糖……我替葛洛莉雅感到開心，我心想：「來做個家鄉味的甜點給葛洛莉雅嚐嚐。」……不過安東尼雅那個壞女人不讓我進廚房……

**葛洛莉雅：**我們就那樣抱了好久！我哪想得到之後會變得怎樣？情況就像小說的結尾，就像一切傷心事的結束。我怎麼想得到真正糟糕的才正要開始？後來，羅曼像復活的死人，從牢裡被放出來。他用盡手段拿胡安來糟蹋我，要他無論如何都不要娶我，還想叫他把我跟孩子都轟出去……我當時不得不說出真相自保，所以現在羅曼都不正眼瞧我。

**外婆：**孩子啊，要保守祕密，不可以洩露祕密，與人為敵。我很年輕的時候，有次……八月的某一個下午，我記得很清楚，天氣很熱，天空很藍，我看到有個東西……

**葛洛莉雅：**我現在還是忘不了那時候我這樣抱著胡安，忘不了他堅硬胸膛底下的心是怎麼跳動的……我也記得赫羅尼莫先生和安古斯蒂雅斯聊天，說胡安從前有個多金又漂亮的女朋友，而且還決定要跟她結婚。我跟胡安確認，他對我搖了搖頭，表示沒有這件事。他還親了我的頭髮……可怕的是，在那之後我們還得繼續住在這裡，因為沒錢了。要不然我們早就成了一對幸福的情侶，而且胡安現在也不會跟瘋狗一樣……我們擁抱的那一刻真的就像電影的結尾。

**外婆：**我是那孩子的教母……安德蕾雅，你睡著了嗎？

**葛洛莉雅：**你睡著啦，安德蕾雅？

我當時沒睡。我覺得到現在她們講的那些事，我都還記得很清楚。只是我發燒愈來愈嚴重，讓我的頭有點暈。我冷得發抖，安古斯蒂雅斯扶我去睡覺。我的床潮潮的，傢俱在昏暗的燈光底下顯得更加悽慘，更像一群黑暗的野獸。我闔上雙眼，腦中浮現一團泛著紅光的黑影。接著我看到葛洛莉雅在診所裡，蒼白的臉靠在胡安的肩上，不過胡安長得不太一樣，感覺更柔和了，他的臉頰上沒有凹陷所產生的陰影……

我發燒燒了好幾天。記得有一次，安東尼雅穿著帶有她個人風格的一身黑衣來看我，她的臉跟磨利長刀的夢境混融在一起。我還看到年輕時的外婆，一個八月的下午，她穿著藍色連身裙站在海邊。但是我印象最深的還是葛洛莉雅，她靠在胡安的肩膀上哭，胡安大大的手撫摸著她的頭髮。一道詭異的光，把我印象中胡安的眼神變得不那麼迷惘、不那麼徬徨。

我病快好的前一天下午，羅曼進來看我。他的肩上還帶著一隻鸚鵡，狗也跟著迫不及待地衝進來，準備舔我的臉。

「你怎麼不彈一下鋼琴給我聽？他們都說你很會彈……」

「是啊，不過就彈好玩的。」

「你沒有自己寫過什麼鋼琴的曲子嗎？都沒有嗎？」

「有啦，有時候。你怎麼會這樣問？」

「想說你應該專心走音樂這一行的啊，羅曼。你彈一下你寫的鋼琴曲子給我聽。」

「你怎麼一生起病來，講話就話中有話，不知道為什麼。」

他隨意地彈了兩下，然後說：

「這個音有點不準，不過我要彈索奇皮利之歌給你聽……你記得我樓上有一個陶土做的小神像嗎？那是我做的。它就是阿茲特克的遊戲之神和花之神，索奇皮利（Xochipilli）。在祂的輝煌時期，阿茲特克人會用活人的心臟獻給祂當祭品……幾百年後，祂擄獲了我熱情的心，所以我做了一小段曲子獻給祂。可憐的索奇皮利已經不受重視，就跟你待會將要聽到的一樣……」

他坐在鋼琴前，一反常態地彈了一首輕快的曲子，好像生命在春天復甦，同時融合了低沉、激動的音調，彷彿一股濃郁的香氣擴散開來，令人陶醉。

「羅曼，你是厲害的音樂家，」我這樣誇他，內心也確實這麼想。

「沒有啦，是因為你沒什麼音樂底子，才這麼誇我。不過我還是很開心。」

「啊，」他走到門口時，補了一句，「你可以認為，我為了你小小地犧牲我自己，彈了那首曲子，因為索奇皮利總是帶給我衰運。」

當天晚上，我做了一個很真實的夢。葛洛莉雅靠在胡安的肩膀上哭泣，一個揮之不去的舊影像，不斷在我腦中出現……漸漸地胡安開始變形，他變得又大又黑，帶著索奇皮利神祕的臉孔。葛洛莉雅憔悴的臉開始活了過來、充滿朝氣，索奇皮利的臉上也露出微笑。我突然覺得那個微笑似曾相識。那是羅曼的臉，沒那麼黑，又帶點狂野的笑容。抱著葛洛莉雅的人是羅曼，他們兩個都在笑。他們不在診所裡，而是在種滿紫色百合花的田野裡。風吹亂了葛洛莉雅的秀髮。

我醒來，高燒退了，但也糊塗了，好像我真的發現什麼不可告人的祕密。

# 5

到現在，我還是不知道為什麼當時會發燒。那就像一陣折磨人的風，晃動了我靈魂的每個角落，但是也讓我內心的陰霾一掃而空。實際的情況是在他們想到要找醫生來之前，我的燒就退了，而且康復後，我還莫名其妙感覺到一絲絲的神清氣爽。可以下床走動的第一天，感覺我在把毯子踢到腳邊的同時，我從抵達這裡後那股壓得我喘不過氣來的氛圍，也跟著被我踢開了。

我的皮鞋皺巴巴，就像表情豐富的臉皮，非常顯老。安古斯蒂雅斯看了看我的鞋，發現鞋底的破洞讓溼氣滲到鞋子裡面，接著說，就是因為我的腳濕了才會感冒。

「而且啊，孩子，人窮又還得靠親戚的救濟才能過活時，就要更小心顧好自己的衣物。你要少走路，每一步都要非常小心……不要那樣看我！我告訴你，我在辦公室的時候，你都在做些什麼，我清楚得很。我知道你會跑到街上，然後在我到家之前趕快回來，讓我抓不到你。我可以知道你都去了哪裡嗎？」

「沒去什麼特定的地方，我就愛看看街道，看看城市……」

「可是，孩子，你活像個太妹，喜歡自己一個人到處晃蕩，可是會被男人盯上的。難不成你是女傭？……我在你這個年紀的時候，沒有人會讓我單獨到處走，連走到外面的門口都不行。我警告你，我知道你需要往返學校……可是自己一個人像隻流浪狗那樣晃來晃去……等你一個人活在這世界上時，你想幹嘛再幹嘛。可是你現在可是有家人，有住的地方，有名有姓。我之前就曉得，你住在鄉下的堂姊沒辦法給你灌輸什麼好習慣。你爸就是個怪人……不能說你的堂姊不好，只能說她缺乏教養。不管怎麼樣，我想你不會在鄉下的街上閒晃吧？」

「不會。」

「那在這裡就更不應該。你有聽到嗎？」

我沒搭腔，我還能跟她說什麼？

正當她要走出去時，她突然慌張地回頭。

「希望你沒有從蘭布拉大道（La Rambla）那裡往港口的方向走。」

「為什麼不行？」

「孩子，那裡有一些巷子，未婚的小姐只要進去過一次，她這輩子的名聲就再見了。我指的是唐人街[13]……你不知道它是從哪裡開始……」

「知道啊，我清楚得很呢！我還沒進去過唐人街……那裡有什麼啊？」

安古斯蒂雅斯生氣地看著我。

「妓女、小偷、燈紅酒綠，就那些東西。」

（那時候，我還幻想著火光照明下絢麗的唐人街。）

我跟安古斯蒂雅斯的衝突一觸即發，就像一場避不掉的暴風雨。第一次跟她交談時，我發現我們永遠不會有交集。後來，我表現出一副吃驚和悲傷的樣子，讓她以為她占盡了優勢。這次談話結束後，我內心興奮地想著：「不過，這個時期結束了！」眼見著新生活就要來臨，我有更多可以自由運用的時間，於是我戲謔地對安古斯蒂雅斯笑了一笑。

當我再度回到學校上課，感覺長久以來累積的印象在我內心裡發酵。我生平第一次覺得自己是開朗外向的人，會主動結交新朋友。我不需太費力就和班上的一群男同學和女同學打成一片。實際上，當時讓我這麼做的那股衝勁，我現在可以明確地說，那是一種自我防衛的本能，因為只有同一個世代和有同樣喜好的人才會挺我，成為我的後盾，幫我抵擋有點可怖的大人的世界。我那時候確實需要這樣子的依靠。

過沒多久我就領悟到，不能用女生跟好姊妹講話時的語調和男孩子溝通，他們不喜歡說話神祕兮兮、話中有話，我沒辦法跟他們吐露心事，也沒辦法跟他們分享多年來憋在心裡的感受……跟學校的那一夥人相處時，我覺得自己變得愛鑽牛角尖，跟他們爭論一堆我以前連想都沒想過、很普通的問題。我不太習慣，但又覺得開心。

有一天，我們這群年紀最小的男孩彭斯跟我說：

「你以前一直避著不跟別人說話，你是怎麼生活的？我跟你說，我們覺得你那時候很像小丑。艾娜常拐個彎來取笑你，說你很滑稽。你到底是怎麼了？」

我聳了聳肩，內心有點受傷，因為在我認識的所有年輕人裡面，我最好的朋友就是艾娜。

當我還沒有打算跟她當朋友的時候，我就對那個女孩有好感，而且我相信跟她會合得來。她曾經有幾次找藉口接近我，禮貌地跟我說話。在開學的第一天，她問我一位有名的小提琴手是不是我家親戚。到現在我還記得，那個問題讓我感覺很荒謬，我還因此笑了出來。

對她有好感的人不只我一個。她就像個有魅力的靈魂人物，有好幾次主導我們聊天的話題。她是出了名的狡猾又愛耍小聰明。我深深以為，如果她曾經把我當作笑柄，那真的是因為我在全年級的眼中早就已經是個怪咖。

我生著悶氣，在遠處瞄她。艾娜的臉蛋性感、可愛，眼神很殺。她綠色發亮的大眼珠帶著嘲諷的犀利，對比她溫柔的舉止、年輕的好身材和金色的秀髮，形成了一種特殊的吸引力。

當我正和彭斯聊天時，她揮手跟我打招呼，接著穿過一堆在文學院中庭等待上課的人群過來找我。當她站到我身旁時，她的臉頰紅潤，心情似乎相當不錯。

「彭斯，讓我們單獨聊一下，可以嗎？」

「跟他相處要小心，」艾娜一邊看著那男孩瘦瘦的背影愈離愈遠，一邊跟我說，「彭斯是那種很容易被觸怒的人。像現在他就會覺得，我叫他走開是在羞辱他……但是我需要跟你聊一下。」

我當時在想，幾分鐘以前，我才因為先前完全不知道她會那樣嘲笑我而感覺內心受傷，但是幾分鐘之後，她一副大好人的樣子又贏回了我的心。

我喜歡在學校石子砌成的中庭裡跟她一起散步，聽她閒扯，同時內心想著有朝一日我也要跟她說我在那個家裡的黑暗生活，想著當它一旦變成我們討論的話題時，那樣的生活在我看來也開始染上了浪漫的情調。我覺得艾娜會很有興趣，而且她甚至會比我還了解我生活上的問題。但是，直到當時我都還沒跟她講過我的生活。多虧了我內心有這樣想說話的渴望，我才能繼續跟她當朋友。不過，說什麼和想什麼，本來就總是困擾著我，所以我帶著一種類似等待的心情聽她說話，那樣的等待雖然讓我感覺沮喪，但同時我也感覺滿有意思的。當彭斯丟下我們離開後，那個下午就一直這樣，我真的沒辦法想像，我徘徊在躊躇不前和想開口的渴望之間，那樣酸甜滋味的拉鋸就要結束了。

「我今天終於搞清楚了。前一陣子我跟你提到的那個小提琴手……你還記得嗎？……他除了姓跟你媽一樣奇怪之外，也跟你一樣住在阿里保街，叫做羅曼。他真的不是你親戚嗎？」她對我說。

「是啊，他是我舅舅，可是我不知道他真的是音樂家。我想除了家人以外，沒有人知道他會拉小提琴。」

「可是我跟你說，我聽過他的聲名。」

當我知道艾娜跟阿里保街的家人可能有某種程度的接觸時，我開始有一點興奮的感覺，但同時也感到有點沮喪。

「我要你介紹你舅舅給我認識。」

「好。」

我們都沉默了。我等著艾娜跟我說點什麼，而或許她也在等我開口。可是不知道為什麼，我覺得我當時沒有辦法跟她解釋阿里保街家裡的樣子。一想到要把艾娜帶到「有名的小提琴手」羅曼面前，看著她見到外表如此邋遢的男子後露出失落、嘲諷的眼神，我就感覺到無比的痛苦。這樣沮喪、羞愧的感覺，在我年輕時時常發生，就好比當我覺得自己打扮不好看，身上散發著漂白水還有廚房裡廉價肥皂的味道，站在穿著剪裁合身的衣裙、頭髮飄著淡淡香水味的艾娜旁邊。

艾娜看著我。我現在仍然記得，當時我們得進教室上課，我瞬間感到鬆了一大口氣。

「在門口等我喔！」她向我大喊。

我總是坐在最後一排，而她老是有朋友幫她在第一排占位子。整節課老師在講課的同時，我的魂已經飛走了。我默默發了誓，不要把我人生中區隔愈來愈清楚的兩個世界搞在一起：一個是真誠、單純的學生朋友圈，一個是髒亂、不怎麼溫暖的家。我想講羅曼的音樂，講葛洛莉雅的紅頭髮，講半夜像鬼魂一樣遊蕩、身材嬌小的外婆，這樣的念頭讓我覺得很蠢。如果要我介紹羅曼給艾娜認識，除了我用天花亂墜的假話在長時間的交談中迷惑她，剩下她眼前看到的，將有可能是我當初到那個家時，讓我痛苦不已的悲慘景況。

那天一下課，我感覺好像做了壞事，為了避免艾娜勢在必行的眼神，我立刻溜出校園跑回家。當我抵達我們阿里保街的公寓時，我卻有想見到羅曼的衝動，因為我太想讓他知道，我曉得他過去在某一段時間很有名、很成功。顯然那是他小心翼翼守住的祕密。不過，當天吃飯時我沒有見到羅曼。雖然我一點也不意外，因為他常常不在，但是我還是感到失落。正在為孩子擤鼻涕的葛洛莉雅讓我感覺她很俗氣，安古斯蒂雅斯又很讓人無法忍受。

隔天還有之後幾天，我繼續逃避艾娜，直到我可以說服自己，心想她應該已經忘記自己之前問過的問題。家裡不見羅曼的人影。

葛洛莉雅問我：

「你不曉得他時不時就會去旅行嗎？他不會跟任何人說，除了那個煮飯的，沒人知道他去哪裡了……」

（我心想：「羅曼會知道有人把他當作名人，而且還有人記得他嗎？」）

某一天下午我走到廚房。

「請問一下，安東尼雅，您知道羅曼什麼時候回來嗎？」

那個女人發出可怕的笑聲，很快地回答我：

「會回來，他一定會回來。他就來來去去，來來去去的……不過從來都不會不見，小雷你說是不是？沒什麼好擔心的。」

她轉頭看著那隻照例跟在她後面、吐著紅色舌頭的狗。

「他不會不見的，小雷你說是不是？」

那個女人開始生火，在爐火的煙霧中，狗看著她，眼睛發出黃色的光，而她又黑又小的眼睛也同樣閃爍著光芒。

她和狗好像被催眠一樣，有一會就那樣保持不動。我確定安東尼雅對於她僅有的少之又少的訊息不會再多透露一個字。

沒什麼方法可以得知羅曼的消息，直到某天黃昏他自己出現。當時我跟外婆還有安古斯蒂雅斯在一起，我覺得自己好像被關在類似感化院的屋子裡，因為我剛躡手躡腳想溜出去街上時，被姨媽逮個正著。羅曼這個時候回來讓我樂翻了。

我感覺他變黑了，額頭和鼻子被太陽晒黑，而且變憔悴了，鬍子沒刮，襯衫的領子也髒髒的。

安古斯蒂雅斯從上到下打量他。

「真想知道你到底去了哪裡！」

羅曼不懷好意地回看了她一眼，同時把鸚鵡抓出來摸一摸。

「放心，我會告訴你的……誰幫我照顧鸚鵡了，媽？」

「孩子，是我啊，」外婆對他笑著說，「我沒忘記……」

「媽，謝謝。」

他抱著外婆的腰，好像要把她舉起來一樣，並在她頭上親了一下。

「你應該不是去什麼好地方。他們有跟我說你的行蹤。羅曼你聽著，我知道你變了……不像以前那麼有道德感。」

羅曼舒展了一下胸口，感覺像要甩掉旅行所帶來的疲憊。

「要是我跟你說，或許我在外面終於搞清楚我姊的道德感呢？」

「你這白痴，別亂講！在外甥女前面更別這樣。」

「我們的外甥女不會嚇到的。還有媽，雖然瞪大了那雙小小圓圓的眼睛，但是也不會被嚇到……」

安古斯蒂雅斯的顴骨黃到發紅，而且令我感到有趣的是，她的胸部跟個激動的女人一樣，上下起伏。

「我去庇里牛斯山轉了一圈，」羅曼說，「在一個叫普伊格瑟達的美麗小鎮待了幾天，當然也去拜訪了年輕時認識的一位婦人，她很可憐，被老公關在悲慘的家裡，有幾個傭人看守她，把她搞得跟犯人沒什麼兩樣。」

「如果你指的是我老闆赫羅尼莫先生的老婆，你很清楚那個可憐的女人已經瘋了，而且比起把她送到瘋人院，赫羅尼莫更想要……」

「是啊，我知道你很清楚你老闆的事，我說的就是那個可憐的桑茲夫人……我從不懷疑她瘋了，但是她會這樣是誰的錯？」

「你到底想影射什麼？」安古斯蒂雅斯傷心地大喊。這次她可是發自內心的大喊，讓我都忍不住心痛了。

「沒什麼！」羅曼出乎意料露出輕鬆的模樣回應她，同時在鬍子後面憋住驚訝的微笑。

我驚訝到嘴巴張開，忘記想要跟羅曼說話了。我已經興奮了好多天，我儲存了這麼多我覺得有趣而且可以討舅舅開心的好消息，好想跟他說。

當我從椅子上站起來，準備用比平常還要激烈的方式擁抱他時，我的嘴邊突然湧現一股醞釀多時的營造驚喜的欣悅。但是接下來的情景澆熄了我的熱情。

當羅曼跟我說話時，我的餘光瞄到安古斯蒂雅斯姨媽靠在櫥櫃上若有所思的樣子，痛苦的表情讓她變醜了，但奇怪的是她並沒有哭。

羅曼安靜地坐在椅子上，開始跟我講庇里牛斯山的事。他說那個地表起伏最劇烈的山分隔了我們西班牙人和其他歐洲人，同時也是地球上真正壯麗的景色。他還跟我說了雪、很深的山谷和寒冷明亮的天空。

「我不知道我為什麼沒辦法愛大自然，它有時是那麼地可怕，有時那麼地不可親近，有時那麼地壯闊……我覺得我不再喜歡巨大的東西。時鐘的滴答聲比山谷的風聲還要有辦法讓我的感官保持清醒……我變得好封閉，」他最後這麼說。

聽羅曼這麼一說，我覺得沒有必要跟他講，有一個跟我同年齡的女孩子知道他很有才華，因為他沒有興趣知道他的才華為他帶來的好名聲。也因為那些外在諂媚的話他一概不聽。

羅曼在說話，同時摸著狗的耳朵，狗舒服到瞇著眼睛在享受。傭人在門邊偷偷觀察他們，一邊心不在焉地用圍裙擦乾自己那雙指甲汙黑、笨拙的手，一邊固執盯著羅曼放在狗耳朵上的手。

# 6

我對那些住在阿里保街的親戚們經常感到訝異。他們雖然每個人都心事重重，好像心底裝了一顆大石頭，但再怎麼微不足道的事情發生在他們身上，仍然會染上悲劇性的色彩。

聖誕節時，我被他們捲入一場激烈的爭吵。有可能是因為在那天之前，我一直避免和他們有交集，所以那一次的印象才特別深刻。又或許是因為我對羅曼舅舅產生一種奇怪的心境，我忍不住開始用一種厭惡的態度來看待他。

那次吵架的潛在原因是我和艾娜的友誼。事隔多年回想起來，我認為打從一開始艾娜就注定要跟阿里保街這些自成一國的怪人搞在一起。

我和艾娜的友誼就跟一般兩個特別要好的同班同學一樣，一直都很正常。多虧了她，讓我想起我早已遺忘的中、小學時期的美好友誼。她對我特別好也讓我沾到了一些好處。男同學比較會讚美我，不過很有可能他們覺得這樣比較容易接近我的美女好友。

跟著艾娜一起生活對我來說是相當奢侈的享受。我記得在石頭建成的大學裡，唯一溫暖的地方是有太陽的花園，除此之外就是艾娜每天拉我去喝咖啡的酒吧。我們說好由她幫我買單，不讓那些男孩子請客，因為他們年紀太輕，而且大多是窮光蛋。我沒錢喝咖啡。如果有哪次可以擺脫安古斯蒂雅斯的監控跟艾娜出去蹓躂，我也沒錢搭電車，天氣好時也沒錢買個烤栗子來吃。這些全要讓艾娜破費。這讓我感到不太自在。我總是想要報答她的恩惠，這樣的執念讓我那段時期的快樂打了些折扣。在那之前，沒有一個我愛的人對我這麼好，但是我除了陪伴還要再付出更多才對得起她，就跟所有不太有魅力的人一樣，總覺得需要為某人的關注與關愛付出實質的報償，因為那對他們而言是可貴的恩賜，抱著這樣的想法讓我很痛苦。

一股衝動促使我打開行李箱重新清點裡面的寶藏，我搞不清楚那是種美好還是吝嗇的感覺，因為當時我根本不會想到要去探究這種心情。我把書堆好，一本一本地看著它們。這些都是我從爸爸的書架上拿來的書。當初伊莎貝爾堂姊把書擺在閣樓，所以書的外表都發霉泛黃了。我的內衣和一個小鐵盒湊齊了我在這世界上全部的家當。在鐵盒裡我找到幾張舊照片、我爸媽的婚戒，還有一塊刻著我出生年月日的銀牌。最下面還有一條用絹紙包起來的古董蕾絲花邊手帕，那是外婆寄來給我當作第一次領聖餐[14]的禮物。我當時顧不了手帕有多麼漂亮，只想著把它送給艾娜會有多麼開心，我的悲傷就弭平了不少。我費好大的工夫才能乾淨地去上學，尤其要能夠配得上我那些外表光鮮亮麗的同學們；我悲傷地縫補手套；我拿傭人刷鍋子的肥皂在走廊的洗衣盆裡用又髒又冰的水洗襯衫；早上用冷水沖澡。我能夠送這份精緻漂亮的禮物給艾娜，足以彌補我生活中這些狗屁倒灶的哀愁。我記得在放聖誕連假前的最後一天，我小心翼翼地躲開家裡親戚的目光，把手帕帶去學校給艾娜。我會這麼做並不是因為把原本就屬於我的東西送人是一件罪過，而是因為那個禮物是我最私密、不容許任何人侵犯的東西。那時候我已經完全沒心跟羅曼講艾娜的事情，連有人稱讚過他的才藝我都不想說。

當艾娜打開我送她的包裹，看到裡面是一個漂亮的小東西時，她既感動又開心。這份愉悅勝過她之前對我一切的好，將我跟她緊緊聯繫在一起，讓我感覺到前所未有的富有與幸福。我永遠不會忘記這樣的感覺。

我記得這件事讓我的心情好轉，於是在開始放假時，我比平常更有耐心、更溫柔地跟大家相處，連跟安古斯蒂雅斯在一起我都表現得客客氣氣的。平安夜時雖然她沒有要求，但我已經打扮好，準備跟她一起去參加子夜彌撒。我出其不意的舉動讓她突然變得緊張兮兮。

「我今晚比較想自己去，孩子……」

她撫摸我的臉，以為我會大失所望。

「你明天就和你外婆去領聖餐禮……」

我不失望，而是感到驚訝，因為她要求我和她一起參加所有的宗教活動，她喜歡監視我，批評我不夠虔誠。

我睡了好久，醒來發現聖誕節當天早上天氣好得不得了。我的確陪外婆去望了彌撒。在大太陽底下，穿著黑色外套的老婆婆好像一顆皺巴巴的小葡萄乾，開心地走在我身旁。我居然因為沒有因此更愛她而感到內疚。

回來的路上，她跟我說她在領聖餐禮的時候祈禱全家平安。

「孩子啊！我希望那對兄弟和好，那是我唯一的願望，也希望安古斯蒂雅斯了解葛洛莉雅的好和她的不幸。」

上樓時我們聽見家裡傳出的吼叫聲。外婆用力抓緊我的手，深呼吸了一下。

進門時我們撞見葛洛莉雅、安古斯蒂雅斯和胡安拉高分貝在飯廳裡吵架。葛洛莉雅哭得歇斯底里。

胡安企圖把椅子砸在安古斯蒂雅斯的頭上，安古斯蒂雅斯一腳跳開，同時拿了另一張椅子當作盾牌阻擋攻擊。

鸚鵡興奮地尖叫，安東尼雅在廚房唱歌，讓整個場景更具喜感。

外婆立刻介入，揮起雙手，企圖抓住失控的安古斯蒂雅斯。

葛洛莉雅跑向我。

「安德蕾雅，你說這不是真的！」

胡安放下椅子看著我。

「看安德蕾雅怎麼說？」安古斯蒂雅斯大吼。「我很清楚就是你偷的……」

「安古斯蒂雅斯！媽的，你再亂說，我就打爆你的頭！」

「好，不然要我怎麼說？」

「安古斯蒂雅斯說我拿走你一條蕾絲花邊手帕……」

我突然呆掉、臉紅，好像被控告了什麼罪名。我感覺一股熱氣、一陣沸騰的血流到了臉頰、耳朵和脖子的血管……

「我說話不是沒憑沒據！」安古斯蒂雅斯用手指著葛洛莉雅說。「有人看到你從家裡拿了那條手帕去賣。那正是外甥女行李箱中唯一值錢的東西，你別跟我說那不是你第一次翻行李箱想偷東西。我有兩次發現你偷穿安德蕾雅的內衣。」

這倒是真的。葛洛莉雅在這方面很髒、很邋遢，習慣非常不好，也不太考慮到別人的隱私。

「不過偷手帕這件事不是真的，」我說，同時感覺幼稚的苦惱壓迫著我。

「看吧！不要臉的老巫婆！你最好管好自己的事，別人的事你少插手。」

這當然是胡安講的話。

「不是嗎？你第一次聖餐禮的手帕不是他們偷的？……要不然東西在哪裡？今天早上我檢查了你的行李箱，什麼都沒看見。」

「我送掉了，」我壓抑住心跳回答。「我拿去送人了。」

安古斯蒂雅斯姨媽快速地衝了過來，我本能地閉上眼睛，感覺她好像要賞我一巴掌。她靠我靠得很近，以至於我可以感覺到她的呼吸。

「快跟我說，你送給誰了？男朋友？你交男朋友了？」

我搖頭否認。

「這不是真的，是你為了袒護葛洛莉雅撒的謊。只要那個賤女人好過，你根本不在乎讓我難堪。」

在一般情況下安古斯蒂雅斯姨媽講話是很有分寸的，那次應該是被現場氣氛影響了。接下來的事發生得很快。胡安一巴掌打過來，重重地落在安古斯蒂雅斯臉上，讓她失去重心跌倒在地。

我快速彎下腰，想把她拉起來。她一邊哭一邊斷然拒絕。老實說，那樣的場景對我而言已經不再有趣了。

「你聽著，老巫婆！」胡安大吼。「我之前不吭聲是因為我比你和這個家裡的敗類好上一百倍，但是我現在已經不太在意讓全世界知道，你老闆的老婆為什麼有時候會在電話裡罵你，還有你昨晚為什麼沒去參加子夜彌撒或這類的活動……」

看來我會很難忘記安古斯蒂雅斯當下的樣子。一縷縷灰色凌亂的頭髮，瞪大的雙眼令人害怕，用兩隻手指抹掉嘴角上一條細細的血痕……她活像個醉漢。

「混蛋！混帳！……瘋子！」她大喊。

接著她雙手摀臉，跑進房間把自己關起來。我們聽見她身體倒下讓床發出嘎吱嘎吱的聲音，然後是她的哭聲。

飯廳恢復令人不可置信的平靜。我看向葛洛莉雅，發現她對我笑。我不知道該怎麼回應。我嘗試著輕輕敲安古斯蒂雅斯的房門，她沒有應門著實讓我鬆了一口氣。

胡安已回到畫室，他從畫室呼喚葛洛莉雅。我聽見他們開始討論別的事，說話聲音朦朦朧朧，好像遠離的暴風雨。

我走向陽台，把頭靠在窗戶的玻璃上。聖誕節當天的街上像極了閃著金光又充滿美味食物的巨大蛋糕店。

我感覺外婆靠近我的背，接著她老是冷到發紫的小手開始輕輕地撫摸我的手。

「小壞蛋，」她對我說，「小壞蛋……你把我的手帕送人了。」

我看著她，她帶著天真哀傷的眼神，顯現出難過的樣子。

「你不喜歡我的手帕？那是我媽媽留下來的，但是我想把它留給你……」

我不知道該怎麼回答。我把她的手反過來，親了一下她皺巴巴、溫柔的掌心。一陣哀傷像條粗繩勒住了我的喉嚨。我想，我生活中任何的快樂都被不幸的事給抵消了。或許這就是命運的法則。

安東尼雅來鋪桌子。她在桌子中間放了一大盤杏仁糖，有如一大束花。安古斯蒂雅斯姨媽在房間裡不想出來。

我和外婆、葛洛莉雅、胡安和羅曼圍著一張大桌子，上面鋪著方格紋且邊角還脫線的桌布，吃了一頓奇怪的聖誕節午餐。

胡安高興地搓著雙手。

「開心！開心！」他說，同時開了一瓶酒。

當天是聖誕節，所以胡安格外興奮。葛洛莉雅開始拿了幾塊杏仁糖，把它們當作麵包沾著湯吃。外婆喝了酒後，搖著頭開心地笑。

「可口美味兔子肉勝過大魚大肉，即使沒有火雞肉也沒有雞肉可享受，」胡安說。

只有羅曼一如往常，離食物遠遠的。他也拿了幾塊杏仁糖，不過是拿去餵狗。

我們就好比任何一個平靜幸福的家庭，過著簡單樸實的生活，其他別無所求。

總是走得過慢的時鐘在不對的時間敲鐘，鸚鵡開心地在太陽下伸展羽毛。

很快地我又覺得那一切都很愚蠢、荒誕、可笑。在沒人說話，沒有趣事發生時，我忍不住笑了出來，然後就噎到了。他們拍我的背，而我咳得臉紅直到流出眼淚，我笑了。接著我感到痛苦、悲傷、空虛，最後真的哭了。

下午安古斯蒂雅斯姨媽要我去她房間。她躺在床上，額頭上敷了幾塊沾了水和醋的棉布。她已經恢復平靜，但看起來生病了。

「過來，孩子。你過來，」她對我說，「我要跟你講一件事……我要你知道，你姨媽沒有能力做什麼壞事或是丟臉的事。」

「我早就知道了，從來沒懷疑過。」

「謝謝你，孩子。你不相信胡安的毀謗？」

「嗯……你昨晚沒去子夜彌撒這件事？」我憋住不笑。「我不相信。你怎麼會不在場呢？再說，我也不在意。」

她不安地移動身體。

「很難跟你解釋，不過……」

她說話時鼻音很重，就像春天的雲裡充滿了水氣。我受不了再看一齣戲，所以我用指尖碰了一下她的手臂。

「你不必再多做解釋，我不覺得你有必要跟我報告一舉一動，姨媽。如果你覺得我說些什麼會有用的話，我可以跟你說，任何胡安說你不道德的事，我都覺得不可信。」

她的兩顆栗子色的眼珠在蓋在頭上的濕布邊動了動，注視著我。

「孩子，我很快就要離開這個家了，」她帶著猶豫的聲音說。「任何人都想像不到的快。到時候就可以證明我說的是真的。」

我當下企圖想像安古斯蒂雅斯姨媽不在時的生活會怎樣，我的世界會變得多開闊……但是她沒讓我得逞。

「安德蕾雅，你現在聽著。」她說話的口氣變了。「如果你把那條手帕送人了，你必須叫那個人還回來。」

「為什麼？那本來就是我的。」

「因為我要你這麼做。」

我竊笑，想說那女人的反差也太大了。

「沒辦法，我不會幹那樣的蠢事。」

安古斯蒂雅斯的喉嚨突然像貓咪開心的時候一樣，發出低沉的呼嚕聲。她從床上坐了起來，拿下額頭上的濕布。

「你敢發誓真的把手帕送人了？」

「天啊！當然是真的！」

我已經厭煩，不想再繼續那個話題。

「我把它送給一個大學的女同學。」

「發假誓前先三思。」

「姨媽，你沒發現這一切都變得荒謬嗎？我說的是真話。到底是誰告訴你葛洛莉雅偷了我的手帕？」

「孩子，是你舅舅羅曼很肯定地跟我說的。」她又憔悴地躺回枕頭上，繼續說：「如果他說謊，希望上帝原諒他。他跟我說他看見葛洛莉雅把手帕賣到一間古董店，所以我早上才去檢查你的行李箱。」

我聽完一頭霧水，感覺自己像是做了什麼骯髒的壞事。我不知道該說什麼，也不知道該如何是好。

最後我回到房間坐在沙發床上，身體裹著毛毯，頭靠在彎曲的膝蓋上，在黃昏照射的傢俱光影中結束聖誕節這一天。

外面的商店五光十色，人們的手上提著大包小包，耶穌誕生的馬槽加上陪襯的牧人和羊群也打上了點綴的燈。街上充斥著糖果、花束、裝飾籃、禮物和祝福的話。

葛洛莉雅和胡安帶著孩子到街上晃晃。我想在人群中他們的身影應該是最單薄、最不起眼，也最容易被遺忘的。安東尼雅也出門了。我聽見外婆的腳步聲，她急急忙忙像隻興奮的小老鼠，在那可怕女人管轄的廚房禁區裡到處聞。她拖了一張椅子，打開櫥櫃的門。她找到了糖罐，我聽見杏仁糖在她的假牙間發出喀啦一聲。

其餘的人都上床了。安古斯蒂雅斯姨媽、我和樓上的人，被每層樓交織的模糊噪音（留聲機、跳舞和熱絡交談的聲音）隔開，我可以想像羅曼躺在自己的房間裡大口大口地抽菸。

我們三個人各自想著自己，走不出生活狹隘的框框，連外表假清高的羅曼也是。他更是心眼狹小，比任何人都還要容易受到日常瑣事的束縛。他的生活、能力、技術都被家裡的吵吵鬧鬧給折磨、吸乾。他會偷翻我的行李箱，會說謊，還會造謠攻擊一個他假裝瞧不起甚至不放在眼裡的人。

我凍得要死，在房間裡淨想著這些事，我的聖誕節就這樣結束了。

# 7

就在我剛才說的那個混亂場景發生的兩天後，安古斯蒂雅斯收拾行李，沒跟我們說她去哪裡，也沒交代什麼時候回來，就離開了。

不過，她那次出門不像羅曼那樣悶不吭聲地落跑。整整兩天她在家裡頭指氣使、大呼小叫，時而哭泣，說話神經兮兮又自相矛盾。

當她闔上行李箱，計程車到門口等待時，她抱住外婆。

「媽，祝福我吧！」

「好的，女兒，好的，女兒……」

「記得我跟你說的。」

「好的，女兒……」

胡安兩手插在口袋裡，不耐煩地看著這一幕。

「你比神經病還瘋！」

安古斯蒂雅斯不回應。我看她穿著深色長大衣，戴著萬年不變的帽子，身體靠在外婆肩上，頭斜到一邊，低得碰到外婆白髮蒼蒼的頭。我似乎看見秋天最後的幾片葉子在樹上凋零，等著被風帶走。

最後安古斯蒂雅斯離開時，她的聲音仍在家裡迴盪了好一會。當天下午門鈴響了，我幫一位來找她的陌生人開門。

「她已經走了？」他好像用跑的過來，氣喘吁吁地說。

「沒錯。」

「那我可以見你外婆嗎？」

我讓他進到飯廳。他又高又壯，眉毛灰白濃密，帶著焦慮的眼神看著那個有如淒涼廢墟的場景。

外婆抱著小孫子現身，帶著鬼魅般、寒酸的尊嚴，笑咪咪地招呼那位她不認得的客人。

「不知道您是從哪裡……」

「婆婆，我以前在這個家住了好幾個月。我叫赫羅尼莫·桑茲。」

我不太禮貌，好奇地盯著安古斯蒂雅斯的老闆。他看起來像個脾氣不好也不太會控制脾氣的男人。但他的穿著非常體面。他深色的眼睛幾乎看不到眼白，讓我想起堂姊伊莎貝爾在鄉下養的豬。

「天啊！天啊！」外婆用顫抖的聲音說。「沒錯……請坐。您認識安德蕾雅？」

「是啊，婆婆。上次她來的時候我就看過她了。她變得不多……她的眼睛、身高，還有瘦瘦的樣子都像她媽媽。安德蕾雅真的長得很像您家裡的人。」

「跟我兒子羅曼一樣；如果她的眼睛也是黑色的話，就跟我兒子羅曼一樣，」外婆出人意料地說。

赫羅尼莫先生氣喘吁吁地坐在椅子上。聊到關於我的話題時，他和我一樣都不太感興趣。他回頭看外婆時，發現她只顧著跟孩子玩，根本忘記了他的存在。

「婆婆，我想知道安古斯蒂雅斯住在哪裡……拜託跟我說。您曉得……我有一些公事只有她才能解決，因為……她忘了……而且……」

「對，對，」外婆說。「她忘了……安古斯蒂雅斯忘了說她去哪裡了。是吧，安德蕾雅？」

她帶著明亮又溫柔的小眼睛，對著赫羅尼莫先生笑。

「她忘記給我們任何一個人她的地址，」外婆最後說。「她應該有寫……我女兒有點怪。您想想看，她偏要說自己的弟妹，也就是我的媳婦葛洛莉雅不完美……」

赫羅尼莫先生的衣領又白又硬挺，但他的臉發紅。他找到機會起身跟大家說再見。他在門口用特別厭惡的眼神瞪著我。我一時衝動想跑過去抓住他的領子，對他狂吼：

「您憑什麼那樣看我？又甘我什麼事？」不過，我當然是對他笑了笑，小心翼翼地把門關上。轉過身，我發現外婆天真的臉靠在我的胸口。

「開心啊！孩子，我好開心！不過這一次我好像應該懺悔。我確定不是什麼最嚴重的罪過，但不管怎樣……因為我明天要領聖禮……」

「是因為你騙了赫羅尼莫先生？」

「對啊，對啊……」外婆笑著說。

「那安古斯蒂雅斯在哪裡，外婆？」

「連你我也不能說，小壞蛋……而且我寧願這樣，因為可憐的安古斯蒂雅斯被你的舅舅們誣賴，說她做了很多她根本沒做的荒唐事，而且你也可能會相信。我這可憐的女兒唯一的缺點就是脾氣不好……不過也不是很重要。」

葛洛莉雅和胡安來了。

「所以安古斯蒂雅斯不是跟赫羅尼莫先生私奔囉？」胡安毫不避諱地說。

「閉嘴！閉嘴！……你姊不會這樣，你最清楚不過了。」

「媽，不過平安夜那天我們看她快天亮才跟赫羅尼莫先生回到家。我跟胡安躲在暗處看他們走過去。他們在門口的路燈下道別，赫羅尼莫先生親了她的手，她在哭……」

「孩子啊，」外婆搖了搖頭說，「不是所有你看到的都跟你想的一樣。」

不久後，我們看到外婆冒著下午陰冷的天氣出門到附近的教堂懺悔。

我進到安古斯蒂雅斯的房間，見主人不在，柔軟的床墊又沒人用，突然萌生在那裡睡覺的念頭。我誰都沒問就把被子搬到那張床上，不過感到有點不安，因為整個房間充滿了前任主人散發的樟腦丸和薰香味，而且怯生生的椅子排得整整齊齊，似乎還聽命於她。那房間跟安古斯蒂雅斯的身體一樣冷硬，但比家裡其他的房間乾淨且與眾不同。我直覺上對它有排斥感，但我同時又因為對舒適的嚮往而被它吸引。

幾個小時後進入深夜，這個家被迫暫時休戰，處於平靜狀態，可是到了清晨，我的眼睛被燈光照到，我醒了過來。

我慌張地從床上坐起，看見羅曼。

「噢！」他皺眉卻擺了個笑容說。「你趁安古斯蒂雅斯不在，睡她房間……你不怕她知道掐死你？」

我用疑惑的眼神看著他，沒開口搭話。

「沒事了，」他說，「沒事……沒幹嘛。」他快速關掉電燈離開。我隨即聽到他出門。

接下來幾天，我都以為羅曼在半夜出現只是我做的夢，但很快我就清楚地想起當時的情況。

那天下午的陽光很哀傷，我在外婆的房裡。她有個很亂而且塞滿照片的抽屜，有幾張照片還被老鼠咬過。她拿出舊照片給我看，我看到有點煩。

「外婆，這是你嗎？」

「是啊……」

「這是外公？」

「沒錯，是你爸。」

「我爸？」

「是啊，我先生啊！」

「所以那是外公，不是我爸……」

「啊！……對，對。」

「這個胖妞是誰？」

「不知道。」

但是照片背後寫著舊日期和「阿美莉雅」的名字。
「外婆，這是我媽小時候。」
「我覺得是你搞錯了。」
「沒有啊，外婆！」
她記得她年輕時候所有的老朋友。
「這是我兄弟……這是我住在美國的一個堂兄弟……」
最後我累了，回到安古斯蒂雅斯的房間，想單獨在那黑暗的地方待一下。「如果有那個心情，那我用功一下。」每次一這麼想，內心就會有小小的掙扎。我輕輕地推開門，又立刻嚇到退回去。因為羅曼手上拿著信，在陽台邊利用夕陽的最後一絲餘暉閱讀。
他不耐煩地轉過身，不過當他看到我時勉強笑了一下。
「噢！……孩子是你啊？……好，你現在別想跑，來幫個忙。」
我平靜了下來。我看著他鎮定、俐落地折好那封信，並且把它放到小書桌上的一疊信上面。他黝黑、靈敏、有生命力的手打開安古斯蒂雅斯的一個抽屜，再從自己的口袋拿出一個鑰匙包，很快找到他要的鑰匙，接著把信都放進去，安靜地鎖上抽屜。
他一邊做這些動作一邊跟我說話：
「孩子，我今天下午正好要找你聊聊。樓上有一款很好的咖啡，想請你喝一杯。還有昨天想到你才買的菸和糖果……嗯……怎麼樣？」做完動作後看我沒回應，他說。
他斜靠著安古斯蒂雅斯的書桌，陽台外的夕陽照著他的背，我正對著他。

「我看你的眼睛跟貓一樣閃閃發亮，」他對我說。
我深呼吸，釋放我的驚訝和緊張。
「嗯，你的回答是什麼？」
「不用了羅曼，謝謝。今天下午我想讀書。」羅曼擦了一根火柴點菸。我觀察了一下，發現在黑暗中他的臉被紅色火光照亮。他露出笑容，接著金色的菸絲開始燃燒，很快出現一個小紅點，而周圍再度恢復黃昏紫中帶灰的餘光。
「安德蕾雅，你不是真的想讀書……算了吧你！」他快速靠近，抓住我的手臂說。「走吧！」
我僵住，然後輕輕地撥開他的手。
「今天不了……謝謝。」
他立刻放開我，不過我們靠得很近，一動也不動。
街燈亮了，一道黃色的光在安古斯蒂雅斯空蕩蕩的椅子上反射，灑在花磚上……
「安德蕾雅，你要怎樣隨便你，」他最後說，「對我來說不痛不癢。」
他的聲音沉重，換了不同的音調。
「他絕望了，」我心想，不太確定我為何會聽出他的聲音中的絕望。他跟平常一樣快速離開走出公寓，砰的一聲把門關上。我有點心痛，突然很想跟他上樓，但是到了門廳我又停住。我一連多天拒絕羅曼的好意，覺得在發生那個手帕事件後，我沒辦法再跟他當朋友。不過，他在我心中激起的興趣，比其他所有家人加起來還多……「他心眼狹小，不是個正人君子，」我在那裡，在家裡的黑暗靜謐處，內心高分貝地大喊。

但我還是決定打開大門上樓去。我雖然無法理解，不過我第一次感覺到對某個人感興趣和尊敬某個人是兩碼子事。

在行走的途中我不斷回想第一天晚上在安古斯蒂雅斯房間睡覺的情形。羅曼出現，他離開後我聽見關門聲和他上樓的腳步聲，然後聽到葛洛莉雅出了家門。在安古斯蒂雅斯的房裡，樓梯間的任何聲音都聽得一清二楚。那裡像家裡的耳朵……悄悄話、關門、說話，一切都會在那裡發出回音。我很驚訝，於是開始偷聽。我閉上眼讓聽覺變得更敏銳；我似乎看得到臉又白又瘦的葛洛莉雅在樓梯間的小平台，猶豫不決地走來走去。她走了幾步，然後遲疑地停下來，接著再開始走，又再停下來。我的心開始撲通撲通地跳，因為我確定她無法抗拒誘惑，想爬上分隔我們家和羅曼住處的階梯。她也許沒辦法抗拒偷窺他的欲望……可是我聽見葛洛莉雅的腳步突然決定往下走，走到街上。這一切都太令人驚訝，我不禁把它當作是我在半夢半醒中想像出來的幻影。

現在上樓的人是我。我的心跳得很快，腳步緩慢地爬到羅曼的住處。事實上他需要我，就像他跟我說過，他需要我和他說話。他可能要跟我懺悔，在我面前說他後悔做了什麼，或是為自己做過的事辯解。我進去前，看見他躺著撫摸小狗的頭。

「你覺得你來了很了不起嗎？」

「沒有啊……是你要我來的。」

羅曼坐起來，好奇地睜大雙眼看著我。

「我很想知道我到底可以跟你聊到什麼程度，你可以喜歡我到什麼地步……安德蕾雅，你喜歡我，對吧？」

「是啊，很正常……」我拘謹地回答。「我不知道一般的外甥女可以喜歡自己的舅舅到什麼地步……」

羅曼突然笑了出來。

「一般的外甥女？難道你以為自己是特別的外甥女？安德蕾雅，算了吧！看著我！……笨蛋！不管是哪一種外甥女通常根本不會在乎她們的舅舅……」

「是啊！所以有時候我在想，朋友比家人好。我們有時候會跟外人親到比家人還親……」

那幾天已經模糊的艾娜形象當下在我腦中隱約浮現。順著這句話，我追問：

「你沒朋友嗎？」

「沒有。」羅曼看著我。「我不愛交朋友。這個家沒有人需要朋友。我們跟自己好就夠了，你會相信這一點的……」

「我不信。我不太同意……你可能跟你同年紀的人在一起，會比跟我有話聊……」

我的看法卡在喉嚨裡，沒能說出口。

羅曼雖然帶著笑容，但說話有點不耐煩。

「我需要朋友的時候就會有。我交過朋友，也跟他們絕交了。你將來也會厭煩這一切……在這個美麗卻又骯髒的世界，有誰是我覺得重要到可以忍受的人？再過不久，等到你追求友誼的浪漫少女心過了之後，你就會叫那些人都去下地獄。」

「羅曼，那你跟那些朋友絕交以後也下地獄了……我從不像你那麼在意別人，不會對別人的私事那麼好奇……也不會搜別人的抽屜，更不會關心別人的行李箱裡裝了什麼東西。」

我發現我面紅耳赤，因為當時開著燈，壁爐又點著一盆明亮的大火。當我察覺時，一股血液又湧了上來，不過我還是勇敢地盯著舅舅的臉。

羅曼挑了一下眉。

「啊！所以這就是你這幾天躲著我的原因？」

「沒錯。」

「你聽著，」他改變音調說話，「不懂的事就不要插手……要是我跟你解釋我為什麼那樣做，你也不會懂，所以我從沒想過跟你多說些什麼。」

「我又沒求你。」

「是啊……不過我想講……我有話想跟你說。」

我覺得羅曼那天下午顯得心神不寧。我第一次在他面前感覺全身不對勁，就像胡安在我旁邊時總是讓我不舒服一樣。在那次對話中，他臉上露出不懷好意的開心，偶爾他皺著眉看我，眼神激動，好像他跟我說的那些話真的令他滿腔熱血，好像是他生活中最重要的事。

起初他似乎不知道要怎麼開頭。他專心弄咖啡壺。他關了燈，唯一的光源來自壁爐，我們就著光才能稍微舒服地喝咖啡。我坐在地板的蓆子上，靠近爐火。羅曼蹲在我旁邊一會，抽著菸，接著起身。

「我要跟平常一樣，叫他彈點音樂嗎？」我眼看沉默了那麼久，內心這樣想。我們似乎又恢復以前正常的氣氛。他突然開口，嚇了我一跳。

「唉，我想跟你聊，但沒辦法。你是個孩子……『好的』、『不好的』、『我喜歡的』、『我想做的』……你就跟小孩一樣黑白分明，頭腦裡裝的就是這些東西。有時候我覺得你像我，懂我，懂我的音樂，懂這個家的音樂……第一次拉小提琴給你聽的時候，你的眼神隨著音樂改變，當下我內心充滿希望，悸動著，感到無比開心。孩子啊！我那時以為我們不用說話你也可以懂我，你就是我需要的聽眾……而你卻絲毫沒發現我必須知道——其實我已經知道——樓下發生的一切。葛洛莉雅所有的想法、安古斯蒂雅斯所有的荒唐故事、胡安遭受到的所有折磨……你沒發現我掌握他們所有人，掌控他們的生活、他們的情緒還有他們的看法……？但願我能跟你描述有幾次我差一點把胡安逼瘋！……不過，你又不是沒親眼看過？我控制他的思考、他的腦袋，讓他幾乎崩潰……有時候他瞪大眼睛嘶吼，我就覺得好爽。要是你哪一次體驗了這種激烈奇特的情緒、口乾舌燥的感覺，你就懂我在說什麼了！我知道只要一句話就可以安撫他，讓他冷靜，讓他聽我的，逗他笑……這你懂的是吧？你很清楚我可以指使他，擺布他，糟蹋他到什麼地步。別跟我說你沒發現……而且我不想讓他好過。我就是這樣讓他自甘墮落……還有其他人……我故意讓這個家的生活變得跟汙濁的河水一樣髒……如果你跟我一樣在這裡多待一陣子，你這一生就會被這個家和它的味道，還有家裡的那些舊東西給毀了。所以你跟我沒兩樣……你跟我沒兩樣，是吧？你說，你是不是跟我有點像？」

當時我們就這樣，我坐在地板的蓆子上而他站著。不知道是他嚇我的時候感覺很樂，還是他真的瘋了。末了他幾乎用氣音問我最後一個問題。我一動也不動，緊張地想逃跑。

他用手撫摸我的頭，我跳了起來，忍住不發出尖叫。

然後他開懷大笑，充滿熱情，像個孩子，如往常般洋溢魅力。

「恐怖喲！安德蕾雅，嚇到了？」

「羅曼，你幹嘛講那些五四三的？」

「五四三？」他還在笑。「我不確定它們是不是……我跟你說過索奇皮利神的故事，就是我那個習慣接收人類心臟的小神像，是吧？哪天祂就會厭倦我貢獻的貧弱音樂，到時候……」

「羅曼，你已經嚇不了我了。我生氣了，你可以換個聲音說話嗎？不然我要走了……」

「到時候，」他笑得更誇張，黑色鬍子下露出白色的牙，「到時候我就把胡安獻給索奇皮利神，把胡安的頭和葛洛莉雅的心臟獻給祂……」

他吸了一口氣。

「就算這樣也都只是不起眼的祭品。你美麗聰明的頭也許是更好的……」

我被羅曼開心的笑聲追著跑，嚇得跑下樓回到屋子裡。老實說，我是逃出來的。我一邊跑，一邊看著階梯從我腳下飛過。羅曼在我身後發出的笑聲就像魔鬼乾枯的手試圖抓住我的裙角。

為了不要遇到羅曼，我不想吃晚餐。不是因為我怕他，不是。從那裡離開一分鐘後我就覺得剛才的對話很荒謬，但那讓我心神不寧，精神耗弱，不想跟他有眼神交流。就是從這個時候，而不是當我發現他不尊重別人，卑鄙偷窺別人的生活，也不是前面幾天躲著他，以為這樣可以唾棄他的時候，是從這個時候開始，我對羅曼懷有不可名狀的厭惡。

我倒在床上睡不著。飯廳明亮的光透進房間的門縫，我聽見他們說話的聲音。羅曼的眼睛在上方看著我：「只要你的感官都被家裡的東西抓住，你就什麼都不需要了……」他對我說的這句話在我腦中揮之不去，讓我覺得有點可怕。我在毯子裡覺得孤單、迷惘，第一次感到需要有人陪伴，第一次感覺到我的手渴望有另一隻手來安慰……此時電話在我的床邊響起。我都忘記家裡有這個東西了，因為平常只有安古斯蒂雅斯會用。我被電話尖銳的響聲嚇得冒汗，顫抖地拿起話筒，耳邊傳來一陣非常興奮的聲音（因為那像是對我當下心情的回應），以至於瞬間我沒聽到她在說什麼。

是艾娜，她在電話簿裡找到我家的號碼，打來找我。

# 8

安古斯蒂雅斯搭夜車回來，在樓梯間遇見葛洛莉雅，她們說話的聲音把我吵醒。我立刻意識到我睡的不是自己的房間，而且它的主人就要跟我討回去了。

我冒著寒冷，帶著睡意跳下床。我嚇到以為自己無法移動，不過事實上我在幾秒後立刻掀開被子，用它包著身體，路過飯廳時把枕頭丟在椅子上。到了門廳，我赤腳踩在冰冷的地磚上，身體仍裹著毛毯，看見安古斯蒂雅斯抓著葛洛莉雅的手從外面走進來，後面跟著幫她提行李的司機。外婆也在。她看著葛洛莉雅，慌慌張張又口齒不清地說：

「好了，孩子，好了……你快進我房裡去！」

但安古斯蒂雅斯緊抓著葛洛莉雅的手。

「不要，媽。不要，辦不到。」

司機斜眼看著這場景。安古斯蒂雅斯付錢給他，關上門後立刻轉向葛洛莉雅。

「不要臉！這個時間你在樓梯間幹嘛？說啊！」

葛洛莉雅像貓一樣不動聲色，畫過口紅的嘴脣顯得發黑。

「我跟你說過了，小姐。我早就感覺到你要回來，所以去迎接你。」

「真是無恥！」安古斯蒂雅斯大喊。

姨媽的樣子看起來很可悲。她和出門當天一樣戴著萬年不變的帽子，但是上面插的羽毛已經彎曲變形，看起來活像野獸的角。她畫了十字，雙手放在胸前開始祈禱。

「主啊！請賜給我耐心！主啊，請賜給我耐心！」

我感覺地板的寒氣滲入腳底，身體雖然裹著毛毯卻冷得直打哆嗦。

「如果她知道我偷用她的房間，她會說什麼？」我心想。此時外婆開始哭泣。

「安古斯蒂雅斯，放開她，你放開那女孩。」

她哭得像個孩子。

「媽，聽起來就像騙人的！騙人的！」安古斯蒂雅斯又開始大喊。「你連她去過哪都沒問……你會想要自己的女兒也做出同樣的事嗎？媽，我們年輕的時候，連去朋友家聚會你都不准，現在你卻護著這個不要臉的女人，讓她晚上出去鬼混！」

她把手舉到頭上，摘下帽子，坐在行李箱上開始哀嘆：

「我瘋了！我瘋了！」

此時，安東尼雅像個包打聽出現了，接著胡安也罩著舊外套走了出來，葛洛莉雅像團黑影趁機溜進外婆的房間。

「我可以知道你幹嘛鬼吼鬼叫的嗎？瘋狗！」胡安對著安古斯蒂雅斯說。「你不知道我需要睡覺，明天五點要早起嗎？」
「與其罵我，你還不如問看看你太太這個時間在街上幹嘛！」
胡安定住不動，尖瘦的下巴朝著外婆。
「這跟葛洛莉雅有什麼關係？」
「孩子啊，葛洛莉雅在她房裡……我是說她跟小孩在我房裡啦……她剛剛下樓去迎接安古斯蒂雅斯，你姊卻以為她要出去街上。這是個誤會。」
安古斯蒂雅斯生氣地看著外婆。高大的胡安站在所有人中間。接下來他的反應出乎意料。
「媽，你幹嘛說謊？媽的！……還有你，老巫婆，不干你的事你幹嘛插手？你跟她什麼關係？她愛晚上出去你管得著嗎？她在這個家唯一需要徵求同意，而且有權同意她的人就是我……所以滾回你的房間，別再吠了！」
安古斯蒂雅斯真的回房間去了，胡安跟平常生氣時一樣待在原地，緊咬著雙頰。傭人和剛才一樣一副八卦的樣子，從她那狗窩的門口發出歡呼聲。胡安轉向她舉起拳頭，接著又沿著身體側邊無力地放下手。
我走進原本當作我臥室的客廳，被空氣中飄散的霉味和灰塵給嚇了一跳。哇，好冷！那張摺疊床上的床墊薄得跟張紙沒兩樣，我睡在上面直發抖。
立刻有人開了我身後的那扇門，安古斯蒂雅斯的身影再度出現在我眼前。在黑暗中她被傢俱絆到，唉了一聲。
「安德蕾雅！安德蕾雅！」她大喊。

「我在這裡。」

我聽到她呼吸沉重。

「我把你們對我造成的苦難全都奉獻給天主……我可以知道為什麼你的衣服會在我房裡嗎？」

我沉默了一下。就在安靜的當下，從遠方外婆房裡傳來吵架的聲音。

「這幾天我都睡在你那裡，」我最後開口回答。

安古斯蒂雅斯張開雙臂，好像要跌倒，又好像在空氣中摸索想抓到我。我閉起眼，但是她再一次絆到東西，發出哀號。

「願主原諒你把我惹毛……你就像隻在我眼前徘徊的烏鴉……一隻我還沒死就想把我財產叼走的烏鴉。」

此時葛洛莉雅的尖叫聲穿過門廳，接著她和胡安的房門關上，發出砰的一聲。安古斯蒂雅斯站起來聽。這時好像傳來一陣悶悶的哭聲。

「天啊！這會讓人瘋掉！」姨媽喃喃自語。

她換了另一個語調說：

「小姐，我跟你的帳明天再算。你明天一起床就來找我，聽到沒？」

「聽到了。」

她關門離開。家裡充滿回音，像隻老狗在無病呻吟。傭人門後面的狗開始又吠又哀嚎，混著葛洛莉雅的叫聲，伴隨著更遠傳來的小孩哭聲。之後，當全家靜下來時，小孩的哭聲聽得最清楚，充滿家裡每個角落。我聽見胡安再度從他的房間出來，去外婆那裡找他的孩子。接著聽到他在門廳來回踱步，跟孩子說話，讓他安靜，哄他入睡。那不是我第一次在寒冷的半夜裡聽見胡安跟孩子說話。他對孩子的溫柔無可挑剔，非常親密，甚至是溺愛。葛洛莉雅每隔兩週會去外婆房間陪孩子睡覺，這樣他胡亂的哭鬧聲才不會吵醒天還沒亮就得起床，辛苦工作一整天累得半死，隔天凌晨才能回家的胡安。

安古斯蒂雅斯回來把家裡弄得雞飛狗跳的那夜，正好就是舅舅要早起的前一晚。在工廠汽笛聲劃破清晨薄霧前，我仍醒著，聽見他出門。此時巴塞隆納的天空還布滿星星，帶著濃濃的海洋溼氣。

我寒冷地瑟縮在床上，才剛入睡就被安東尼雅瞪醒，看見她幸災樂禍地深深嘆了一口氣。她大喊：

「姨媽叫您過去……」

她雙手叉腰，看著我揉眼睛、穿衣服。

我完全醒來，坐在床邊，感覺我正處在對安古斯蒂雅斯叛逆的時刻，可以說是最叛逆的時刻。我突然發現自己再也無法忍受她。在那幾天享受過她不在的自由後，我再也不想順從她。我的理智在騷動的夜晚斷線，我感到歇斯底里、絕望、想哭。我覺得我承受得了滲進破舊毛毯的寒氣，受得了我完全貧窮的悲傷，受得了那個骯髒房子的陰慘恐怖。我什麼都能忍，就是忍受不了她對我頤指氣使。我來到巴塞隆納後，安古斯蒂雅斯的眼神就令我感到窒息，讓我喪失意志力，扼殺我積極的行動力。她箝制了我的行動，更限制了我對新生活的好奇心……不過，在那些瘋子之中，她確實為人正直，是個好人，而且和其他家人相比，她比較正常，也比較有活力……我不知道為什麼突然對她有一股無名火，也不懂為什麼我眼中只看見她修長的身影和無知又自以為是的高傲態度，而對其他事情視而不見。不同世代的人很難相互了解，即使他們沒有強迫我們用他們的方式看待事物。但是當他們想要我們按照他們的眼光看待事情時，如果想要結果不要太糟，年長者就必須手腕圓滑又很敏銳，而年輕人則必須表現出很欽佩他們的樣子。

我叛逆，過了好久才去找她。我梳洗、換裝，準備上學，還整理了一下書包裡的文件才決定進入她房間。

我第一時間看見她坐在書桌前。她如此地修長，穿著如此熟悉的罩袍，好像打從我來到這個家的那個早上，第一次與她交談後，她到現在都沒離開過那張椅子。似乎照亮她灰白頭髮，讓她豐厚的嘴唇看起來飽滿的那道光仍是同一道光。似乎她那若有所思的手指始終沒有離開過她的額頭。

（印象中，那個房間在夕陽餘暉下，椅子上沒人，羅曼靈活、邪惡又吸引人的手翻動過於中規中矩的小書桌，這幅景象感覺很不真實。）

我發現安古斯蒂雅斯姨媽看起來沒有精神且無助，雙眼疲憊、悲傷。在整個四十五分鐘的談話中她都以溫柔的聲音說話。

「你坐，孩子。我必須嚴肅地和你談一下。」這些話我都聽到爛了。我冷淡、乖乖地順著她，準備好被嚇到跳起來，就像之前準備好默默地吞下所有的蠢話。但是，她接下來說的話出乎我的意料：

「安德蕾雅，你可以開心了（因為你不喜歡我……）；再過幾天我就要永遠離開這個家，你就可以如願地睡在我的床上，在我的衣櫃前照鏡子，在這張桌子上讀書……昨晚我對你發脾氣，是因為發生了令我無法忍受的事……我不知節制，我有罪，原諒我。」

她斜眼看著我，很沒誠意地求我原諒，讓我忍不住笑了出來。於是她的臉部變僵硬，露出明顯的皺紋。

「安德蕾雅，你沒有心。」

我怕我誤會她講的話，擔心那宣布自由的美妙消息是假的。

「你要去哪裡？」

接著她跟我解釋，她要回去那幾天她接受強烈精神感召的修道院。多年前她開始存錢，現在已經存好了，可以進入當時選好的隱修會。但在我看來，安古斯蒂雅斯企圖過著出世生活的想法真是荒謬。

「你一直都想當修女？」

「等你老了就知道為什麼女人不應該自己一個人獨自過活。」

「所以你認為女人不能結婚就只能進修道院？」

「我的意思不是這樣。」

（她焦躁不安。）

「但確實女人只有兩種選擇。只有兩種高尚的選擇……我選擇我自己的路，而且我引以自豪。我循規蹈矩，做一個我們家女兒該做的。你媽換作是我也會跟我做一樣的決定，而且天主會懂我的犧牲……」

她陷入沉思。

（「那家人在蠟燭燈火照明下圍在鋼琴四周，醜陋卻舒適的綠色窗簾阻隔了寒氣入侵，」我心想，「他們去哪裡了？那些端莊，戴著大帽子的女兒們在爸爸的保護下，走在她們住的快樂又吵雜的阿里保街，在人行道上低著頭偷偷觀察路過的行人，她們又去哪了？」我打著冷顫想起，其中一個女兒死了，她黑色的長辮放在遙遠鄉下的一個舊衣櫃裡。另一個年紀比較大的，再過不久就要帶著她那頂帽子──這個家的最後一頂帽子──離開她的椅子，離開她的陽台。）

安古斯蒂雅斯最後嘆了一口氣，我又看見姨媽平時的樣子。她握著鉛筆。

「這幾天我一直想到你……你來的時候我還一度以為我有責任當你媽，在你身邊保護你。但是你辜負了我，讓我失望。我以為我會遇到的是缺乏關懷的小孤兒，但我看到的卻是一個叛逆的惡魔，只要我對你好，你就拿翹。孩子，你曾經是我最後的希望，但也成了我最後的絕望。我剩下能做的只有為你禱告，你真的需要我的祈禱！你真的需要！」

接著她對我說：

「要是我照顧你的時候，你年齡再小一點，我就會用棍子揍死你！」

聽得出來她聲音中那一股苦澀的狠勁，讓我慶幸自己逃過了一劫。

我移動了一下準備離開，但她把我攔下。

「你今天沒去上課也沒關係，你就是得聽我說……曾經有整整十五天我祈求天主讓你去死……或祈求奇蹟發生讓你得救。我要把你一個人留在這個面目全非的家裡……因為以前它像個天堂，」安古斯蒂雅斯姨媽開始愈講愈激動，「而現在隨著你胡安舅舅的女人到來，家裡出現了一條毒蛇，害死了所有的人。她，光是她一個人就讓我媽發瘋……孩子啊！你外婆瘋了，而且更糟糕的是如果她在死前沒有恢復正常，她會栽入地獄的深淵。安德蕾雅，你外婆一直以來都是個聖人。多虧了她，我年輕的時候才能活在純潔的夢想中，但是她現在老年痴呆了。受到戰爭的摧殘，她表面上是撐過去了，但內心卻瘋了。之後又來了那個女的，甜言蜜語把你外婆搞到精神錯亂。我只能這樣理解她的心態。」

「外婆想要了解每一個人。」

（套句外婆的話：「不是每件事都像表面看到的那樣。」這是她當時為了保護安古斯蒂雅斯所說的話……可是，我有辦法跟姨媽說赫羅尼莫先生的事嗎？）

「是啊，孩子，是啊……那樣很適合你，就好像你之前自由地住在紅軍占領的鄉下，而不是戰爭期間的女修道院裡。葛洛莉雅比你更有藉口渴望解放、失序，但是她是街上的妓女，而你是有受過教育的人……所以你不能因為好奇想認識巴塞隆納就找藉口四處亂跑。我已經告訴過你巴塞隆納是個怎麼樣的城市了。」

我直覺看了一下手錶。

「你把我的話當耳邊風，我看出來了……你沒救了！你馬上就會受到生活的打擊、折磨和摧殘，到時候你就會想起我……喔！我早該趁你還小，還沒長成現在這樣就把你給殺了！你不用那麼驚訝地看著我。我知道你到目前為止還沒做過什麼壞事，但是只要我一走，你就會做壞事……你會！你會！你沒辦法控制自己的身體和靈魂。你沒辦法，你沒辦法……你控制不了的。」

我用眼角餘光，在鏡子裡看見我那十八年的貧瘠模樣，被困在一個修長的軀殼裡，也看見安古斯蒂雅斯那隻線條優美、勻稱的手在椅背上顫抖。那隻白皙的手，掌心豐厚又柔軟。那原本是一隻性感的手，如今卻傷痕累累，指頭抽搐發出的吶喊壓過了姨媽激動的說話聲。

我開始覺得自己被感染了，而且有點害怕，因為安古斯蒂雅斯的胡言亂語讓我感到威脅，似乎要緊緊抓著我，牽引著我。

她最後發抖，哭泣。安古斯蒂雅斯很少真哭。她每次哭都會把自己搞得很醜，但這次她哭得唏哩嘩啦而且全身抽搐，我卻不覺得她討厭，反而覺得還滿有趣的，就像在看一場大雷雨。

「安德蕾雅，」她最後輕輕開口說，「安德蕾雅……我必須跟你說別的事。」她擦乾眼淚，開始算帳。「以後你自己直接去領你的救濟金。你自己把自己認為合理的錢拿給外婆，給她當作你的伙食費，還有你自己斟酌買自己的必需品……我不必再告訴你盡量少花錢在自己身上。這個家少了我的收入後會變成一場災難。你外婆就是對兒子比較偏心，但是那些兒子」——我在這裡感受到安古斯蒂雅斯在幸災樂禍——「將會讓她的日子變得更窮……在這個家只有我們女人才知道如何好好地守住尊嚴。」

她深呼吸。

「而且現在還懂得，要是當初沒有讓葛洛莉雅進這個家門！」

葛洛莉雅這個像蛇一樣的女人蜷在床上，疲憊地在夢中呻吟，睡到中午才醒。下午她給我看前一天晚上胡安用棍子揍她，在她身上留下的瘀青。

# 9

那幾天安古斯蒂雅斯的女生朋友們穿著一身黑，就像一群停在吊死過人的樹枝上的烏鴉，坐在她的房裡。安古斯蒂雅斯是我們家中唯一還勉強跟社會有些互動的人。

那些朋友們就是早先跟著外婆鋼琴的音樂跳華爾滋的那些女人。歲月和時代的動盪讓她們離開了一陣子，現在知道安古斯蒂雅斯要美麗且光榮地離開世俗生活，她們揮舞著翅膀，從巴塞隆納各個角落飛回來祝福她。她們到了一個對自己的身體感到陌生的年紀，就像青少年時期那樣。她們很少人外表是正常的，或腫脹或乾癟，根據不同情況，五官在她們身上看起來不是過大，就是過小，好像假的一樣。我看了覺得很有趣。有幾位女人的頭髮灰白，那樣讓她們增添了一點其他女人所缺乏的高貴氣息。

她們所有人回憶起這個房子從前的時光。

「你爸好威啊！留著大鬍子……」

「你的姊妹好皮喔！……天啊，天啊！你家變了好多。」

「時間的變化也太大了！」

「是啊，歲月……」

（她們慌張地互看。）

「安古斯蒂雅斯，你還記得滿二十歲生日那天你穿的綠色套裝嗎？那天下午我們聚在一起，我們真是一群漂亮的女孩子……還有那個追求你，讓你為他瘋狂的赫羅尼莫．桑茲呢？他後來怎麼了？」

有人踩了一下那位長舌婦，她倉惶地閉嘴。過了尷尬的幾秒鐘後，大家又開始你一言我一語。

（事實上，她們就像一群顏色灰暗的老鳥，在狹隘的天空中飛了許久後，胸部不停地起伏喘息。）

「孩子，我搞不懂，」葛洛莉雅問，「為什麼安古斯蒂雅斯要離開赫羅尼莫先生，還有既然她不適合禱告，為什麼她要去當修女……」

葛洛莉雅躺在孩子正在爬的床上，努力地想，或許這是她生平第一次這麼用力在思考。

「你怎麼會認為安古斯蒂雅斯不適合禱告？」我驚訝地問她。「你明知道她有多麼喜歡上教堂的呀。」

「因為把她跟你外婆這個虔誠的祈禱者相比，我看得出來她們不一樣……媽一整個很純淨，祈禱時彷彿天上的聲音進到她的耳朵裡。她晚上都會和天主還有和聖母說話。她說天主會保佑所有受苦受難的人，所以祂會保佑我，雖然我祈禱的次數不夠多……她人真好！她從不出門，但還是知道所有荒唐的事情，而且從不計較。上帝沒有給予安古斯蒂雅斯理解的能力，所以她即使在教堂裡祈禱也聽不到天上的聲音，只會看著四周，觀察有誰穿著短袖或者沒有穿襪子就進入教堂……所以到頭來，我覺得祈禱對她來說，就跟對我這個不適合祈禱的人一樣，沒有意義……不過，其實，」她總結說，「我很開心她要走了！……有一天晚上，胡安因為她的緣故打我，就只是因為她……」

「葛洛莉雅，你當時去哪了？」

「哎！孩子，沒去什麼不好的地方。去看我姊姊，你知道的……我知道你不信，但是我真的去那裡，我可以發誓給你看。其實胡安不讓我去，而且白天他會監視我。不過你不要這樣看我，安德蕾雅，你不要這樣看我，你弄那張臉讓我很想笑。」

「欸！」羅曼說。「安古斯蒂雅斯要走了，真開心。因為她現在就像個老古董，阻礙大小事往前進……礙著我的事。她讓我們都覺得很煩，提醒我們都不像她那麼成熟、完美、穩重，說我們像是盲目的水流，只會嘩啦嘩啦地沖刷土地，看看會不會挖到什麼意外的收穫……我是因為這些理由開心。她走了以後我會愛她，安德蕾雅，你懂嗎？想到那頂醜得要死的帽子，上面插著羽毛，到最後一刻還像帳篷一樣立得直挺挺，我會很感動……它代表一個過去的家，一個我們已經失去的家的心還在跳動。」羅曼回頭笑笑地看著我，好像我們兩人有一個共同的祕密。「另一方面，她要走了我也覺得很可惜，因為我再也看不到她收到的情書還有她的日記。好肉麻的信！好自虐的日記！偷看這些大大地滿足我的獸性。」

羅曼舔了一下自己紅潤的雙脣。

面對事件的發展，好像只有我和胡安沒有發表任何的看法。我太過驚喜，因為我唯一的願望就是大家都別管我，讓我做我想做的事。不費吹灰之力就可達成願望的時刻似乎已經來臨。我記得我默默地跟伊莎貝爾堂姊抗爭了兩年，最後她讓我離開她身邊，上大學讀書。當初受到第一次勝利的鼓舞，我來到了巴塞隆納，但很快我就發現有另一對警覺的眼睛在監視著我，最後我變得習慣玩隱藏的遊戲，習慣抗拒……現在我竟然就要沒有敵人了。

*

那幾天我對安古斯蒂雅斯的態度又變得卑微。如果她要我親吻她的手，我也會乖乖照做。我內心無比的喜悅有時幾乎要從我的胸口爆發出來。我不會去理會安古斯蒂雅斯，也顧不了其他人，我只想著自己。

不過，始終沒有看見赫羅尼莫先生的身影，我感到奇怪。絡繹不絕來向姨媽送行的朋友中，除了一個大肚子的奇怪先生幾次陪他老婆來之外，其他全是女的。

「好像葬禮，是吧？」安東尼雅從廚房大喊。

我們所有人的腦子裡全出現了令人毛骨悚然的景象。

葛洛莉雅跟我說，赫羅尼莫先生跟安古斯蒂雅斯每天早上都在教堂見面，她確確實實知道這件事……安古斯蒂雅斯的整個故事宛如上個世紀的小說。

我現在還記得，姨媽離開的當天，我們各自差不多清晨就起床，緊張地在家裡不斷發生磨擦。胡安因為任何的小事大吼，飆髒話。直到最後一刻我們才決定一起去車站，除了羅曼。羅曼是唯一整天都沒有出現的人。之後過了好一陣子，他跟我說他當天一大早就跟蹤安古斯蒂雅斯去教堂，觀察她如何告解。我想像他拉長了耳朵偷聽姨媽那一次冗長的告解，同時羨慕那位又老又累的可憐神父，他面不改色地對著安古斯蒂雅斯的頭，替她赦免罪過。

除了我們，還有安古斯蒂雅斯的三位最要好的朋友同行，所以我們把計程車塞得很滿。那孩子害怕地抓著胡安的脖子。他幾乎從沒帶他出門過。這孩子雖然胖嘟嘟的，但是在太陽底下他的皮膚卻不怎麼紅潤。

我們在月台上圍著安古斯蒂雅斯，她對我們又親又抱。外婆抱了最後一下，哭了出來。我們這群人怪裡怪氣，有些人忍不住轉頭觀看。

安古斯蒂雅斯在火車出發前幾分鐘跳上了車廂，她哀傷、流淚地看著我們，露出有如神職人員的神態，幾乎像個祝福我們的聖人。

胡安焦躁不安，四處東張西望做出諷刺的怪表情，把安古斯蒂雅斯的朋友嚇得聚在一起，不敢靠近。他的雙腿不受控制，躲在長褲裡不停地顫抖。

「安古斯蒂雅斯，你用不著當什麼烈士，騙不了人的！你只是覺得比起口袋塞得飽飽的小偷，你這樣做比較爽……你那裝虔誠的鬧劇騙不了我的！」

火車開始開走，安古斯蒂雅斯再度畫了十字，蓋住耳朵，不想聽見胡安傳遍整個月台的吼叫。

葛洛莉雅驚恐地抓住她老公的外套。胡安轉身，身體顫抖有如癲癇發作，用瘋狂、火爆的眼神看她。之後他鬼吼鬼叫地追著車廂的窗子跑，但是安古斯蒂雅斯再也聽不到。

「你很賤！你聽到了嗎？你不跟他結婚，因為爸跟你說小店老闆的兒子配不上你……就是這樣！他在美洲結婚，賺了大錢回來了，你就跟他搞在一起，背著他老婆跟他偷吃二十年……現在你不敢跟他私奔，因為你覺得整條阿里保街和整個巴塞隆納都在意你幹了什麼……還有你看不起我老婆！臭女人！去你的聖女光環！」

人們開始笑，並且跟著他追到月台的末端。即使火車已經走遠，他還是繼續吼叫。淚水從他的臉頰淌下，接著他得意地大笑。回家的過程又是一場災難。

# 第二部分

# 10

我迷迷糊糊地離開艾娜家，以為時間已經很晚了。家家戶戶大門深鎖，頂樓平台上的夜空下起一場流星雨。

我第一次在這座城市裡感到自由、不受拘束，不需要擔心時間太晚會有像鬼一樣的力量逼著我一定要回家。那天下午我喝了一些烈酒。灼熱和刺激感不斷地從我體內竄出，讓我感受不到天冷，有時走路還感覺輕飄飄的。

我站在拉耶達納街（Vía Layetana）中間，看著高樓最上面的那層艾娜住的地方。雖然剛才出來的時候裡面還有聚會的人，舒服的房間裡想必點著燈，但是現在百葉窗緊閉，透不出來光線。也許艾娜的媽媽又坐到鋼琴前面，再度歌唱。回想起那激越的歌聲有如火焰一般衝出來，把唱歌的人的嬌小身體完全籠罩在燦爛的火光裡，我就起雞皮疙瘩。

那個聲音喚醒了我沉澱十八年的多愁善感和狂妄不羈的浪漫。她一停下不唱，我就變得焦躁，急切地想離開身邊所有的人。我覺得其他人還能繼續抽菸、吃糖果，真是不可思議。艾娜雖然剛才專注且憂鬱地聽著她媽媽唱歌，但是一結束，她又活潑了起來，跟朋友們有說有笑，魅力四射，彷彿那天傍晚臨時起意的聚會永遠不會結束。突然之間，我發現我已經到了街上。我被一股強烈、不明確而且在那段時間一直困擾我的焦躁情緒逼迫，幾乎用逃的方式離開那裡。

我不曉得是否有必要在某個沉睡的住宅區裡漫步，在寧靜的房子間穿行，呼吸黑夜的海風，或者感受一下把市區點綴得五彩繽紛的燈海。我不確定什麼更能平息我在聽完艾娜的媽媽唱歌後湧生的對美的渴望，那股渴望幾乎令我痛苦。拉耶達納街的斜坡從頭頂有紅色燈泡裝飾的烏齊納歐納（Urquinaona）廣場緩緩地一路往下延伸，直到郵局大樓和港口，那裡浸沐在黑影中，染上了星光與路燈的白光交織的銀輝，面對此景讓我更加感到迷惑。

在冬天自由的空氣中，我聽見各個古教堂的塔樓在十一點時像音樂會般此起彼落地敲起沉重的鐘聲。

又新又寬敞的拉耶達納大街穿越舊區的中心。當下我想到，我渴望看到的就是在迷人又神祕的黑夜中大教堂的樣子。我不加思索便奔向拉耶達納大街旁的暗巷。哥德式的古城裡，潮濕的房子雜亂無章地蓋在令人敬畏的石頭上，歲月的痕跡為它們增添了獨特的魅力，彷彿它們受到了美的感染，比起這個地方，沒有其他事物更能安撫我的想像，或是更讓我驚豔。

彎曲巷弄裡的寒氣讓我覺得更冷。房子的樓頂幾乎緊連在一起，仰望時只見天空變成了一條發光的飾帶。萬籟俱寂，好像住在城裡的人都死去了。除了房子的門偶爾發出空氣的呢喃，沒聽到其他的聲音。

到了大教堂的半圓形後殿，我發現路燈的光在大教堂數不清的角落舞動，浪漫之中帶點恐怖的氣氛。我聽到一聲粗啞的乾咳，彷彿錯綜複雜的巷弄裡有人在清喉嚨。那是個不祥之兆。乾咳的回音離我愈來愈近，讓我幾度陷入恐慌。一個糟老頭從黑暗裡走了出來。我看著他，同時身體緊貼著牆壁。他狐疑地看了我一眼就走掉了。他滿嘴灰白的大鬍子隨風飄動。我的心跳加快，但我被激動的情緒鼓舞，跟在他後面走，碰了他的手臂一下，接著慌張地在書包裡東找西找。此時那老頭盯著我看。我掏出兩比塞塔給他。我從他的眼神裡看見他刻意露出的諷刺。他二話不說便把錢收進口袋，然後邊走邊猛力咳出跟剛才一樣嚇人的聲音。遇見這個人讓我在安靜的石頭群裡享受音樂會的激動心情減退了些。我覺得那天晚上我的行為真的很蠢，毫無自主意識地行動，就像在風裡被吹來吹去的一張紙。不過，接下來我加快腳步，直達大教堂的正面。抬頭仰望它時，我感覺我的夢想終於實現了。

看著這一大片由熱情石頭所形成的光影，我感覺精神飽滿，比酒和音樂給了我更多的力量。大教堂莊嚴、和諧地聳立在那裡，造型幾乎帶有植物的特性，高高向上觸及地中海澄淨的夜空。一種平靜，一種赫赫的光明，籠罩著那座絕美的建築。在它黑暗的輪廓周圍，夜晚顯得特別耀眼，夜色也隨著時間的推移慢慢產生了變化。我多停留幾分鐘，讓各個物體對我釋放它們深層的魅力。接著我轉身離開。

正要走時，我發現廣場上不只我一個人。有個像魔鬼的身影在最黑暗的角落延伸。坦白說，我當時感覺童年所有的恐懼全都湧上來，所以我在胸前畫了個十字。那坨黑影朝我移動，我發現那是一個穿著高級大衣、帽子拉低蓋住眼睛的男人。我急著往石階上跑時，他已經追上我。

「安德蕾雅！你叫安德蕾雅沒錯吧？」

他那樣叫人讓我感覺有點沒禮貌，但我驚訝地停住腳步。他對著我笑，露出堅硬的牙齒和大大的牙齦。

「只有大半夜單獨在路上閒晃的小女孩會跟你一樣被嚇到……你不記得在艾娜家見過我嗎？」

「啊！……對，對，」我有點不悅地回答。

（「真衰！」我心想。「我本來要從這裡帶走的幸福感全被你給毀了。」）

「對啦，」他滿意地繼續說。「我叫赫拉多。」

他兩隻手插在口袋，一動也不動地看著我。我走了一步準備下台階，但他抓住我的手。

「你看！」他用命令的口吻說。

我看到緊挨著階梯下方，路燈照著一片飽受戰爭摧殘、已成廢墟的老房子。

「那些全部都會不見，改成一條大馬路，到時候就有更大、更寬的空間可以觀賞大教堂。」

他只跟我說了這件事，然後我們一起從石階上下來。走了一大段路後，他又回到剛剛的話題：

「你一個人走在路上不害怕嗎？要是大野狼來把你吃掉的話……？」

我沒回話。

「你是啞巴？」

「我喜歡一個人走路，」我很直白地說。

「不行，完全不行，小女孩……今天我陪你回家……說真的，安德蕾雅，如果我是你爸，我不會讓你一個人這樣閒晃。」

我在心裡不停地咒罵他發洩情緒。自從我在艾娜家見到他，我就覺得那傢伙又醜又笨。

我們穿過有活力、五光十色的蘭布拉大道，往佩拉尤街（Calle de Pelayo）上坡，直到大學廣場。我在那裡跟他道別。

「不要，不要，我送你回到家。」

「你智障喔，」我很不客氣地說。「快走開啦！」

「我很想跟你當朋友。你是個很特別的『小可愛』。如果你答應我改天打電話給我，約我和你一起出來，我就讓你在這裡離開。我也很喜歡老街還有城市裡有趣的角落。所以，你答應嗎？」

「好，」我緊張地說。

他遞給我他的名片就離開了。

走進阿里保街就像回到家一樣。跟我第一天到巴塞隆納時一樣的那個夜班警衛幫我開門。外婆也和當時一樣，冷得要死還走出來迎接我，而其他人都睡了。

進了我繼承幾天的安古斯蒂雅斯的房間，一打開燈，我發現衣櫃上放了一整排從家中各處搬來的多餘椅子。它們悲慘地被擱在那裡，很可能隨時會掉下來。房間裡還多了一個組裝好用來裝孩子衣服的傢俱，以及一個以前擺在外婆房間角落的帶腳大縫紉盒。床上亂七八糟，留有葛洛莉雅睡午覺的痕跡。我馬上體認到我想獨立、想在繼承的小窩裡與家人隔離的心願全泡湯了。床邊櫃上有一張胡安留的紙條：「外甥女，拜託門不要用鑰匙鎖上。你的房間要讓人隨時可以進出，方便我們接電話。」我從命，再度踩著冰冷的地板去解開門鎖，然後躺在床上，把自己舒適地包在毛毯裡。

我聽到有人在街上拍手叫警衛。過了許久，又聽到一台在遠方、很令人懷念的火車經過阿拉岡街（Calle de Aragón）發出的汽笛聲。我在那天開始我的新生活。我明白胡安想盡辦法要破壞我的新生活，所以他要讓我知道，即使我在這個家有床可睡，我獲准得到的也僅只這張床而已。

安古斯蒂雅斯離開的那天晚上，胡安喝醉酒，還在為白天的事心情激動，就這樣來跟我攤牌，我趁機表明說我不想在家裡搭伙，所以我想每個月只付房租就好了。

「你聽好了，外甥女，就憑你對這個家這麼一點貢獻……因為啊，老實跟你說，我沒必要養任何人……」

「沒有，我能給的就這麼一點，不算什麼貢獻，」我很客套地說。「所以我自己會負責吃的。我只能付房間跟我那部分的麵包錢。」

胡安聳了一下肩。

「隨你的便，」他口氣很差地說。

外婆聽了露出不同意的表情搖了搖頭，等胡安說完話。接著她開始哭。

「不對，不對，她不用付房租……我的孫女住在自己的外婆家不用付房租。」

不過我們就這麼決定了。我只要付每天買麵包的錢。

我那天已經拿到二月的津貼，很開心可以用這筆錢，所以我衝到街上，立刻買了我非常渴望的小東西……好的肥皂、香水，還有一件受邀到艾娜家吃飯時可以穿的上衣。我還買了一些玫瑰花給她媽媽。買玫瑰花讓我特別興奮，因為那是很高尚的花，在當時很貴。但我竟然可以捧在手裡，還把它送出去。我在這樣的愉悅快感中發現叛逆的滋味，叛逆是我年輕時的惡習，從別的角度來看可謂鄙俗，但這種愉悅快感後來竟成了一種癮。

我躺在床上，回想艾娜的家人在家中對我的真情款待，回想我已經習慣家裡的人皮膚黝黑、五官深邃，當我在餐桌上被那麼多金髮的人包圍時，我開始感到頭暈。

艾娜的父母和她的手足都是金髮。這五個手足全是男孩，年紀都比艾娜小，面容都很和藹、笑咪咪的，但沒什麼特色，在我想像中搞不清楚誰是誰。就連年紀最小只有七歲的弟弟都跟他的哥哥們長得差不多，差別只在於他剛掉乳齒，所以笑起來很滑稽，還有他的名字和以前的巴塞隆納侯爵一樣都叫拉蒙・貝倫葛[15]。

這個爸爸似乎把好的個性遺傳給他的孩子們了。此外他真的很帥，艾娜就像到他這一點。他跟女兒一樣眼珠是綠色的，不過他的眼神不像女兒閃爍著奇怪、絢麗的光。一切在他身上都很單純、坦蕩蕩，一點也沒有壞心眼的感覺。我記得在吃飯時，他一邊笑，一邊跟我說他的旅遊趣事。多年來他們全家住過歐洲許多不同的地方。他彷彿和我認識了一輩子。只因為我和他們同桌吃飯，他就把我視為大家族的一分子。

相反地，艾娜的媽媽雖然笑臉迎人，融入營造出來的歡愉氣氛，但是她就是給人一種放不開的感覺。她老公和孩子都又高又魁，和他們站在一起她就像隻矮小又駝背的怪鳥。我驚覺她那麼小的身體竟然生過六個孩子。我對她的第一印象就是又醜又怪。之後我才察覺到她身上散發出兩、三種幾乎像奇蹟般的美：她的頭髮像絲一樣柔順，又多又蓬，而且比艾娜的頭髮還要金黃；眼睛細長，炯炯有神；聲音美妙。

「安德蕾雅，看看她，」一家之主開口，「我老婆有種浪人的特質。她沒辦法安安靜靜地待在一個地方，總是拉我們到處跑。」

「路易斯，沒那麼誇張，」女主人溫柔地笑說。

「實際上就是這樣。當然是你爸指定我當他的代表，去奇怪的地方管理他的生意……安德蕾雅，我的岳父同時也是我生意上的老闆，你知道吧？……但是你才是在背後掌控一切的人。你不能否認只要你願意，你爸就會讓你安安靜靜地住在巴塞隆納。在倫敦的那件事情上就明顯看出你對他的影響力了……當然，親愛的，我很喜歡你的品味，我不是那種會責怪你的人。」他用親暱的微笑包容她。「我一輩子都愛旅行，愛看新鮮的事物……當我進到一個新的商業環境，接觸一群沒有深交的人，我就沒辦法控制活動的狂熱，那就像是一種快感，像是重新奮鬥，讓我感覺年輕有活力……」

「可是，」艾娜說，「媽媽喜歡巴塞隆納勝過世界上任何一個地方。這一點我很清楚。」

那媽媽對她女兒露出一種像在做夢又像被逗樂的奇怪微笑。

「不管去哪只要你們在我都很開心。你爸說得有道理，我有時候會有旅行的衝動，當然要從衝動到說服我爸，」她笑得更開，「那有很長的一段距離……」

「對了，瑪格麗特，既然說到了這些事情，」她老公繼續，「你知道你爸昨天跟我說了什麼嗎？他說下一季我們很可能必須住在馬德里……你覺得呢？事實上，跟其他地方比起來，這段時間我還是最想待在巴塞隆納，尤其是考慮到你兄弟……」

「對啊，路易斯，我想我們必須討論一下那件事，不過那會讓這孩子感覺很無聊。安德蕾雅，請您多包涵。畢竟我們家裡是做生意的，說來說去最後還是離不開聊生意……」

艾娜露出很有興趣的樣子聽著最後那段對話。

「哎呀！外公有點瘋，我覺得。每次他看媽從很遠的地方回來就又感動又流淚，可是他立刻又有新計畫把我們趕走。我目前不想離開巴塞隆納……那太蠢了！畢竟巴塞隆納是我的故鄉，而且我們可以這麼說，在戰爭結束後，我才開始認識這地方。」

（她立刻看著我，我也接收到她的眼神，因為我知道她在那段時間戀愛了，那是她不想離開這座城市最主要的理由跟祕密。）

回到阿里保街，我在被窩裡回想著那段對話的所有細節，想著跟我成為親暱朋友的人就要與我分開，我就感到驚慌。我覺得艾娜那個有錢的外公，那個重要老頭的計畫影響了那麼多的人，也傷害了那麼多的感情。

熟睡前那些愉悅的混亂思想減緩我的恐懼，接著被夜晚空蕩街道的模糊景象給取代。我再度夢到高貴的大教堂。

我睡得很不安穩，對艾娜媽媽的最後印象侵擾著我，就是當我們道別時，她抬起眼睛，在短短一瞬間用一種痛苦和恐懼的怪異神情看著我。

那雙眼進到我夢境的最深處，讓我做了惡夢。

# 11

「你別頑固了，外甥女，」胡安對我說。「你會餓死。」

他把手放在我肩上，生疏地摸了我一下。

「不會的，謝謝；我好得很……」

我斜眼看了舅舅一眼，發現他的情況也沒好到哪裡去。廚房的角落放了一鍋煮完蔬菜，已經涼了準備要倒掉的水，舅舅剛才看到我把它拿起來喝。

安東尼雅噁心地大叫：

「您幹了什麼傻事？」

我臉紅。

「我就喜歡這鍋湯。看你們準備把它倒掉，所以就……」

其他人聽到安東尼雅的叫聲也跑了過來。胡安建議我分攤家裡的開銷，但我拒絕了。

事實上，自從我不需要和家裡的伙食綁在一起，我就開心多了。我不在意那個月一開始花了太多錢，導致最後每天的吃飯預算不到一比塞塔：中午時分是冬季最美好的時光。我可以到公園或加泰隆尼亞廣場晒太陽。有時候我突然竊喜，想著當下家裡可能發生的場景。鸚鵡在我耳邊大叫，胡安滿嘴髒話。我寧願自由地在外面閒晃。

我學會認識以前從來沒有想過的美食，比方說，乾果就是我的新發現。烤杏仁或花生帶給我很大的滿足，尤其是花生，因為吃的時候要剝殼，可以延長品味的時間。

其實，當我第一天拿到三十比塞塔時，我沒有耐心把它分成三十天來花。我在塔耶爾斯街（Calle de Tallers）發現一家便宜的餐廳，所以我發了瘋似的進去吃了兩三次。我當下覺得這輩子沒吃過這麼好吃的食物，比安東尼雅在阿里保街做出來的菜好上幾萬倍。那是一間很妙的餐廳，裡頭暗暗的，只有幾張寒酸的桌子。一位隨興的服務生招呼我。客人們面面相覷，低頭猛吃，完全不聊天。在那之前，我去過的每一家餐廳和便宜旅館附設的小吃部都是鬧哄哄的，就只有這家除外。他們為我送上一碗熱湯，上面撒了麵包丁，看起來很好喝。這道湯一直都是那個樣子，不是被番紅花染成黃色，就是被紅椒粉染成了紅色，只是經常被換上不同的名稱出現在菜單上。我吃完心滿意足地從那裡離開，沒有留下遺憾。

早上安東尼雅一從麵包店回來，我就拿起熱騰騰的美味麵包，整塊吃掉。我晚上不吃，除非偶爾艾娜的媽媽堅持留我在他們家用餐。有好幾次下午我跟艾娜一起讀書，漸漸成了習慣，所以他們開始把我當成他們家裡的一分子。

我想，我真的要開始新的人生了。那是我這輩子最快樂的時光，因為我從來沒有這麼懂我的朋友，也從來沒有享受過這麼美好的獨立生活。那個月的最後幾天，也是我喝燙過蔬菜的剩湯，被安東尼雅發現的那段時日，我都只靠早上猛吃麵包來填飽肚子。我開始習慣這樣的生活模式，最好的證據就是我一領到三月的津貼，就照之前的風格把它花掉。等到下一筆新的錢到手時，我已經餓得發慌，不過又可以立刻計畫怎樣犒賞我的肚子，那樣的感覺現在回想起來真是又強勁又美妙。在所有的食物當中，我最愛甜點。我買了一盤點心，帶進昂貴的電影院裡。雖然我臉紅地偷瞄周圍的人，但我仍迫不及待在燈還沒熄滅前撕開包裝紙的一小角，偷挖裡面的一點奶油來吃。當放映廳昏暗，電影開始播放時，我便拆開包裝，一塊接著一塊大口地吃著甜點。我從沒想過食物可以做得那麼好吃、那麼特別……當放映廳的燈再度亮起，盤子裡的點心已經一個都不剩。我發現隔壁的太太瞄了我一眼，然後跟她的男伴竊竊私語，兩個人都笑了。

住在阿里保街的親戚少了我這份救助金也過著挨餓的日子，但這不包括安東尼雅和小雷。我想他們兩個有羅曼的慷慨捐贈，食物供應無虞。那隻狗的毛髮閃亮，有好幾次我看見牠吃著美味的骨頭，而那個傭人替自己開小灶。不過胡安、葛洛莉雅還有外婆，甚至有時那個孩子都呈現吃不飽的狀態。

羅曼再次出遊將近兩個月，離開前他留了一些存糧給外婆，有煉乳，還有當時很難買到的一些小零嘴。我從來沒看過外婆享用那些食物。它們總是神奇地消失，而且會在孩子的嘴邊出現殘渣。

胡安邀我跟他們一起聚餐的當天，他跟葛洛莉雅大吵了一架。所有人都聽到他們在畫室裡大吼大叫。我去門廳，發現走廊上出現女傭的身影。她在門外偷聽。

「我受夠這一切的蠢事了，」胡安大吼，「你聽到了嗎？我連換新的畫筆都沒辦法！那些人還欠我們很多錢。我不懂的是，你竟然要我別去跟他們討這筆債。」

「欸，臭小子，當初是你跟我說你完全不會插手，會讓我來處理的，那你現在就不能反悔。你明知道當初你可以賣掉那張破畫來賒帳時，你高興得不得了……」

傭人幸災樂禍地呼了口氣。我出門上街，去呼吸一點充滿商店氣息的新鮮空氣。黃昏的溼氣打濕了人行道，映著剛點亮的街燈。

「媽的，我要掐死你！」

我回到家時，外婆和胡安正在吃晚飯。胡安心不在焉地吃。外婆手上抱著孩子，一邊語無倫次地說話，一邊把麵包撕成小塊，放進自己正在喝的無糖無奶麥片粥裡。葛洛莉雅不在，因為我上街後不久，她也出門了。

當我躺在床上飢腸轆轆時，她還沒回來。不久我就睡著了，夢到世界像在公海上的船一樣晃動……我有可能坐在船上的飯廳裡，吃著某種水果甜點。幾聲大叫的求救聲把我從夢中喚醒。

我馬上想到呼救的人是葛洛莉雅，胡安應該把她揍得很慘。我從床上坐了起來，心想需不需要衝過去。但是叫聲沒有停，而且還聽得到我們豐富的西語詞彙中最難聽的詛咒跟髒話。胡安大發火，流利地用卡斯提亞語和加泰隆尼亞語飆罵，令人瞠目結舌。

我受不了了，穿上了外套，最後探頭往黑暗的房子裡看。外婆和傭人在胡安的房間外面拍打著門。

「胡安！胡安！孩子啊，開門！」

「胡安少爺開門！您開門啊！」

我們聽見裡面有粗話、辱罵、快速移動的腳步聲和被傢俱絆到的聲音。同樣被關在房裡的孩子開始哭泣，外婆幾乎崩潰。我看見她舉起乾巴巴的雙手，猛拍房門。

「胡安！胡安！那孩子啊！」

胡安突然踹了一下，門開了。葛洛莉雅半裸地尖叫往門外衝，被胡安攔住。雖然她企圖咬他，用指甲抓他，但是胡安抓住她的腋下，把她拖進浴室……

「哎呦，小可憐！」

外婆大喊，同時跑向那個站在嬰兒床上、抓著欄杆啜泣的孩子……她抱起孩子後，走到吵架的現場。

胡安沒有脫掉葛洛莉雅的衣服就把她壓進浴缸，用冷水沖她。他緊緊地抓著她的頭，讓她嘴巴一張開就被水嗆到。同時，他還轉頭對著我們大吼：

「你們都上床睡覺去！這裡沒你們的事！」

但是我們都待著不走。外婆求他：

「為了你的孩子，為了你的孩子啊！胡安，你醒醒！」

此時，葛洛莉雅已停止反抗，胡安突然鬆手。他氣憤地朝我們走來，安東尼雅立刻閃開，後面跟著夾緊尾巴發出敵意低吼的狗。

「媽，還有你！快把孩子帶走，別讓我看見，不然我就把他摔死！」

葛洛莉雅跪在浴缸裡，頭靠在浴缸的邊上開始大哭，幾乎要被眼淚給淹沒。

我縮在走廊陰暗的角落，不知道該做什麼。胡安發現我，此時他心情已經比較平靜。

「我倒想看看你這輩子能有什麼貢獻！」他對我說。「去拿條毛巾來！」

他的肋骨在汗衫底下明顯突出，劇烈地起伏。

我不清楚家裡的布平常都收到哪裡，所以我拿了我的毛巾，另外以防不時之需，我還準備了一件我的床單。我擔心葛洛莉雅得肺炎。我自己感覺奇冷無比。

胡安想一把從浴缸裡拉起葛洛莉雅，但是手卻被她咬了一口。他罵了一句髒話後，開始猛搥她的頭，接著才又氣喘吁吁地冷靜下來。

「我覺得你可以去死，賤人！」他最後對她說。

他甩門離開，留下我們兩個。

我彎下腰跟葛洛莉雅說：

「走吧，葛洛莉雅！現在就離開這裡。」

她動也不動，在原地繼續發抖。當她意識到我在叫她時，才一邊哭一邊咒罵她的老公。我開始搬動她，企圖讓她從浴缸走出來。她沒有抗拒，還自己脫掉身上濕答答的衣服，只是手指有點不聽使喚地顫抖。我盡全力幫她擦乾身體，此時我自己的身體也暖和了一些。接著，我突然感覺累到不行，雙腳開始發抖。

「如果你不介意，到我房間來吧，」我對葛洛莉雅說，心想絕不能再讓她落入胡安的手中。

她繼續裹著我的床單，冷到牙齒噠噠作響。我們一起蓋著我的毛毯，上床睡覺。葛洛莉雅的身體凍得跟冰一樣，讓我也覺得冷，但是我沒地方躲。她濕濕的頭髮披在枕頭上，顏色更深了，感覺像黏黏的血，有時磨蹭到我的臉。葛洛莉雅說話說個不停。儘管有這些狀況，我還是抵擋不住瞌睡蟲的攻擊，不知不覺就閉上了眼睛。

「那個禽獸……畜生……我為他做了那麼多。我人那麼好，那麼好啊……安德蕾雅，你有在聽嗎？他瘋了，我好怕他，有一天他會殺了我……安德蕾雅，你不要睡……要是我離家出走，你覺得怎麼樣？安德蕾雅，你也會逃跑對吧？如果你是我，你也不會乖乖被打是嗎？……我還年輕……羅曼有一天跟我說，我是他看過最漂亮的女人。安德蕾雅，我老實跟你說，羅曼曾經在那個城堡的公園裡畫過我……我看到他把我的肖像畫得那麼美，我很驚訝……哎，孩子啊，我是不是很可憐？」

我又睏了。我偶爾聽到葛洛莉雅的哭聲，偶爾被她比較大的說話聲嚇到，我就這樣睡睡醒醒。

「我人好到不行，好到不行喔……你外婆都是這樣說我的。我只是喜歡上點妝，找一點樂子，不過孩子啊，我這個年紀這樣做很正常啊……他不讓我去看我姊姊，你覺得這樣對嗎？她一直就像媽媽一樣照顧我……一切只是因為她沒什麼錢，又不會說太多好聽的話……可是孩子啊，她們家吃得很好，有白麵包，還有好吃的香腸……哎，安德蕾雅！我寧願當初嫁給工人。工人過得比讀書人還要好呢，安德蕾雅；他們雖然穿的是帆布便鞋，但是吃得好，賺得多。胡安多想跟工廠工人賺得一樣多啊……你想聽我跟你說一個祕密嗎？當我們手頭很緊的時候，我姊有幾次還給我錢。但是假如胡安知道了，他一定會殺了我。我曉得他會拿羅曼的槍幹掉我……我親耳聽到羅曼跟他說：『你隨時想在自己的頭上開個洞，或在你那個白痴的老婆頭上開個洞，你都可以用我的槍……』安德蕾雅，你知道我們不能帶槍吧？羅曼犯法了……」

葛洛莉雅像隻被水淋濕的老鼠，側身看我睡覺。

「……哎，安德蕾雅！有時候我去我姊家只是想吃好料的，因為她有間經營不錯會賺錢的店，你想得到的裡面都有賣……新鮮的牛油、食用油、馬鈴薯、火腿……改天我帶你去。」

一聽到她提起食物，我深吸一口氣，整個人都醒了。我聽著這一大串葛洛莉雅的姊姊儲存的珍饈，我的胃開始蠢蠢欲動，感覺到前所未有的飢餓。我躺在床上，葛洛莉雅的話激起我強烈的欲望，讓我的身體與她緊緊貼在一起，就像之前羅曼的音樂引起我靈魂萎靡的渴望，連結了我和他的內心。

某種瘋狂的意念掌控了我的獸性。不停說話的葛洛莉雅離我很近，我感覺到她的脖子上下起伏。我很想對著那塊顫動的肉咬下去，咀嚼，大口吞下肉裡溫暖又鮮美的血……我因為自己荒謬的想法笑到身體扭曲、搖晃，同時我又盡量不讓葛洛莉雅發現我的身體動個不停。

外頭的冷空氣化成了雨水，打在窗戶的玻璃上。我心想，每次葛洛莉雅只要滔滔不絕地跟我說個沒完，就會下雨。我感覺那天晚上雨會下個不停。我的睡意全無。葛洛莉雅把一隻手放在我的肩膀，突然對我竊竊私語：

「你聽到沒？……你聽到沒？」

我們聽到胡安的腳步聲。他一定很不安。他走到我們的門口，停止，退後了幾步。最後他折返，進了我們的房間。胡安開了燈，害得我們頭昏眼花地猛眨眼。他在之前穿的棉質汗衫和褲子外面罩了一件新買的大衣。他的頭髮凌亂，眼睛和臉頰被一大片影子給蓋住，看起來有點滑稽。他站在房間正中間，兩手插在口袋裡，頭搖來搖去，帶著強烈的諷刺意味微笑著。

「嗯，你們怎麼不繼續聊啊？……我在這裡又怎樣？……你別怕，老婆，我不會吃了你……安德蕾雅，我很清楚我太太在跟你說什麼，我也很清楚她認為我是個瘋子，因為我要求他們付我合理的價錢買畫……你覺得我畫的葛洛莉雅裸體畫只值五十比塞塔？光是顏料和畫筆都不止這個錢！……這個賤人竟然覺得我的藝術跟一個水泥工人拿著大刷子亂撇沒兩樣！」

「臭小子，你別煩人，快回房間睡覺吧。現在不是你拿那些破畫來擾人清夢的時候……我看過別人畫得比你好，也沒像你這樣吹牛。你把我畫那麼醜，根本就沒人想買……」

「媽的，你不要再讓我爆掉，不然……」

葛洛莉雅裹著毯子，轉身開始哭。

「我活不下去了，我活不下去……」

「那你就忍耐吧，賤人！你只要再說我的畫怎麼樣，我就隨時斃了你……從今天起只有我可以賣我自己的畫……聽到了沒？你聽到我說的話了嗎？你再進我的畫室，我就打爆你的頭！我寧可大家都餓死也不要……」

胡安氣得開始在我房裡走來走去，嘴脣抽動，時不時地發出一些聲音。

葛洛莉雅想到一個好辦法。她冒著寒冷從床上起來，往她老公走去，用背把他推出去。

「走吧，臭小子！我們已經打擾安德蕾雅夠久了！」

胡安粗魯地把她推開。

「安德蕾雅會忍受！大家都會忍受！我也必須忍受所有的人。」

「好了，我們回去睡了……」

胡安開始緊張兮兮地四處張望。離開時他說：

「你關燈，好讓外甥女睡覺……」

# 12

積雪的樹枝上吹著地中海早春的陣陣微風。空氣裡瀰漫飄忽不定的愉悅氣氛，有如時而高掛天空中的薄薄雲朵，清晰可見。

「我想去郊外看樹，」艾娜說，同時微微撐開鼻翼。「我想看松樹（不是城市裡那種大老遠就散發著悲傷和腐敗氣味的楊樹），或許我最想看的是海……下週日我要和海梅去郊外，安德蕾雅你也來嘛……你不想嗎？」

我幾乎和艾娜一樣清楚海梅這個人：他的喜好、他的懶散，他令艾娜又愛又恨的憂鬱特質，還有他的聰明才智，雖然我從沒見過他。有好幾次在下午時分，我和艾娜挨著希臘文字典，把翻譯作業放在一邊開始聊起海梅。艾娜變得更漂亮了，她的眼神隨著愉悅的心情更顯甜美。但是當她媽媽出現在門口時，我們馬上閉嘴，因為海梅是我朋友的大祕密。

「我想，如果讓我的家人知道，我就死定了。你不懂……我很跩。我媽只知道我這一面：愛捉弄人、壞心眼，她就喜歡我這一點。我對追求我的人很凶，這點把我家人弄得很樂……當然，除了外公。今年夏天，有個有錢有勢的先生對我大獻殷勤，不過我拒絕了他，我外公差點氣到中風……我喜歡男人愛上我，你懂嗎？我要看他們的內在，思考……他們到底在想什麼？他們愛上我時心裡是什麼感覺？其實想這些事情後來變得有點無聊，因為他們的把戲總是大同小異，像小孩子的遊戲。不過，可以像貓一樣把他們當成老鼠握在掌心裡，用他們的詭計把他們耍得團團轉，我覺得很有趣……好吧，其實我常有機會找樂子，因為男生很笨又很愛我……在這個家裡，大家都以為我永遠不會談戀愛，所以我現在不能像個傻子一頭熱地把海梅介紹給他們認識……況且，大家都會來湊一腳，舅舅、阿姨……他們一定會在外公面前把他捧得跟什麼珍禽異獸一樣……接著會因為考慮到他有錢而認可他，不過最後會因為知道他對理財一竅不通而對他失望透頂。我曉得大家到時候會怎麼說他。他們會要他每天都來家裡……安德蕾雅你懂的，是吧？到最後我會沒辦法忍受海梅。要是我們哪天結婚了，那就沒什麼好隱藏的了，但現在還不是時候。絕不！」

「你為什麼要我跟你們去郊外？」我驚訝地問。

「我會跟我媽說我整天都跟你出門……說實話總是讓人比較舒坦。你從來不壞我的事，而且海梅也很高興可以認識你。你等著看吧。我跟他說了很多你的事。」

我知道海梅長得像喬姆．屋格特（Jaume Huguet）畫的祭壇屏風中央的聖喬治。相傳這個聖喬治是比亞納（Viana）親王的肖像。這幅畫艾娜跟我說過好幾次，我還跟她一起看過她放在床邊櫃上的一張翻拍畫像的照片。當我見到海梅時，我發現他確實跟畫裡的人很像，而且令人訝異的是，他們同樣散發出淡淡的憂傷。不過他一笑起來就和那畫像不太一樣了，顯得更帥、更有精神，這樣的差異讓我有點奇怪的感覺。他似乎很樂意在這個沒人會去海邊的季節帶我們去那裡。他的車子很大。艾娜皺著眉說：

「裝了氣體轉化器以後，車子都被你搞壞了！」

「好嘛！不過也多虧它，我才能帶著你們趴趴走。」

三月的每個禮拜天跟四月的某個禮拜天我們都出去玩。比起山上，我們更常去海邊。我記得當時沙子黏著冬天狂風颳來的海藻，很髒。我和艾娜赤腳沿著海岸奔跑，海水很冰冷，我們一被海水碰到就大叫。最後一次去海邊時，天氣已經有點熱，所以我們跳到海裡。艾娜還跳了段她自創的舞以示她的興奮。我躺在沙灘上，海梅在我旁邊。我們看著她優美的身影，背後襯著被陽光照得發亮的藍色地中海。接著，她笑著朝我們走過來，海梅親了她一下。我看見她靠著海梅，闔了一會兒金色睫毛的雙眼。

「好愛你！」

她驚訝地說，彷彿發現了新大陸。海梅笑笑地看著我，很感動卻又一臉茫然。艾娜也看著我，對我伸出一隻手。

「親愛的，我也愛你……你是我的好姊妹。真的，安德蕾雅。你也看到了……我當著你的面親了海梅！」

我們晚上沿著濱海公路回家，我看著黑暗中的海浪和遠方小船神祕的燈光，組成了一幅美妙的織錦。

「只有一個人我愛的程度跟愛你們兩個一樣。可能比你們兩個加起來還多……又或許沒有。海梅，我或許更愛你一些……唉，不知道。你不要這樣看我，車子要翻了。有時候我很困惑到底我比較愛誰，是你，還是……」

我專心地聽。

「親愛的，」海梅帶著一種類似小孩子鬧情緒的口氣，諷刺地說，「你知道現在可以公布名字了吧？」

「沒辦法。」艾娜沉默了一下。「我怎樣都不會跟你們講的。對你們我也可以有自己的祕密。」

那幾天真是太美好了！整個星期，太陽好像專為他們升起。我們早早出門，海梅在約好的地點等著接我們。我們將城市拋在腦後，穿過憂傷的郊區，穿過陰暗的工廠，還有附近被廢氣薰得烏黑的高樓。第一道陽光灑落，那些烏黑房子的窗戶被照得跟鑽石一樣閃閃發亮。車子又急又響亮的喇叭聲，把停在電線上的鳥兒嚇得嘰嘰喳喳地飛了起來。

艾娜坐在海梅旁邊。我在後座背對著他們，跪在座椅上，這樣才能觀察變幻萬千、令人感到驚奇的巴塞隆納，它就像一群大怪獸，起身後散開，離我們遠去。有時艾娜會丟下海梅，跳到我身邊一起觀賞，彼此訴說那份喜悅。

一週七天，艾娜沒有一天會像禮拜天那麼瘋，彷彿成了孩子，興奮到不行。我雖然是個鄉下孩子，不過她讓我從大自然體驗到意想不到的新感受。我因為她體悟到濕泥巴中充滿生機，感受到緊閉的花苞蘊含著神祕的感情，攤在沙灘上的海藻帶著一種憂鬱的美，還有觀察到大海的力量、炙熱和燦爛的魅力。

「別講古了！」她不耐煩地對我大喊。當時我在古老的大海中看見腓尼基人和希臘人的記憶，並想像異國的船隻在平靜、閃耀、蔚藍的海上航行。

艾娜彷彿擁抱著戀人，快樂地在游泳。我感覺那對年輕戀人發出了幾乎可以觸摸得到的光環，並且讓這個世界變得更深、更寬，顯得更有活力，更有味道，產生更大的回音。我感覺到自己被這個光環打動，正享受著人間罕見的幸福。

我們在海邊沿岸的小酒館或在松樹林間的露天攤販吃東西。有時遇到下雨，我和艾娜就用海梅的雨衣來躲雨，留下海梅在雨中靜靜地被淋濕……還有幾次下午的時候我穿上他的羊毛背心或套頭毛衣。為了提防春天天氣反覆無常，他在車上準備了一大堆這樣的東西。不過，那一年的天氣好得不得了。記得三月回家時，我和艾娜帶了一大把開了扁桃花的樹枝，緊接著花園牆上的含羞草開始變黃，隨風擺動。

多虧艾娜，我的生活受到滋潤，但一週七天除了週日，我的靈魂都被黑暗籠罩，所以這甜美的光芒又變得苦澀。我指的不是阿里保街發生的事情，因為現在家裡的那些事已經很難影響我。我要說的是，我因為長期挨餓又沒有警覺到這個問題，導致神經變得過度敏感而產生錯覺。有時我為了雞毛蒜皮的小事跟艾娜生氣，失望地離開她家，接著又不發一語地回來，坐到她身邊一起讀書。艾娜裝傻，好像我們什麼事都沒發生。有幾次當我走在郊區的路上，或是晚上頭痛得睡不著覺，必須拿掉枕頭來減緩頭痛時，我一想到那些場景就怕到哭出來。我想起胡安，我覺得自己跟他許多地方很相似。我想都沒想過，我竟然會因為吃不飽而變得歇斯底里。我每個月一收到津貼就帶著花去艾娜家，買甜點給外婆，還養成了買菸的習慣，以度過沒東西吃的艱難時刻，因為抽菸讓我放鬆心情，也會幫助我做一些不連貫的白日夢。羅曼外出回來時，他送了我菸當作禮物。當我在家裡走來走去，或在廚房門口停留聞著香氣，或睜著眼在床上躺了好幾個小時，羅曼就會帶著特別的微笑看著我。

某天下午我生艾娜的氣，那次我氣得特別久。我皺著眉，懷著激動又冗長的內心獨白走來走去。「我不會再去她家了。」「我受夠她自以為是的笑容。」「她用竊笑的眼神看著我，信心滿滿地以為我過了兩分鐘就會再回去。」「她以為我沒辦法跟她切八段，大錯特錯！」「她把我當作其他人一樣玩我，」我想得很歪，「就像捉弄她的爸媽和弟弟們，還有追求她的那些可憐蟲一樣，先給他們希望，然後再享受看著他們受苦的快感……」我愈來愈清楚艾娜的奸詐個性，我幾乎瞧不起她……我比平常還要快地到回到家裡，開始整理上課筆記。我看不懂自己寫的字，激動得快哭出來。在我的學生書包深處，掉出一張在我解放人生的第一個晚上，在大教堂的陰暗處遇見赫拉多時他給我的名片。

回憶赫拉多的事讓我暫時分散了注意力。我記得我曾答應要打電話給他，跟他出去逛巴塞隆納精彩的景點。我想這樣或許可以擺脫當下的情緒，所以我沒多想就撥了通電話給他。他立刻想起我，我們約好隔天中午一起出去。接著，雖然時候還早，但我倒在床上，看著陽台方格子窗外剛亮起的街燈，沉沉睡去，就好像在完成一件大事後身體盡情休息。

醒來後，我認為事情不太對勁。我有一種感覺，就好像有人跟我說安古斯蒂雅斯姨媽要回來了我會有的那種感覺。表面上，雖然那天跟其他日子一樣，看似平淡、無害，但那天一條微不足道的線突然改變我們的生活方向，將我們帶向新的時代。

我因為幼稚任性，不想看到艾娜，所以早上沒有去上學，但隨著時間過去，我愈來愈為跟她生氣而感到痛苦，同時我想著她個性的優點，還有她對我的真誠情感。那是我到當時唯一遇過的發自內心、沒有利害關係的情感。

下午赫拉多來找我。我一眼認出他來，因為他就站在我家大樓門口，見到我就立刻走了過來，而且不改一貫作風，兩手插在口袋。我已經對他粗獷的五官完全不復記憶。當天他沒穿大衣也沒戴帽子，改穿一套合身的灰色正裝，顯得又高又壯，而且頭髮像黑人一樣。

「你好，美女！」

他開口對我說，接著動了一下頭，把我當作小狗。

「走吧！」

我有點被他嚇到。

我們並肩前進。赫拉多就像我認識他那天一樣多話。我發現他很愛調書袋，講話時不停地引述他讀過的書。他說我跟他一樣都是聰明的人，然後又說他不相信女生的聰明，過了不久提到叔本華曾經說過……

他問我比較想去港口，還是去蒙特惠奇公園（Parque de Montjuïc）。兩個地方對我來說都一樣。我安靜地走在他旁邊，過馬路時他勾住我的手。我們沿著議會大道（Calle de Cortes）走到世博花園。一到那裡，我就開心了起來。天很藍，午後的陽光把蒙特惠奇宮的屋頂和白色的噴泉照得閃閃發亮。春天的花叢在風中搖擺，爭奇鬥豔。我們在廣闊的公園裡迷路。在修剪整齊的深綠色柏樹圍繞的小廣場，我們看見雪白的維納斯雕像倒映在水裡。有人在她的嘴脣上粗魯地塗上口紅。我和赫拉多生氣地對看，在那當下我覺得他人很好。他將手帕浸濕，強壯的身體奮力爬上雕像，開始擦拭大理石雕像的嘴脣，直到雕像的嘴脣完全白回來。

從那時候起，我們才有辦法更真誠地交談。走了好長的一段路，赫拉多跟我說了一堆自己的事，接著想打聽我在巴塞隆納的情形。

「這麼說，你是一個人？所以你是孤兒囉？」

他又開始讓我覺得討厭。

我們走進觀海樓（Miramar），手肘撐在餐廳的陽台上，眺望暮色中透出葡萄酒色澤的地中海。由上往下看，眼前的大港口變得渺小，碼頭邊的水面上露出戰爭時沉船生鏽的殘骸。往右，我隱約看見西南墓園的柏樹，幾乎能嗅到它們面對著遼闊的海平面散發的憂鬱氣息。

在我們附近，有些人圍著餐廳陽台的小桌子吃著點心。散步和鹹鹹的海風喚醒了我昏昏欲睡時總會有的飢餓感。我又餓又累，眼巴巴地看著餐桌和美味的點心。赫拉多依循我眼神的方向，帶著不屑的口氣說話，彷彿我回答「想吃」是很荒謬的行為：

「你應該什麼都不想吃，是嗎？」

接著，他假借要帶我去看其他漂亮的景點，拉住我的手，把我帶離那危險的地方。當下我覺得他很可惡。

不久，我們背對海，俯瞰腳下壯麗的城市。

赫拉多站挺挺的欣賞。

「巴塞隆納！真的好氣派，好有錢，不過在那裡生活變得真不容易啊！」他若有所思地說。

他講得像懺悔一般，我竊竊以為他是為剛才粗魯的言行感到抱歉，所以瞬間被他打動。在那段時日，我能看清楚的少數事情之一就是貧窮，不管它以怎樣的偽裝出現：即便是赫拉多穿的上好衣料和棉麻襯衫……我衝動地把手放在他的手上。他握緊我的手，把熱度傳到我手中。當下我莫名地想哭。他親了一下我的頭髮。

我頓時呆掉，雖然我們仍然彼此貼近。那時候我在這種事情上無知到愚蠢的程度，儘管我外表裝出一副無所謂的樣子。以前從來沒有男生親過我，而我確信第一個親我的人將會是我萬中選一的情人。赫拉多剛才幾乎沒碰到我的頭髮。我認為那是我們剛才一致感受到的情緒產生的結果，我不能生氣地拒絕他，否則會顯得我很可笑。此時他再次溫柔地親吻我。我荒謬地感覺到臉上飄過陰影，彷彿黃昏已經來臨。我不知所措，腦袋空空，內心開始撲通撲通地跳，好像不得不強忍著赫拉多的撫摸。我覺得他發生了不尋常的變化，突然之間他愛上了我。我當時笨得可以，完全沒發現他跟一般男人沒兩樣，天生就是要來「播種」的，而且對待女人就是無法換成其他的態度。他們的頭腦和內心能理解的僅止於此。赫拉多突然把我拉向他，親了我的嘴。我嚇了一跳，大力推開他，突然感覺他肥厚的嘴唇留在我嘴上的口水和熱氣讓我作嘔。我使勁把他推開，拔腿就跑。他追了上來，發現我有點發抖，企圖思考些什麼。我突然想到，也許他把我握手的動作當作是一種愛的試探。

「赫拉多，抱歉，」我非常天真地說，「嗯……你知道嗎？……我其實不愛你。我沒愛上你。」

滿意地跟他解釋完這一切，我感覺比較放鬆了。

他抓住我的手臂，像是拿回原本屬於他的東西，然後用粗暴又瞧不起人的眼神看著我，讓我整個人愣住了。

接下來，在回程的電車上，他像扮演父親的角色般，建議我往後該有怎樣的行為舉止，告誡我不要亂跑，不要玩得很瘋，不要單獨跟男孩子出去。感覺好像又聽到安古斯蒂雅斯在訓話。

我向他保證不會再和他出來，他有點吃驚。

「不是啊，『小可愛』，不是這樣的，跟我出來不一樣。你會知道我的建議都是為你好……我是你最好的朋友。」

他自我感覺良好。

我感覺很沒勁，就像我讀中學的某一天，一位好心的修女有點臉紅地跟我說，我已經變成女人，不再是小孩子，那時我也有同樣的感覺。很不湊巧，我還記得她說的那番話：「不要怕，那不是病，是自然的禮物，是上帝的旨意……」我心想：「所以這個呆瓜就是奪走我初吻的人……而且很有可能這也沒什麼好大驚小怪的……」

我虛弱地爬上公寓的樓梯。當時天完全黑了，安東尼雅奉承巴結地幫我開門。

「有一位金髮小姐來找您。」

我心力交瘁，幾乎要哭出來。艾娜過得比我好，她卻要來找我。

「她和羅曼少爺在客廳，」傭人加了一句。「他們整個下午都在那裡……」

我思考了一會。「最後還是如她所願，認識了羅曼，」我想。「她覺得他怎麼樣？」但我也不太明白為什麼，一股深深的怒意取代了我的好奇心。此時我聽到羅曼開始彈鋼琴。我快速跑到客廳門邊，敲了兩下門後就進去。羅曼立刻停止彈奏，皺起眉頭。艾娜原本側躺，倒在歪斜椅子的扶手上，此時看似從深沉的睡夢中被叫醒。

鋼琴上，一小截蠟燭屁股——是我在此睡覺的那幾個晚上留下的紀念品——正燃燒著，蠟燭的火焰拉得很長又很不穩定，成了照亮那個空間的唯一光源。

我們三個互看了一下，艾娜接著衝過來抱住我。羅曼親切地對我微笑，然後起身。

「孩子，你們聊吧。」

艾娜對他伸出一隻手，兩人不發一語地互看對方。艾娜的眼睛跟貓一樣發光。我開始心生恐懼，就像有人放了冰的東西在我皮膚上一樣。就在此時，我感覺一條跟頭髮一樣細的線讓我的人生產生裂縫，而且像打破杯子那樣，摧毀了我的生活。當我將目光從地上抬起時，羅曼已經走了。艾娜跟我說：

「時候不早了，我也該走了……我本來要等你，因為你有時候會做一些瘋狂的事情，根本沒辦法……好吧，再見……安德蕾雅，再見……」

她緊張得不得了。

# 13

隔天，艾娜在學校躲著我。之前課間休息時我都習慣跟她混在一起，所以現在我失去方向，不知道要幹什麼。最後她過來跟我說：

「安德蕾雅，今天下課你別來我家，我要出門……最好是最近幾天都別來，直到我通知你。我再跟你說什麼時候。我有事情在忙……你可以來拿字典去用……」(因為我沒有課本，也沒有希臘文字典，而我的拉丁文字典是從中學拿來的，很小本又很破舊，所以我總是跟艾娜一起寫希臘文和拉丁文的翻譯作業。)「不好意思，」她帶著尷尬的笑容沉默一會兒，又接著說，「字典我也沒辦法借你……好煩啊！因為快考試了，晚上我最好還是做翻譯練習……你要自己去圖書館用功……安德蕾雅，真的，我真的很抱歉。」

「艾娜，你別擔心！」

我和前一天下午一樣有壓迫感，只是現在不只是預感而已，而是確定真的有不好的事要發生了。不過，那還是比不上我第一次看見艾娜注視著羅曼時，全身打冷顫的那種不安。

「好……安德蕾雅，我趕著要走，沒辦法等你。我答應波內特了……啊！我看到他在那裡跟我招手了。掰了，親愛的。」

她很快地在我兩邊臉頰各親一下，這不是她平常會做的舉動。要走前，她還特別叮嚀我：

「在我還沒叫你來之前，都不要來我家喔……嗯，你會撲空，你懂吼？希望你別介意。」

「放心。」

我看著她跟一個不得她青睞的追求者離開，這個人那天看起來容光煥發。

我從那天起少了艾娜，必須一個人生活。禮拜天到了，我都沒接到她那重要的通知，她在學校裡大老遠看到我也只是笑一笑，意思意思地跟我打個招呼，也沒說到任何跟海梅出遊的事。我又回到一個人孤零零的生活。既然那似乎是沒辦法的事，所以我就認了。就在那時候，我開始體會到，跟大挫折比起來，每天雞毛蒜皮的小事更讓人難以忍受。

春天的氣息愈來愈濃郁，葛洛莉雅在家裡緊張兮兮，我從沒看過她這樣。她時常哭泣。外婆用那種透露天大的祕密的口氣跟我說，葛洛莉雅擔心自己又懷孕了。

「要是在以前，我是不會跟你說這種事的……因為你年紀還小。可是現在，戰爭過後……」

可憐的老婆婆不知道可以跟誰講心事。

不過，什麼事也沒發生。只有四、五月的空氣很刺鼻，很令人興奮，而且比夏天最熱的時候還熱，就這樣。阿里保街的的樹——根據艾娜的說法，城市裡的那些樹聞起來就像一堆死掉植物發出的腐臭味——長滿了近乎透明的嫩葉。葛洛莉雅在窗邊皺著眉，微笑地看著這一切，又不時嘆氣。

有一天我發現她在洗一件自己的新衣服，同時想把衣領換掉。她沮喪地把衣服丟到地上。

「我不會弄！」她說。「我真沒用！」

沒人叫她弄。然後她把自己關在房裡。

羅曼似乎心情相當不錯。有幾天他甚至主動找胡安說話。胡安的態度軟化，笑笑地回應所有的事，還會在他哥哥的肩上拍個幾下。這樣的情況導致他的太太有時和他大吵。

某天我聽到羅曼在彈琴。他彈奏了一首我聽過的曲子，是他寫來向花神索奇皮利致敬的春天之歌。根據他說的，那首曲子會帶給他不幸。葛洛莉雅躲在門廳黑暗的角落，想盡辦法偷聽。我走進去，開始看他的手在琴鍵上舞動，可是最後他有點煩躁地停止了彈奏。

「想幹嘛，小女孩？」

看來羅曼對我的態度也變了。

「羅曼，那天你跟艾娜聊了什麼？」

他面露驚訝。

「印象中沒什麼特別的。她跟你說了什麼嗎？」

「什麼也沒說。從那天起，我們就不是朋友了。」

「好吧，小女孩……你們女學生做的蠢事跟我沒關係……我還沒蠢到那個地步。」

接著他就離開了。

我感覺下午的時間變得特別長。我習慣在下午整理筆記，接著散步好一會時間，不到七點就走到艾娜的家。她之前每天吃過午餐後會見海梅，然後七點就回家跟我一起做翻譯作業。有些日子她整個下午都在家裡，我們大學的死黨就在那時候聚會。男孩子們是文學控，會朗誦他們的詩歌給我們聽。最後艾娜的媽媽會大展歌喉。我就是在那些日子留在她家吃晚餐。這一切都過去了（想想我生活裡的要素是怎麼出現的，然後在我開始以為它們不會變動的時候就化為泡影，這令我感到惶恐）。期末的威脅迫近，朋友們不再去艾娜家聚會。而且艾娜和我再也沒有提起回到她家的事。

某天下午我在學校的圖書館遇到彭斯。他看到我很開心。

「你常來這裡？我之前都沒看過你。」

「是啊，我來讀書……因為我沒有書……」

「是嗎？我可以借你。我明天就把我的書拿來給你。」

「那你怎麼辦？」

「我需要時再跟你要。」

隔天彭斯帶了幾本完全沒翻過的新書來學校。

「你留著用……反正今年我家裡每本教科書都買了兩份。」

我慚愧到很想哭。但我還能跟他說什麼？彭斯很熱心。

「你跟艾娜斷交了？」他問我。

「沒有，只是考試的關係，現在比較少見面……」

彭斯很稚氣。身材瘦瘦小小的，長長的睫毛讓他的眼睛看起來很可愛。有一天我在學校遇到他，他無敵興奮。

「欸，安德蕾雅，我跟你說……之前沒跟你講是因為我們不准帶女生。但是我常提到你，說你很不一樣……反正，他是我的朋友奇修斯，他說可以。你懂了嗎？」

我從來沒聽說過奇修斯。

「沒有，我怎麼聽得懂？」

「啊，也對！我完全沒跟你提過我朋友們的事……那些在這裡的，在學校裡的都不是我真正的朋友。我的死黨主要是奇修斯、伊圖狄亞加，反正到時候你就認識了。他們全是藝術家、作家、畫家……整個是波希米亞人的世界。好不詩情畫意。那裡沒有世俗的規範……普鳩爾是奇修斯的朋友……也是我的朋友，當然……他圍圍巾，留長髮，屌斃了……我們都在奇修斯的畫室聚會。他是個畫家，很年輕……嗯，我是說他作為畫家還很年輕，其實他也二十歲了，不過很有才華。到目前為止還沒有女孩子去過那裡。他們怕女孩子去那裡會被髒亂的環境嚇到，還會講一些她們平常會講的沒腦的話。不過我跟他們說你皮膚黑，眼睛又亮，平時完全不上妝，這讓他們很感興趣。所以最後他們要我今天下午帶你過去。畫室就在舊區裡……」

他完全沒考慮到我可能會拒絕他那誘人的邀請。當然，我跟他去了。

我們走路過去，沿著老舊的街道散步，走了好長一段路。彭斯似乎很開心。他總是對我特別客氣。

「你來過海上聖母教堂嗎？」彭斯問我。

「沒。」

「如果你有興趣，我們可以進去一下。人們說它是純加泰隆尼亞哥德式建築的代表。我個人覺得它很壯觀。戰爭時它被燒過……」

海上聖母教堂在我眼前顯得特別迷人，有別具特色的尖塔，還有前面被老房子包圍的小廣場。

彭斯給我他的帽子，微笑地看著我把它弄彎，戴在自己頭上。接著我們進到教堂裡。中殿很大、很涼爽，幾個虔誠的婦人在裡面祈禱。我抬頭仰望，發現花窗玻璃破損，旁邊的石材被火焰燻黑。這樣的滄桑景象充滿詩意，也讓整個地方的氛圍更增添一股靈氣。我們在那裡待了一會，接著從側門出來，門邊有婦人在賣康乃馨和掃帚。彭斯買了一小束香氣宜人的康乃馨給我，花朵有紅有白。他看出我心情雀躍，他的眼神流露愉悅。然後他帶我走到奇修斯畫室所在的蒙卡達街（Calle de Montcada）。

我們從吊著一塊石頭盾徽的寬敞大門進入。前院有一匹跟馬車拴著的馬安靜地吃著東西，還有幾隻母雞在啄食，給人一種平靜的感覺。我們從那裡爬上一座貴氣但荒廢的石頭階梯。到了最後一階時，彭斯拉了一條掛在門上的細繩叫門，遠處傳來一陣鈴聲。一位年輕人幫我們開門，他很高，彭斯只到他的肩膀高度。我以為他是奇修斯。彭斯和他熱情地擁抱，然後跟我說：

「安德蕾雅，這位是伊圖狄亞加……他剛從維魯埃拉修道院[16]過來。他學貝克爾在那裡住了一個禮拜……」

伊圖狄亞加從上面看著我，他細長的手指夾著一根煙斗。雖然他看起來很有威嚴，但是我發現他跟我們的年紀差不多。

我們跟著他走，迂迴穿過好幾間荒廢、空蕩蕩的房間，最後到達奇修斯的畫室。那個房間又大又亮，擺了幾樣綳了布料的傢俱——椅子和扶手椅——和一張長沙發，還有一張小桌子，小桌子上有個杯子，裡面插了一把像花束一般的畫筆。

處處都看得到奇修斯的作品，有的擺在畫架上，有的掛在牆壁上，有的靠著傢俱，有的放在地上……

兩三個在那裡聚會的男孩子見到我便站了起來。奇修斯是個運動型的男孩，強壯、有活力又從容自若，幾乎與彭斯相反。在其他人之間，我看見那個有名的普鳩爾，圍巾及其他特徵一應俱全，人非常害羞。後來我有看到普鳩爾的畫，我發現他其實一筆一畫地模仿畢卡索的缺點——天才當然是沒辦法模仿的。這不能怪普鳩爾，也不能怪他在十七歲這個年紀一心想模仿大師。他們之中最引人注目的應該是伊圖狄亞加。他說話時動作誇張，而且幾乎總是在吼叫。後來我知道他寫了一部有四冊篇幅的小說，但是找不到人幫他出版。

「好美！我的朋友們，真美啊！」提到維魯埃拉修道院，他說。「我那時才了解宗教感召、神祕主義者的狂迷、長久被孤獨包圍的心境！……我那時候只是少了你們，還有少了愛……要不是一直受到愛的羈絆，我現在就像空氣一樣自由自在了，安德蕾雅，」他對著我補了這句話。

接著他嚴肅了起來。

「後天我要揍馬特雷爾，沒什麼好說的。奇修斯，你要挺我。」

「不，你還沒揍人我們就會解決這件事，」奇修斯一邊說，一邊遞給我一根菸。「相信我，我會處理……你要揍馬特雷爾只是因為他跟蘭布拉大道上賣花的女人說了什麼難聽的話。這真的很蠢！」

「蘭布拉大道上賣花的女人就跟高貴的女士一樣，沒差別啊！」

「是沒錯，可是你之前沒見過那個賣花的人，況且馬特雷爾還是我們的朋友。或許呆了點，可是他人真的很不錯。我跟你說，這整件事都是他鬧著玩的。你們要和解。」

「才不要！」伊圖狄亞加大吼。「我早就跟馬特雷爾斷交了，自從……」

「好了好了。那邊有麵包和火腿藏在門後面，要是安德蕾雅願意好心幫我們做幾個三明治，我們現在就來吃點心……」

彭斯不停地觀察我對他的朋友們的反應，並且想看著我的眼睛對我微笑。我煮咖啡，我們用不同形狀、不同大小的杯子喝咖啡，每個杯子都是奇修斯收藏在玻璃櫃裡古老、精緻的瓷杯。彭斯告訴我，那些都是奇修斯在郊區恩坎特斯（Encantes）跳蚤市場買的。

我觀察奇修斯的畫，大部分都是海邊風景。一幅彭斯的頭像引起我的興趣。奇修斯似乎運途很好，他沒有辦過任何的個展，但是畫賣得還不錯。我不自覺地拿他的畫跟胡安的比。毫無疑問奇修斯畫得比他好。當我聽到他們說好幾千比塞塔時，我的耳中突然出現胡安惡毒的咆哮……「你認為我畫的葛洛莉雅裸體畫只值五十比塞塔？」我在那個「波希米亞」的環境裡感到很舒服。普鳩爾是唯一穿得比較邋遢，耳朵又髒的人，他吃東西的胃口很好而且完全不講話。儘管這樣，我知道他是公子哥兒。奇修斯是很有錢的製造商的孩子，伊圖狄亞加和彭斯也都出身於在加泰隆尼亞工業界聲名顯赫的家庭。此外，彭斯還是獨子，相當受寵，我發現這件事時他尷尬得耳朵都發紅了。

「我爸不懂我，」伊圖狄亞加大聲地說。「他只懂賺錢，哪有可能懂我？他從來都不會出錢幫我出版小說。他說那是賠錢的生意！……最糟的是，自從上次出包後，我爸就管我管得很緊，而且一毛錢也不給我。」

「那是因為出的包很大，」奇修斯笑了一下說。

「哪有！我沒騙他！……有一天他叫我去他的房間，跟我說：『賈斯帕[17]，我的孩子啊……我沒聽錯吧？你跟我說上次給你的聖誕節禮物，兩千比塞塔，你現在都花光了？』（那時才剛過了聖誕節十五天。）我回答他：『是啊，爸，花到一毛不剩。』……當時他像野獸一般皺了眼眉，對我說：

「『你現在就跟我說，你把錢都花到哪裡去了？』我把能說的都說給我老爸聽了，可是他還是不滿意。我突然天外飛來一筆，接著說：

「『剩下的錢我都給洛培茲．索雷爾了，我借給那個可憐人……』你們要是在場，就可以看到我爸當時跟老虎一樣吼叫：

「『借錢給一個這麼不要臉的人，你永遠也別想把錢要回來！我真想把你揍一頓……一天之內如果你沒有把錢拿回來，我就把洛培茲．索雷爾抓去關，然後讓你吃一個月的麵包配白開水……我會讓你知道什麼叫做花錢如流水……』

「『爸，已經沒辦法了，洛培茲．索雷爾去畢爾包[18]了。』

「我爸兩手無力一攤，然後又再度振作起來。

「『今晚你就跟你哥去畢爾包，敗家子！我會讓你知道我是怎麼浪費我的錢的……』

「我和我哥搭晚上的臥鋪火車。你們也知道我哥是怎樣的人，很嚴肅，頭腦很硬，很少有人跟他一樣。他在畢爾包拜訪了爸爸的所有親戚，他要我跟他一起行動。洛培茲．索雷爾已經跑到馬德里了。我哥跟巴塞隆納聯絡，我爸說：『你們去馬德里。伊戈納修，我相信你……我已經決定要好好修理賈斯帕了。』……我們再一次搭了臥鋪火車，前往馬德里。到了那裡，我在卡斯蒂亞咖啡廳（Café Castilla）遇到洛培茲．索雷爾，他高興到哭著張開雙手抱住我。但是當他知道我去的目的時，他叫我兇手，還說他會先殺了我再還錢。然後，他看到我哥伊戈納修跟拳擊手一樣握拳站在我後面，他的朋友們才硬湊出欠我的金額，把錢還我。伊戈納修高興地把錢收進錢包裡，而我卻成了洛培茲．索雷爾的敵人……

「我們回到家，我爸嚴肅地跟我講了大道理，還說為了懲罰我，要回來的錢他要收走，而且八天之內不會給我零用錢，就當作我們那次去要錢的旅費。於是伊戈納修淡然地拿出洛培茲．索雷爾還我的一張二十五比塞塔鈔票，交給我爸。可憐的老爸就像垮掉的城堡一樣癱軟。

「『這什麼？』他大喊。

「『爸，這是我之前借洛培茲．索雷爾的錢啊，』我回答。

「從此我的人生陷入困境，親愛的朋友們……所以我在考慮存錢，自己出版我的書……」

我聽得很樂，也覺得很開心。

「欸！」伊圖狄亞加說，他正看著一幅面朝牆壁的小畫。「《真理》那幅畫為什麼背對著我們？」

「因為之前評論家羅曼瑟斯來，他五十歲了，我覺得這不太好……」

普鳩爾迅速站起來，把畫反過來。白色顏料在黑色的底上寫了大大的幾個字：

「我們要感謝天，因為我們比前人有用無數倍——荷馬。」這個署名很有氣勢。我不得不發笑。我感覺在那裡很愜意；那種完全不需要用腦，無憂無慮的快樂環境撫慰了我的心靈。

# 14

那年的考試不難，但我很害怕，所以我盡全力地猛讀。

「你會生病的，」彭斯跟我說。「我都不擔心。明年等到我們要結業考試的時候，要讀的都不一樣。」

事實上我的記憶力愈來愈差。我經常頭痛。

葛洛莉雅跟我說艾娜來羅曼的房間看過他，而且羅曼還拉他自己譜的小提琴曲子給她聽。葛洛莉雅在這方面消息很靈通。

「你覺得他們會結婚嗎？」她有如被春天的熱情給感染，突然問我。

「艾娜跟羅曼結婚！你開什麼玩笑！」

「孩子，我會這樣說是因為她打扮得很好看，像有錢人家的孩子……或許羅曼會想跟她結婚。」

「你別說蠢話了，他們之間沒什麼……好了，別想些有的沒的！如果艾娜會來這裡，你可以肯定她只是來聽音樂的。」

「那她為什麼沒有進來跟你打招呼呢？」

我的心臟好像快要跳出來，我也很想知道這一切到底是怎麼回事。

我每天都在學校碰到艾娜，有時就隨便聊了幾句，但是要怎樣才能聊到心裡的話呢？她已經完全把我排除在她的生活外。有一天我禮貌性地問他海梅的近況。

「他還不錯，」艾娜回答我。「現在我們禮拜天都沒有一起出去了。」（她避開我的眼睛，或許是不想讓我看見她眼中的悲傷。有誰能知道她在想什麼？）

「羅曼去旅行了，」我突襲似的說。

「我已經知道了，」她回答。

我們都不講話。

「那你的家人呢？」我大膽地問（感覺我們好像好幾年沒見了）。

「我媽生病了。」

「如果可以的話，我送花過去給她。」

她用特別的眼神看我。

「你的臉色看起來也不太好，安德蕾雅……今天下午我們一起來散個步好嗎？透透氣，你會感覺好一點。我們可以去蒂比達博山[19]，我想要你跟我在那裡吃個點心……」

「你手邊重要的事情結束了？」

「沒，還沒；你別再取笑我了……不過今天下午我想放個假，如果你想跟我一起的話。」

我既不覺得高興，也不覺得難過。在我們分裂之後，我和艾娜的友情彷彿喪失了大部分的光彩。同時，我卻是真心愛我的朋友。

「好，我們去……如果你沒有更重要的事要做。」

她舉起我的一隻手，扳開我的指頭，看著我複雜的掌紋。

「你的手好細喔！……安德蕾雅，如果我最近有做了什麼對不起你的事，請你原諒我……我不是只有對你這樣……可是今天下午我們就會跟過去一樣，我會證明給你看的。我們會在松樹林裡奔跑，過得很愉快。」

事實上，我們嘻嘻笑笑，過得真的很愉快。跟艾娜在一起，什麼事都變得很有趣，很有活力。我跟她講伊圖狄亞加的故事，還有我新朋友的事情。我們從巴塞隆納的後山蒂比達博山可以看得到海。那裡的松樹長成一叢一叢，茂密又散發著香氣，順著山坡延伸而下，擴張成廣大的森林，直到城市的邊緣。綠意圍繞著巴塞隆納，擁抱著它。

「我那天去了你家，」艾娜說。「我想找你。我等你等了四個小時。」

「沒人跟我說。」

「我上去羅曼的房間，找他打發時間。他對我很好，彈音樂給我聽，時不時還打電話給傭人，看你回來了沒。」

我突然傷心了起來，艾娜注意到了，也開始悶悶不樂。

「安德蕾雅，我不太喜歡你的某些行為。你覺得你的家人讓你很丟臉……但是羅曼很有創意，是十足的藝術家，這樣的人不多了……要是你認識我那些叔叔舅舅阿姨嬸嬸們，你即使打了燈籠也找不到一絲絲靈魂的火花。我爸就是個沒神經的大老粗……這不是在說他不好，況且人長得帥，你也知道，但如果我媽嫁給羅曼或是跟他類似的人，我覺得更說得過去……這只是隨便舉個例……你舅舅是名人。光是以他看東西的方式，他就知道他要怎麼說他想要的東西。你聽著……他有時候似乎有點瘋。但安德蕾雅你也是，你很像他。就是因為這樣，我才想成為你在學校的朋友。你的眼睛明亮，笨手笨腳，魂不守舍，一點也不專心……我們之前都在笑你，但是我私底下卻很想認識你。有一天早上我看你在大雨中走出學校……那時才剛開學不久（你應該不記得了）。大部分的同學都在校門口躲雨，我雖然有帶雨衣和雨傘，但也不敢冒著那麼大的風雨出去。突然我看到你走出去，跟平常一樣在路上走，不戴圍巾，頭上沒有遮任何東西……我記得風雨把你搞得很狼狽，讓你一綹綹濕掉的頭髮黏在臉上。我跟在你後面出去，水像瀑布一樣流下來。你眨了眨眼，好像嚇了一跳，然後跑到花園的欄杆那裡，好像在找什麼大的遮蔽物。你在那裡待了至少兩分鐘才發現沒辦法遮雨。那次你的舉動真的太經典了。你讓我覺得好可憐，同時又讓我笑到肚子痛。我想我是那時候開始對你產生好感……然後你就感冒了……」

「對啊，我記得。」

「我知道你不喜歡我跟羅曼當朋友。很久以前我就叫你介紹他給我認識……我曉得如果我要跟你當朋友，我就不應該想這些有的沒的……我去你家找你的那天，當你發現我跟羅曼在一起時，你無法掩飾你的不開心和怒氣。隔天我看你準備來講那件事……來叫我解釋一下，或許。我不曉得……我那時不想看到你。你應該曉得我可以選擇我自己的朋友，羅曼很吸引我（我不否認），因為特殊的理由，因為他很有才華，因為……」

「他是個卑鄙的壞人。」

「我交朋友不期望他心地好，或是有教養……雖然我相信要跟他們朝夕相處的話，有教養是必要的條件。我喜歡用不同眼光看待生活的人，還有思考方式跟大多數人不一樣的人……我會這麼想，可能是因為我一直以來都跟太平凡、太自滿的人一起生活……我相信我媽跟我弟弟們都確信他們在這個世界上絕對是有用的人，而且知道自己要什麼，什麼對他們不好，什麼對他們好……而且不管遇到任何事情都很少會有煩惱。」

「你不愛你爸嗎？」

「當然愛，但那是另外一回事……我很感謝上帝讓他長得那麼帥，因為我很像他……但是我永遠不會了解他為什麼會跟我媽結婚。在我整個童年時期，我媽是我全部的愛。我從小時候就發現她跟其他人不一樣……我偷偷觀察她。我覺得她應該是個不幸的女人。當我逐漸了解她深愛我爸而且覺得自己很幸福時，我感到很沮喪……」

艾娜變得嚴肅起來。

「我沒辦法。我一輩子都在逃避我那些頭腦簡單、受人尊敬的親戚……他們頭腦簡單，但同時又有屬於他們自己的那種精明，這才讓他們變得很令人受不了……我喜歡有瘋狂基因的人，因為他們讓生命不單調，即使他們生活悲慘，而且總是不切實際，就像你……在我的家人看來，這些人都是令人嫌棄的災難。」

我看著她。

「除了我媽之外……因為跟她在一起你永遠不知道會發生什麼事，這也是她吸引人的地方……你覺得我爸或我外公如果認識真正的你，他們會怎麼想呢？他們如果跟我一樣知道你沒東西吃，知道你不買需要的衣服，是因為你想省錢跟你朋友們一起享受三天有錢人的生活……如果他們知道你喜歡晚上自己一個人在街上遊蕩。你一直都不知道自己要什麼，但你總是想要些什麼……哎！安德蕾雅，我想他們見到你會對你畫十字架，以為你是魔鬼。」

她靠近我，跟我面對面，把手放在我的肩上，看著我。

「親愛的，今天下午或不管什麼時候，你只要講到你舅舅跟你家人，你就跟我的親戚沒兩樣……你只是因為想到我在現場就害怕。你以為我不曉得你真正生活的世界是怎麼樣的，其實從一開始我就已經被吸引，而且我想發現所有的真相。」

「你錯了。羅曼和住在那裡其他的人唯一強的地方，就是比你認識的人還要糟，而且住在骯髒醜陋的環境裡。」

我講得很不客氣，因為我知道我沒辦法說服她。

「上次我去你家，我看見的世界真的好奇妙！我被迷住了。在阿里保街上，羅曼在那樣的屋子裡演奏音樂給我聽，點著蠟燭，旁邊圍繞著古董傢俱，我從沒想過我會置身在這樣的情景中……你不知道我有多常想到你。因為你住在那樣不可思議的地方，我就覺得你是個好有趣的人。我那時更了解你了……我愛你。直到你來了……你沒發現你看我的方式破壞了我的熱情。所以你別生氣，我其實只是想一個人去你家了解這一切。因為我對什麼都感興趣……從那個像巫婆的傭人，到羅曼的鸚鵡……

「至於羅曼，你別說他唯一厲害的地方就是在那樣的環境裡生活。他是個特別的人。如果你聽過他如何詮釋他的曲子，你就會知道他是什麼樣的人。」

我們搭電車到市區。下午溫暖的風吹起艾娜的頭髮。她很漂亮。她還跟我說：

「只要你想要，隨時可以來我家……請原諒我之前叫你不要來。那是另外一件事。你知道的，你是我唯一的好姊妹。我媽跟我問到你，而且她好像很擔心……她很開心終於有跟我合得來的女孩子，因為自從我懂事開始，我的身邊就總是圍繞著男孩子……」

# 15

我回到家裡，頭在痛。晚餐時間那麼安靜，讓我感覺奇怪。傭人的走動異常輕盈。我在廚房裡看見狗的頭趴在傭人的大腿上，傭人撫摸著牠。她時不時像被電到一樣地抽動，還發出笑聲，露出泛著綠色牙垢的牙齒。

「要喪禮了，」她說。

「怎麼了？」

「那孩子要死了……」

我注意到那對夫妻的房間亮著燈。

「醫生來過。我去藥局買藥，但是他們不信任我，因為附近的鄰居都曉得可憐的老先生死了以後這屋子裡是什麼樣的情況……對吧，小雷？」

我進去房裡。胡安做了一個燈罩，讓光不會太刺激孩子。那孩子因為發燒臉色通紅，好像在昏睡。他只要一個人躺在搖籃裡就會一直哭，胡安只好把他抱在懷裡……外婆似乎六神無主。我見她把手伸進孩子身上包的毛毯裡，撫摸他的腳，同時口中唸著玫瑰經，令我感到奇怪的是她沒有哭。胡安和外婆坐在大大的雙人床邊，而在他們後面，我看見葛洛莉雅也坐在床上，不過靠著牆角，很焦慮地玩著牌。她跟平常一樣，頭髮凌亂又髒兮兮，而且像北非人一樣把腿盤起來坐。我想她應該是在玩單人紙牌，因為平常她有時就會這樣玩。

「孩子怎麼了？」我問。

「沒人知道，」外婆搶先回答。

胡安看著她，然後說：

「醫生診斷說是肺炎初期，可是我覺得他是胃不舒服。」

「沒什麼關係。這孩子很強壯，頂得住發燒，」胡安一邊繼續說，一邊小心地捧住孩子的頭，把它靠到胸前。

「胡安！」葛洛莉雅大喊。「你該出門了！」

他憂心地看著孩子。要是我有注意聽他之前說的話，我會覺得他的舉動很奇怪。

他的語氣變得緩和一點。

「葛洛莉雅，我不知道是不是要走了……你說呢？這孩子只想黏著我。」

「臭小子，我覺得我們沒辦法去想。天上掉下來的大好機會讓你可以輕鬆地多賺一點錢。我跟媽都在這裡。況且倉庫裡有電話，不是嗎？要是病情惡化，我們會打電話通知你……你又不是一個人值大夜班，到時候你可以跑回來。大不了隔天拿不到錢而已……」

胡安站起來，孩子開始呻吟。胡安猶豫，表情有點怪地笑了一下……

「去吧，臭小子，去吧！把他給媽抱。」

胡安把他交到外婆手裡，孩子開始哭。

「看吧！把他抱過來。」

孩子在他媽媽的懷裡似乎比較安定。

「壞蛋！」外婆傷心地說。「他沒事的時候就指定要我抱，現在卻……」

胡安若有所思地穿起外套，看著孩子。

「出門前吃點東西吧。廚房有湯，櫃子裡有麵包。」

「好，我會喝熱湯。我會把它盛到杯子裡……」

出門前他又回到房間。

「我不穿這件外套，我穿舊的，」他輕聲地說，同時拿起一件掛在衣架上又破又髒的外套。「現在又不冷，而且值大夜班很容易把衣服弄壞……」

看來他還沒有要出門的意思。葛洛莉雅再次大聲說：

「要遲到了，臭小子！」

最後他走了。

葛洛莉雅不耐煩地抱著孩子，哄他睡覺。聽到大門關上後，她靜候了一下，拉長耳朵聽，脖子緊繃著。接著她大喊：

「媽！」

外婆也去吃晚餐了，正喝著湯配麵包吃，但她立刻丟下手邊的食物，趕了過去。

「來呀，媽！快，快！」

她不顧孩子哭泣，就把他丟到外婆的懷裡，然後開始換上最漂亮的衣服：一件印花連身裙，皺巴巴的掛在椅子上，鬆鬆垂垂的領子還沒縫好。她搭了一條藍色珠子項鍊。兩顆圓乎乎的耳環也是藍色，正好跟項鍊配成一套。她一如往常，在臉上塗了很厚的粉遮瑕，塗上口紅，還用顫抖的手畫上眼影。

「媽，胡安今天晚上有這個工作機會，真的好幸運，」她說，看著外婆一邊抱著孩子走來走去，一邊不悅地搖頭。對於外婆又老又瘦的手來說，那孩子已經太大太重了。「媽，我要去我姊家。您替我祈禱吧！我去看看她會不會給我一點錢，讓我買藥給孩子吃……媽，替我祈禱吧！可憐的媽，您不要不開心啊……安德蕾雅會留下來陪您。」

「沒錯，我會留下來讀書。」

「孩子，你出門前不吃晚餐嗎？」

葛洛莉雅想了半分鐘，決定快速吞點東西，把晚餐給解決了。外婆的湯在碗裡冷掉了，變成黏稠狀，沒人再去理它。

葛洛莉雅出門後，傭人和小雷進房睡覺。我打開飯廳的燈——那裡是全家最亮的地方——然後攤開書。那天晚上我沒辦法看書，不只是因為沒興趣，也讀不懂。就這樣過了兩三個小時。當時是五月底，我必須加把勁用功讀書。我記得，我開始被眼前那碗剩一半的湯和那塊咬過的麵包吸引。

我聽到類似牛蠅發出哼哼哼的聲音。原來是外婆抱著孩子靠近我，小小聲地唱著歌。她沒有停止哼唱的聲音，對我說：

「孩子啊，安德蕾雅……孩子啊，安德蕾雅……你來跟我一起唸玫瑰經。」
我聽不太懂她說什麼。接著我跟她到房裡。
「你要我幫你抱一下孩子嗎？」
外婆大力地搖頭表示不是。她又坐到床上。孩子似乎睡著了。
「幫我把玫瑰經從口袋裡拿出來。」
「你的手不痠嗎？」
「不會……不會。繼續，繼續！」
我開始唸美麗的聖母經。我一直都覺得聖母經的文字很藍色。我們突然聽到鑰匙開門鎖的聲音，我以為是葛洛莉雅。我快速轉身，看到胡安，嚇了一大跳。看來他沒有辦法抑制他的不安，所以還沒天亮他就回來了。外婆臉上露出相當惶恐的樣子，胡安立刻發現不對勁。他快速靠近全身發紅，睡到嘴巴開開的孩子。但他又站了起來。
「葛洛莉雅做了什麼？她在哪裡？」
「葛洛莉雅休息了一下……或許沒有……沒有！安德蕾雅，她沒有，對吧？她去藥局買點東西……我記不得了。安德蕾雅，孩子啊，你跟他說……」
「媽，你別騙我。不要逼我罵人！」
他又再度發火。孩子醒了，開始要哭的樣子。胡安把他抱在手上一會，還沒脫掉被街上露水沾濕的外套，就開始唱歌哄他。有時他閉著嘴罵粗話。他愈來愈激動，最後把孩子放在外婆的大腿上。

「胡安！你要去哪裡啊，兒子？孩子要哭了……」
「媽，我去帶葛洛莉雅回來，有必要的話，我會拉著她的頭髮，把她拖回孩子身邊……」
他全身發抖，甩門。外婆終於開始哭。
「安德蕾雅，你跟著去！孩子，你跟他去，不然他會殺了她！快去！」
我想也不想就穿上外套，跑下樓去找胡安。
我拚了命地急追胡安，內心害怕，街燈和人群有如模糊的影像向我眼前湧來。夜晚雖然不冷，但很潮濕。白色的燈光神奇地照亮阿里保街上最後一棵開滿綠色嫩葉的樹。
胡安走得很急，幾乎是用跑的。起初我只從大老遠猜那是他，沒辦法看清楚是誰。我還擔心萬一他突發奇想搭了電車，那我沒錢就追不上他了。
我們到達大學廣場時，大樓剛好敲響十二點半的鐘聲。胡安穿越廣場，在聖安東尼歐公路（Ronda de San Antonio）和昏暗的塔耶爾斯街相接的轉角停了下來。一整排的燈貫穿佩拉尤街，一路向下延伸。廣告招牌像是在進行一場沉悶的拋媚眼比賽。胡安的面前經過了幾輛電車。他四處張望，似乎想搞清楚方向。他太瘦，撐不起外套，風一來就把外套吹到鼓起來，在他腿邊飄啊飄的。我在那裡，幾乎就站在他旁邊，但是不敢叫他。我叫他會有什麼用嗎？
我的心臟因為奔跑跳得很快。我見他往聖安東尼歐公路走了幾步，所以跟了上去。他突然轉頭，我們面對面地碰上，但他似乎沒有發現，直接往反方向走，跟我擦肩而過，沒看見我。他再次回到大學廣場，現在選擇走塔耶爾斯街。我們在那裡什麼人也沒碰到。街燈昏暗，路也鋪得不好。胡安再次停在路的分岔口。我記得那裡有一個公共的泉水，水龍頭關不緊，石板地上總有水窪。胡安把臉朝向蘭布拉大道明亮又鬧哄哄的路口，觀察了一會，接著轉身，改走同樣彎曲又狹窄的拉瑪耶拉斯街（Calle de Ramalleras）。我用跑的跟上他。從一間緊閉的倉庫裡飄來水果和牧草的味道。一面圍牆上出現了月亮。我的血液跟著我一起快跑，在我全身奔湧。

每次我們到達一條街與蘭布拉大道交會的路口，胡安都愣了一下。他轉動深邃的雙眼四處張望，兩頰的肌肉緊繃。在卡門街——比其他的街更亮——的轉角處，我見他停下腳步，右手的手肘撐在左手的掌心上，若有所思地摸著兩邊的顴骨，好像在構思什麼大計畫。

我們的奔波似乎沒有終點。我不曉得他到底想去哪裡，我也不太在乎。我只曉得要跟緊他，這個執念深深植入我的腦裡，以至於我已經不曉得為什麼我要這樣做。後來我發現我們其實可以走另一條更近的路，可以省下一半的路程。我們過去到對街，穿過了聖荷西（San José）市場。我們的腳步聲在挑高的屋頂下產生回音。市場很大，許多攤子都打烊了，感覺死氣沉沉，偶爾看得到淡黃色的微弱燈光，更顯此地的淒涼。我們經過時，大老鼠帶著貓一般明亮的大眼睛，窸窸窣窣地逃竄。有些非常肥大的老鼠走到一半停下來，或許想給我們臉色看。一股說不上來的味道飄過來，聞起來像爛掉的水果、殘餘的肉和魚……一個值班的人狐疑地看著我們經過，一前一後跑進後面的小巷裡。

到了醫院路，胡安選擇走蘭布拉大道比較明亮的地方。在那之前，他似乎在逃避光線。我們來到市中心的蘭布拉大道。我幾乎就在他身邊。他好像潛意識裡有嗅到我的存在，因為他不斷回頭看。雖然他的視線經常掃到我，但就是沒有發現我。他是個多疑的傢伙，像個刻意避開人群的賊。我覺得有人對我說了髒話。可能不只有一個人接連企圖搭訕或取笑我，但我都不是很確定。我從沒思考過這次的冒險到底會把我帶到哪裡去，我也沒想過我要怎麼安撫這個我深深了解其火爆脾氣的男子。他身上沒帶武器，我知道想到這點讓我比較安心，否則那掐緊我喉嚨的激動情緒也會讓我的心思震動，幾乎要令我作痛。胡安走進在那時間仍燈火通明、人來人往的阿薩爾托伯爵街（Calle del Conde del Asalto）。我發現那裡就是唐人街的起點。安古斯蒂雅斯跟我提過的「魔鬼的光芒」看起來破爛、俗豔，還貼滿男女舞者的海報。娛樂夜總會的大門都貼上主打節目的廣告，看起來就像一個個的市集小帳篷。到處傳來刺耳的音樂，互相交錯，一點也不協調，聽了令人頭昏腦脹。快速穿過有時讓我陷入焦急的人群，因為他們害我沒跟上胡安，那樣的情景讓我鮮明地回想起小時候看過的一場嘉年華會。這裡的人真的很奇形怪狀：一個從我身邊走過的男子，畫了眼線，戴了一頂寬帽子。他的臉頰上了腮紅。我覺得所有人都化了妝，但是品味很差，噪音和酒的氣味與我擦身而過。我一點也不害怕，就跟那天嘉年華會躲在媽媽的裙子旁邊一樣，我聽著周圍的人嘻嘻哈哈，看著戴面具的人擺出怪樣子。那一切只不過是惡夢的夢境，就像我追求的目標以外的事物一樣不真實。

我把胡安跟丟了，心裡很害怕。有人推了我一下。我抬頭，看見街道的盡頭是籠罩在黑夜中的蒙特惠奇山和它的花園……

最後我找到胡安。那個可憐蟲停下來了，望著一間乳品店的明亮櫥窗，裡面擺了一排可口的奶酪。他動了動嘴脣，若有所思地用手摸了摸他的鬍子。「就是現在，」我心想，「我把手放在他的臂膀上，讓他恢復理性。告訴他葛洛莉雅很有可能在家裡……」但我什麼也沒做。

胡安繼續前進，在觀察了方向後，鑽進其中一條與那裡相通，又黑又臭的小巷。這個漫長的旅程再次變成在愈來愈暗的黑影中的追逐。我忘了我們走過多少巷子。房子高聳，排列緊密，透出溼氣。聽得到某幾戶的門後傳出音樂聲。我們從一對狂野擁抱的情侶旁邊過去，我一腳踩進泥濘的積水裡。我感覺某幾條街透出被黑夜稀釋的泛紅水氣。某幾條街有泛藍的光……一些人經過，他們的聲音在那寂靜的氣氛中顯得特別粗暴。我的頭腦在某些時刻變得特別清楚。我刻意靠近胡安，想讓別人能看出來我跟他是同伴。當我和胡安再度獨處，我冷靜下來，注意他走路發出的腳步聲。

我記得，當我們沿著一條完全安靜的暗巷走時，一扇門打開，走出一名被人攆出來的醉漢，他很衰地倒在胡安身上，害他晃了一下。似乎有一股電流穿過胡安的背脊。他瞬間對那男子的下顎揮了一拳，然後站直，等那男子回神。幾分鐘後，他們野蠻地打了起來。我看不清楚他們。聽著他們的喘息、辱罵。突然從我們上面看不見的窗戶裡傳來粗大嗓門的聲音：「現在是怎樣？」

然後，街上瞬間湧現的騷動嚇到我。兩三個男人和幾個男孩子好像從地裡冒出來，圍著這兩個打架的人。一扇半開的門朝街上射出一道光，讓我眼睛睜不開。

我內心相當恐懼，盡量不要讓人發現我。我沒辦法想像接下來幾分鐘會發生什麼事。在那個地獄的上方——彷彿有女巫在那條街的空中飛來飛去——傳來粗厲的嘶吼聲。那是女人的聲音，她們用挖苦和笑聲鼓動打架的人。我產生幻覺，感覺有胖乎乎的臉像孩子放掉的氣球，飄在半空中。

我聽見一聲吼叫，看見胡安和他的對手倒在街上的泥巴裡打滾。沒人把他們兩人分開。一個男的用手電筒照他們，於是我看見胡安拉住另一人的脖子，企圖咬他。其中一個看熱鬧的人丟了瓶子，砸中胡安，讓他頭暈眼花，倒在泥濘中。不到幾秒鐘他起身。

那時候，有人發出示警的叫聲，聽起來像電影中令人印象深刻的消防隊鈴聲或警車的鳴笛聲。

瞬間只剩下我和胡安，連那個喝醉酒的對手也消失了。胡安顫抖地站起來。我們聽到上方有竊笑聲。我原本僵住，處在一種奇怪的消極狀態，此時卻突然起了反應，像瘋子一樣跳起來衝向胡安。我把他扶起來站好，摸摸他被血和酒沾濕的衣服。他氣喘吁吁。

我在腦中聽見我的心撲通撲通地跳著。那個聲音讓我無法聽到其他的聲音。

「走！」我想說。「我們走！」

我的聲音出不來，於是我開始大力推著胡安。我真想用飛的。我知道，或者我認為警察很快就會來。我把胡安帶到另一條街。還沒拐第二個彎，我們聽到腳步聲。胡安反應很激烈，但是他讓我帶著他走。我抵著他的肩膀，他抱著我。一群人經過。他們走路很大聲，邊走邊開玩笑，但什麼也沒對我們說。一會後，我們分開。舅舅靠著牆，兩手插在口袋。一盞路燈從上方照著我們。

他看著我，發現我是誰，但是他什麼也沒說，因為他無疑認為我晚上出現在唐人街的精華地段是正常的事。我從他的口袋抽出一條手帕給他，讓他擦眼睛上方正在滴的血。我幫他把手帕在頭上綁好，然後他扶著我的肩膀，轉動他的頭，好試著認清方向。我開始感覺好累，那段日子常有這種疲累感。我的膝蓋抖個不停，甚至讓我難以走路。我的眼裡充滿淚水。

「胡安，我們回家！……走吧！」

「外甥女，你以為我被揍幾拳就發瘋了嗎？我很清楚我來這裡是要幹嘛的……」

他又怒起來，而且下巴顫抖著。

「葛洛莉雅這時候應該在家裡。她去看他姊姊只是想要跟她借錢買藥。」

「說謊！不要臉！誰叫你來多管閒事？」他冷靜了一點。「葛洛莉雅不需要來跟這個巫婆要錢。

今天他們在電話裡跟她保證，明天早上八點我們家裡就會有他們買畫還欠我們的一百比塞塔……所以她幹嘛借錢？好像我不曉得她親愛的姊姊連個晚安都不會跟她說一樣！……不過她不曉得我今天會讓她的頭開花！她對我的態度可以不好，但是比野獸對自己的孩子還要差，那我就沒辦法苟同。我真想要那個臭婆娘立刻就去死！……她只想在她姊姊家吃吃喝喝找樂子。我很了解她。不過要是她的腦容量跟兔子一樣小……跟你一樣！跟所有女人一樣！……那至少讓她像個媽媽，像個非常……！」

我現在仍然記得很清楚，他的這些話裡夾雜了許多髒字，不過我何必重複？

我們一邊走，他一邊說。他靠著我的肩，同時推著我。我感覺那些抓著我的手指讓我的神經動彈不得。他每走一步，每講一個字，使的力氣就愈大。

我知道我們再度回到剛才打架、現在恢復平靜的那條街。胡安在那裡跟隻尋找蛛絲馬跡的狗沒兩樣地聞。有如一隻我們偶爾見到在垃圾堆四處嗅聞的癩痢狗……月光高高照著那樣的破舊和腐敗。人們只要仰望天空就能見到它。在下面的巷子裡，就會忘記它的存在。

胡安大聲敲門，只聽見敲擊的回音。胡安繼續拳打腳踢一陣子，直到有人開門。然後他一把推開我，自己進去，讓我留在街上。我聽見裡面一聲悶悶的大喊，然後什麼也沒聽到，門就在我眼前關上了。

我瞬間累到坐在門檻上，兩手抱頭，什麼也不去想。接著我開始笑出來。我用手摀住嘴，但手不停抖動，因為想笑的欲望我自己也沒辦法克制。就為了這個跑了一整路，追到累得半死！……如果一整晚他們都沒有出來，會怎樣呢？我自己一個人要怎麼找到回家的路？我想，我那時候應該開始哭了。過了很久，應該有一小時。溼氣從軟軟的地上竄出。月亮從屋子一角灑下銀色的光芒。其他地方依舊是漆黑一片。雖然是春天的晚上，我仍開始感覺到寒氣。寒冷和說不出的恐懼。我開始發抖。我背後的門突然打開，一個女人謹慎地探出頭來，叫我：

「小可憐！……進來，進來！」[20]

我進到一間賣食物和飲料的店，當時已打烊，只點了一盞微弱的燈。胡安在吧檯旁，用手指轉動一個倒滿酒的杯子。從另一個房間傳來一陣吵雜的聲音，窗簾底下透出亮光。沒錯，裡面的人在玩牌。「葛洛莉雅在哪？」我想。那個幫我開門的女人很胖，還染了髮。她用舌頭把鉛筆的筆尖沾濕，指著書裡的某個東西。

「胡安，看來到了該讓你明瞭自己的實際情況的時候了。是時候讓你知道是葛洛莉雅在養你……你準備來殺人，真的是太好了……而我那個傻妹妹忍受這一切，卻沒跟你說人家寧可要破布，都不要你那些畫……你去過你阿里保街自負的大少爺生活吧……」

她轉向我說：

「孩子，想來點烈酒嗎？」[21]

「不用，謝謝。」

「小姐，你真客氣！」[22]

然後她笑了。

胡安憂鬱地聽著她滔滔不絕地講。我真沒辦法想像，如果我還在街上會發生什麼事。胡安的頭上沒有綁著手帕。我還注意到他的襯衫被扯破了。那女人繼續：

「小胡安，你應該感謝上帝，你太太愛你。以她的好身材足以讓你戴綠帽，而且就像這個小可憐過來玩牌，一點也沒什麼好大驚小怪的。一切就像大少爺可以自認為是大畫家一樣……」

她開始搖晃腦袋大笑。胡安說：

「你要是不閉嘴，我就扭斷你的頭！賤人！」

她霸氣地站了起來……但此時她改變表情，對著從側門出現的葛洛莉雅微笑。胡安也察覺她來了，卻假裝不看她，而是看著杯子。葛洛莉雅看起來很累。她說：

「走吧，臭小子！」

她勾住胡安的手臂。毫無疑問胡安早就看到她了。誰曉得他們剛剛發生了什麼事情。

我們到街上。當背後的門關上時，胡安的一隻手繞過葛洛莉雅背後，搭在她的肩膀上。我們默不吭聲地走了一小段路。

「孩子死了嗎？」葛洛莉雅問。

胡安搖頭否認，並且開始哭。葛洛莉雅嚇到了。胡安抱著她，把她靠在胸前繼續哭，哭到全身抖動、抽搐，害得葛洛莉雅也跟著一起哭。

# 16

羅曼像回春一樣，莽撞地進到家裡。

「他們把我的新套裝送來了嗎？」他問傭人。

「來了，羅曼少爺。我已經送上去給您了……」

小雷又懶又胖，開始起身跟羅曼打招呼。

「這個小雷啊，」舅舅皺了一下眉說，「最近變得太廢了……我的好友，你再繼續這樣，我就把你當小豬宰了……」

傭人臉上的笑容瞬間僵掉。她的眼睛開始發亮。

「您別開玩笑了，羅曼少爺！可憐的小雷。他可是一天比一天帥呢！……對吧，小雷？對吧，小可愛？」

那女人蹲下，狗把前腳搭在她的肩上，舔她深色的臉。羅曼好奇地觀看這一切，把嘴唇彎成弧形，顯露出一種難以界定的表情。

「總之，這條狗再繼續這樣，我就要殺了他……我不喜歡他看起來這麼開心，這麼福態。」

羅曼轉身離開。他經過我時，撫摸了我的臉頰。他黑色的眼珠發亮。臉上的皮膚又黑又粗，布滿很深的小細紋，就像用小刀劃出來的刻痕。烏黑亮麗的捲髮中摻雜了一些白髮。我第一次尋思羅曼到底幾歲。就在我思考這件事的那天，他顯得比較年輕。

「孩子，你需要錢嗎？我送你個小禮物。我做了一筆大生意。」

我不知道怎麼搞的，回答：

「什麼都不需要。羅曼，謝謝……」

他困惑，露出一點微笑。

「好吧，那我給你香菸。我有一些好貨……」

他似乎想再多說些什麼，但是他出去時把話吞回去了。

「我知道『那兩個』現在關係很好，」他諷刺地指著胡安的房間。「我不能那麼久不在家……」

我沒搭腔，他最後就走了。

「你聽見了嗎？」葛洛莉雅對我說。「羅曼買了一套新的正裝……還有一件絲質襯衫，孩子……你覺得他是怎麼了？」

「我覺得很不錯。」我聳了聳肩。

「羅曼從來不注重穿著。你老實告訴我，安德蕾雅。你覺得他戀愛了嗎？羅曼很容易戀愛的，孩子！」

葛洛莉雅愈來愈醜。那個五月她的臉變得消瘦，眼窩似乎也凹陷了。

「羅曼一開始也喜歡你，不是嗎？現在他不喜歡你。他喜歡你的好友艾娜。」

我會像一般女人一樣吸引我的舅舅，這樣的想法真的太蠢，太令我吃驚了。「我們的言行會被這種沒腦的人解釋成什麼樣呢？」我驚訝地想，同時看著葛洛莉雅蒼白的額頭。

我出門到了街上還在想著這些事情。我心不在焉，而且走得很快，但我發現一位紅鼻子的老人穿過街道向我走來。我一如往常感到厭煩，走向另一邊的人行道，但我們無法避免地在路中間相遇了。他氣喘吁吁，靠我靠得很近，然後脫掉破舊的小帽向我打招呼。

「早啊，小姐！」

那個街友的雙眼明亮，表露出焦慮。我跟他點頭致意，然後逃走。

我跟他很熟。他是個「窮」老人，但從不乞討。他穿著還算得體，總是拄著枴杖在阿里保街的街角站上好幾個小時，看啊看的。不管天氣冷或熱，他老是站在那裡，但是他不像其他乞丐總是發牢騷或鬼叫，渴望有人接濟他或帶他去收容所。他只會很有禮貌地跟路人打招呼，路人有時會同情他，施捨點錢放在他手上。他好得沒話說。時間久了，我對他產生一種特殊的反感，而且愈來愈嚴重。我甩不開他，這也是為什麼我會那麼討厭他。我當時沒想過為什麼，可是我感覺被迫要施捨他，而且沒錢給他的時候我還會感到不好意思。是因為安古斯蒂雅斯姨媽的關係，我才「接收」這個老人。我記得每次我們兩個出門時，那老人都會舉手跟我們打招呼，而姨媽就會拿五毛錢放在他那隻紅通通的手裡。此外，她還會停下來高傲地跟他說話，逼他講生活中那些真真假假的事情。他會用合安古斯蒂雅斯胃口的溫順口吻來回答她所有的問題……有時他的眼神會飄到某個他想打招呼的「客人」，只是我和姨媽站在人行道上，擋住了他的視線。但安古斯蒂雅斯會繼續問：

「回答我啊！別分心！……您的孫子真的沒辦法進去孤兒院？您女兒最後過世了？還有……？」

最後她會說：

「聽清楚了，我會查出所有這些事的真相。要是騙我，我就讓您好看。」

從那時候起我就被迫和他有交集。我確定他猜得到我討厭安古斯蒂雅斯。他的嘴脣會在修剪整齊的灰白鬍子和髭鬚之間浮現溫順的笑容，同時他的眼光會投向我，眼睛精明地跳動著。我則是氣餒地看著他。

「您為什麼不把她打發走呢？」我內心想這樣問他，但沒說出口。

他的眼睛繼續發出火花。

「是啊，小姐。願主保佑您，小姐！哎，小姐，我們這些可憐人日子有多難過呀！小姐，願上帝、蒙塞拉聖母（Virgen de Montserrat）和碧拉聖母（Virgen del Pilar）都與您同在！」

他又卑微又巴結地說完那些，最後得到了五毛錢的報酬。安古斯蒂雅斯驕傲地吸了一口氣。

「孩子，做人要有愛心……」

從那時候起我就討厭那個老人。我第一天拿到自己的錢時，為了讓他也感受到我享受自由、不需要受安古斯蒂雅斯姨媽脅迫的快樂，我給了他五比塞塔。當天我想跟世界萬物結合，與他們分享我的喜悅。當他開始滔滔不絕地恭維我時，我厭煩到不想聽他說話，在逃跑前跟他說了一句：

「閉嘴，老傢伙！」

隔天，我已經沒錢給他，還有接下來那天也是。但是他的問候還有跳動的眼神依然緊迫盯人，在阿里保街的那一小段路糾纏著我。我編了一千個謊想甩開他，想把他騙走。有時我還繞路，刻意走到孟塔內爾街（Muntaner）。那段時間正好我有在路上吃乾果的習慣。有幾個晚上肚子餓，我就在轉角的攤子買了一小份的杏仁。等不及回到家我就把它們全吃光了……那時候總是會有兩三個沒穿鞋的小男孩跟著我。

「一顆杏仁！您看我們好餓啊！」

「您行行好！」

（「啊！死孩子！」我想。「你們在社會救濟的食堂吃過熱食，你們不餓。」）我很火地看著他們。我得用手肘把他們頂開才得以脫困。某天，一個小男孩對我吐口水……可是如果我是在那個老人面前，如果那麼衰被他看見，我就會把整份拿在手上的杏仁都給他，有時侯我連吃都還沒吃。我不知道為什麼我會這麼做。他引發不了我任何一點同情心，但只要看到他溫順的眼神我的神經就開始緊張。我就像是要把杏仁撒到他臉上一樣交到他手中，然後氣到發抖，還挨餓。我受不了他。每當我收到生活津貼，我就想到那個老人會從我這裡得到每個月五比塞塔的收入，那代表著我少掉一天的伙食費。他很懂得人的心理，也很狡猾，他不再跟我說謝謝。但是他還是會跟我打招呼。他要是不打招呼，我還真忘記他的存在。那是他出擊的武器。

考試結束，學年也接近尾聲。剛開始放假的某一天，彭斯問我：

「你這夏天有什麼打算？」

「沒有，不曉得……」

「那完成學業後呢？」

「我也不知道。去教書吧，我想。」

（彭斯很會問些讓我詫異的問題。當我跟他說我要去教書時，我很清楚我不會是個好老師。）

「你不會更想把自己嫁掉嗎？」

我沒回答他。

那天下午天氣溫暖，所以我跑到街上蹓躂，沒有固定方向地閒晃。最後我決定去奇修斯的畫室。

我一跟那個老乞丐擦身而過，就看到跟我一樣恍神的海梅。他坐在車上，把車停在阿里保街的人行道旁。海梅的身影帶給我許多回憶，其中一個就是我想再見到艾娜。海梅正靠著方向盤在抽菸。我記得在那之前我都沒見過他抽菸。湊巧他抬起頭看見我。他的動作很迅速，跳下車，然後抓住我的手。

「安德蕾雅，你來得正好。我很想見到你……艾娜在你家裡嗎？」

「沒有。」

「那她會來嗎？」

「海梅，我不知道。」

他顯得迷惘。

「你想要跟我繞一繞嗎？」

「好，我很樂意。」

我坐在車上，在他旁邊看著他的臉，我覺得他沉浸在跟我完全無關的想法裡。我們從巴爾彼德雷拉路（Vallvidrera）出巴塞隆納，很快地被松樹和暖的香氣包圍。

「你知道我現在跟艾娜沒有再見面了嗎？」海梅問我。
「不知道。這段時間我也不常看到她。」
「可是她會去你家。」
我突然有點臉紅。
「她不是來看我。」
「沒錯，這個我知道，我猜想得到……可是我以為你有見到她，有跟她說到話。」
「沒有。」
「我想要你跟她說，如果你有看到她的話，幫我跟她轉達一件事……」
「什麼事？」
「我想讓她知道我信任她。」
「嗯，我會跟她說。」
海梅把車停下來，我們沿著兩邊是紅色和黃色樹林的公路散步。我那天看人的心情特別不一樣。就像之前我對羅曼的疑問一樣，我在心裡問自己，海梅應該多大了？高瘦的他站在我旁邊，看著眼前的美景。他額頭上有直線條的皺紋。他轉過頭來跟我說：
「今天我滿二十九歲……怎麼了嗎？」
我吃了一驚，因為他回答了我內心的疑問。他看著我傻笑，不知道我的表情是什麼意思。我跟他解釋了。
我們在那裡待了一會，幾乎沒說半句話，但卻相當自在。接著我們很有默契地回到車子裡。他發動車子時問我：

「你很喜歡艾娜嗎？」

「非常。我最喜歡的人就是她。」

他迅速地看著我。

「好，我其實應該像跟可憐的人說話那樣，跟你說……願主保佑你！……但我要說的不是這句話，而是請你這段時間陪陪她，不要丟下她一個人……她最近變得怪怪的。我很確定。我覺得她不快樂。」

「嗯，為什麼？」

「安德蕾雅，要是我知道，我們就不會吵架，而我也不需要拜託你去陪她，我自己來就好了。我想我之前對艾娜不夠體貼，我不想了解她……現在反省後，我會在路上跟蹤她，或是做更多傻事只為了見她一面，但是她連我的聲音都不想聽到。她只要看到我出現就會跑走。昨晚我寫了一封信要給她……信寫完我沒再唸過一次，因為我知道我會把信撕掉。我沒把信寄出去，因為以我這個年紀要寫十二頁的情書已經嫌老了。要不是你出現了，我真的會把信寄到她家給她。我寧願讓你去跟她說。可以嗎？跟她說我信任她，絕對什麼事都不會問。但是我必須見她一面。」

「好，我會跟她說。」

此後我們沒有再多聊。我覺得海梅說的話變得含糊，同時我也被那樣含糊的聲音給感動。

「想要我帶你去哪？」回到巴塞隆納市後他問我。

「到蒙卡達街，如果你方便的話。」

他默默地把我載到那裡。我們在奇修斯畫室所在的舊豪宅門口道別。那時伊圖狄亞加也剛好到。我發現海梅和他冷淡地打了聲招呼。

「你們知道這位小姐是搭車過來的嗎？」我們進到畫室後，伊圖狄亞加說。

「我們得要叫她小心海梅，」他接著補了一句。

「啊！是喔？為什麼？」

彭斯有點痛心地看著我。

伊圖狄亞加認為海梅是個瘟神。他爸曾經是有名的建築師，他是有錢人家的孩子。

「總之，媽寶一枚，」伊圖狄亞加說。「就是成天無所事事，不知道要幹嘛的一個人。」

海梅是獨子，之前跟他爸爸一樣學建築。讀書讀到一半戰爭爆發，戰爭結束後海梅成了孤兒，但是獲得了一大筆錢。他還差兩門課就能成為建築師，可是他已經無心完成學業。他整天什麼事也沒幹，就只知道玩樂。伊圖狄亞加非常瞧不起他。我記得伊圖狄亞加在講這些事的時候，他翹著二郎腿坐著，表情就像正義使者，氣到幾乎要著火了。

「你什麼時候要開始讀書，準備國家考試呢？」在他停頓時，我笑笑地問。

伊圖狄亞加高傲地看了我一眼，張開雙臂……接著繼續抨擊海梅。

彭斯一直觀察我，開始讓我覺得煩。

「比方說，昨天晚上我看見海梅那傢伙在平行線大道（Paralelo）上的一間夜店，」伊圖狄亞加說，「他一個人，悶得像隻猴子一樣坐在角落。」

「那你在幹嘛？」

「我在找靈感，尋找我小說裡的人物形象……而且我還有服務生幫我送上真正的苦艾酒……」

「算了吧！……那應該是綠色的白開水吧，」奇修斯說。

「才不是勒，先生！……不過，你們聽我說。我到這裡之後一直想跟你們分享我新的奇遇記，可是我都一直離題。昨天晚上我找到我的心靈伴侶，我的女神。我們一句話都沒說就愛上對方。她是外國人，八成來自俄國或挪威。她的顴骨很高，跟斯拉夫人一樣，還有一對我看過最迷濛、最神祕的眼睛。她就在我見到海梅的那間夜店裡，但是她似乎跟那個地方格格不入。她穿得相當高雅，有一個怪咖跟她在一起，感覺像用眼神想把她給吃了。但是她不太理會那個男的。她感覺無聊，似乎不太自在……就在那時她看了我一眼……雖然就短短的一秒，但是我的好友們，那眼神真迷人！她透過那眼神跟我訴說了一切：她的夢想、她的憧憬……我應該先跟你們說，她可不是隨便的女人。她跟安德蕾雅一樣是個年輕的女孩，氣質優雅，很純潔……」

「伊圖狄亞加，我很了解你。她年紀應該四十，頭髮是染的，而且在港口邊的小巴塞隆納出生……」

「奇修斯！」伊圖狄亞加大喊。

「抱歉啦，兄弟[23]！可是我知道你平常的作風……」

「好啦！不過奇遇記還沒完。那時陪她來的那個怪咖回來，因為他剛才去結帳，然後兩個人起身。我不曉得該怎麼辦。當他們到門口時，那女孩轉頭往夜店裡頭看，好像在找我……親愛的朋友們！我就從椅子上跳起來，丟下咖啡沒付錢……」

「原來你點的是咖啡，不是苦艾酒。」

「我丟下咖啡，跟在他們後面衝過去。此時我的無緣金髮尤物和她的男伴上了計程車……我喪失了知覺。我無法用言語表達那樣心痛的感覺……因為她最後看我的時候，眼神流露真正的傷心。那就像一個求救信號。我今天一整天都在找她，幾乎快瘋了。我的好友們，一定要找到她。這麼刻骨銘心的事情一輩子不會再發生第二次了。」

「但你呀（因為你是個幸運兒），伊圖狄亞加，你每個禮拜都會遇上……」

伊圖狄亞加站起來，抽著煙斗開始在畫室裡走來走去。過了一會，普鳩爾和一名髒兮兮的吉普賽女郎走了進來，他想推薦她當奇修斯的模特兒。她很年經，嘴巴很大，牙齒潔白。普鳩爾挽著她的手，洋洋得意地想讓我們知道那是他的情人。我曉得那天他對我生悶氣，因為我的出現妨礙他說話，讓他沒辦法在他朋友面前炫耀。彭斯帶了酒和糕點，心情很好，跟他恰成對比。彭斯想慶祝那學年順利結束了。我們玩得很開心。他們還讓吉普賽女郎跳了舞，發現她跳起舞來挺優雅的。

我們很晚才離開畫室。我想走路回家，伊圖狄亞加和彭斯陪我。夜色很美，飄散著溫和、粉紅的氣味，就像血管裡的血液，舒緩地在街道上方流淌著。

當我們沿著拉耶達納街走時，我不禁往艾娜家的方向看，想起我的好友還有海梅請我替他傳達的那些奇怪的話。當我真的看見她出現在我眼前時，我正在想這件事。她挽著她爸爸的手，兩人真像一對好看又高雅的完美戀人。她也看到我了，對我微笑。很顯然他們正要回家。

「你們等我一下，」我打斷伊圖狄亞加講話，跟他們兩個說。我穿過街道朝艾娜走去。當我趕到時，她和她爸正好要走進公寓的大門。

「我可以跟你說兩句話嗎？」

「當然可以。你不曉得我看到你有多開心。你想上來嗎？」
這表示她邀我吃晚餐。
「沒辦法，我朋友在等我……」
艾娜的爸爸笑著說：
「我要上去了，女孩們。艾娜，你也快上來。」
他向我們揮手致意。艾娜的爸爸來自加納利群島，儘管他大半輩子都不在小島上生活，但還是保留了特別的說話習慣，跟他家鄉的人一樣很親切。
「我見到海梅了，」他爸一離開我就馬上說。「我今天跟他去閒晃，他要我傳話給你。」
艾娜用一副漠然的表情看著我。
「他跟我說他信任你，他什麼事也不會問，只想見到你。」
「啊！喔，好啊，安德蕾雅。謝謝你，親愛的。」
她握一下我的手就走掉了，我有點失望。她甚至沒讓我看到她的眼神。
我轉頭，看見伊圖狄亞加已經在車陣當中，用他那雙細長的腿又走又跳地穿越馬路……
他呆滯地往門裡看，裡頭的電梯載著艾娜上樓。
「是她！斯拉夫公主！……我是白痴。她在跟你道別時我就發現了！天啊！你怎麼可能認識她？你用生命發誓，你說！她是哪裡人？俄國？瑞典？又或許是波蘭？」
「加泰隆尼亞人。」
伊圖狄亞加一臉茫然。

「那麼她昨晚怎麼可能出現在夜店？你怎麼認識她的？」

「我們同班，」我敷衍伊圖狄亞加，同時他挽著我的手過馬路。

「那她身邊的那些人呢？」

「今天這個是她爸。昨天那個，你也知道我不曉得……」

（我在跟伊圖狄亞加說這些的同時，腦中清楚浮現羅曼的形象。）

我一路上心不在焉，想著一個人不管在表面上換了幾輪的人際圈子，總是還在同一個圈子裡打轉。

# 17

六月的日子一天一天地過去，天氣也愈來愈熱。布滿灰塵的角落和房間骯髒的壁紙裡出現了一堆飢餓覓食的小蟲子。我開始卯起來攻擊它們，害我每天早上都消耗了不少體力。我很驚訝地發現住在這屋子裡的其他人不覺得蟲子惱人。我第一次用殺蟲劑和熱水徹底打掃我房間的時候，外婆探出頭，不悅地搖了搖頭。

「孩子！孩子！讓傭人做就好了！」

「算了啦，媽。我的外甥女會這樣是因為她比我們其他人還要髒……」胡安說。

我穿著泳裝做這一件我討厭的家事。那就是我去年夏天在鄉下的河裡玩水時穿的藍色泳裝。那條很深的河在我堂姊的菜園旁形成了美麗的彎道，兩岸滿是淤泥和燈心草……春天的河水混濁不清，水裡有樹的種子和開花果樹的倒影。夏天，當我跳進河裡游泳時，綠色的影子在我的兩隻手間顫動……如果我順著河水漂流，那些影子就會跟著反射的光映入我的眼簾。黃昏時，水又變成了紅色和琥珀色。

現在我穿的這件被肥皂弄髒的泳裝，就是那一年春天我跟著艾娜和海梅一起去海邊時穿的那件褪色的泳裝。在陽光仍不暖和的四月天，我們在藍色、冰冷的海裡游泳。

我用熱水淋我的床並且感覺觸碰菜瓜布的手指要脫皮的同時，艾娜在我的腦中浮現，關於她的記憶被一團黑暗和哀傷包圍，比周圍任何的事物都還要讓我感覺心情沉重。有時我想哭，彷彿被她欺騙和背叛的人是我，而不是海梅。當我想起一切從艾娜的眼睛裡所反射出的景象——甚至在海梅身邊時會發出閃耀的光芒，與此同時充滿甜蜜的氣息——都會在某個時間點消失得無影無蹤，我就沒辦法相信人類情感——當時十八歲的我所理解的人類情感——的真與美。

那年春天我感覺她和海梅與眾不同，一個在我想像中既崇高又神奇的祕密聖化了他們的形象。他們的愛照亮了存在的意義，單單存在本身就有意義。如今我痛苦地認為我被騙了。艾娜不斷地逃避我。我只要打電話，她從來不在家，而我也沒膽去她家裡找她。

從那天替海梅傳話給我的好友開始，我就再也沒有她的消息。某天下午，四周的寂靜把我壓得喘不過氣，我突然想到打電話給海梅，得知他已經離開巴塞隆納。我那時才曉得，他接近艾娜的企圖最後以失敗收場。

我真想鑽進艾娜的腦子裡，整個掰開她的靈魂，最後搞懂她奇怪的行為模式，還有她為什麼那麼固執。我一邊感到沮喪，一邊說服自己我還是很愛她，因為除了盡量理解她，我已經想不到還能用什麼其他態度來面對她，即便理解她似乎是不可能的事。

當我看見羅曼在家時，我內心激動，很想問他一些問題。我渴望跟蹤他，監視他，看他如何跟艾娜幽會。有幾次當我懷疑艾娜在他房裡時，我被這股壓抑不住的渴望牽著走，爬了好幾階隔在我跟他房間之間的樓梯。葛洛莉雅的身影曾在同一個樓梯間裡被手電筒的燈照到，這樣的聯想讓我感到羞愧而不再繼續往上爬。

羅曼既關心我又愛嘲弄我。他持續送我小禮物，習慣用手掌輕輕拍我兩邊的臉頰，但是他現在已經不再請我上樓了。

有一次他看我忙著清洗東西，他似乎很樂。我銳利又有點緊繃地瞪了他一眼，那些日子我常做這樣的動作，而他一如往常地顯得不在意，露出潔白發亮的牙齒。

「幹得漂亮，安德蕾雅！我看你已經長大變成小女人囉……想到我有一個外甥女嫁人後可以讓一個男人幸福，我就好開心。你先生就不用縫自己的破襪子，也不用餵孩子吃飯了，對吧？」

「他講這幹嘛？」我心裡納悶，聳一下肩。

羅曼身後飯廳的門是開著的，我見他轉頭往那裡看。

「誒，胡安！你看這個怎麼樣啊？你不會想要一個像外甥女一樣任勞任怨的小女人嗎？」

此時我發現胡安在飯廳裡用碗餵孩子喝奶——自從生過那場大病後，那孩子變得很難伺候。胡安對著餐桌揍一拳，碗彈了起來。他起身。

「我有我老婆就夠了，聽到沒？外甥女還不配舔我老婆踩過的地。你聽清楚了嗎？我不知道你是不是在裝蒜，想討好她，假裝沒看見她做的那些不要臉的事，但是沒有人像她那麼賤……她除了會裝模作樣，讓別人難堪，其他什麼都不會！那些她很會啦！還有會跟你搞在一起！」

我驚恐地了解為什麼胡安最近對我有敵意。他一直要人去打掃他的房間，沒人管他。在我手上拿著廚房肥皂的第一天，他看到我，走過來，粗魯地從我手上搶走肥皂並且跟我說：「我要用」，接著把肥皂拿到畫室。那段時間他已經不再作畫，成天用雙手抱著頭，睜大眼睛看著地上。一會後，我發現傭人在半開的門縫邊偷看時，我看到他就是那副樣子。安東尼雅聽見我的腳步聲，馬上站直，隨即把一隻手指靠向嘴唇，對我微笑，然後逼得我——在她快用髒手碰到我的威脅下——也得過去看。安東尼雅跟愛捉弄傻子的小男孩一樣，臉上露出樂不可支的白痴表情。那個高大的男人坐在椅子上，四周被沒用的破東西包圍，景象淒涼，滿腦子荒唐的想法把他壓垮，看著這樣的身影，我的內心不禁揪了一下。

這也是為什麼在那個把胡安刺激到無法忍受的炎熱季節裡，我從來不回應他粗暴無禮的言行。對羅曼的挑釁他氣得跳腳，直接正面反擊。羅曼笑了笑。胡安繼續大吼大叫。

「外甥女！幹得好啊！……跟野狗一樣在巴塞隆納趴趴走，身旁跟了一堆小狼狗……我很了解她。沒錯，我知道你是什麼樣的人，偽君子！」當羅曼離開時，胡安走到我的房門口大吼。

我擦著流到地上的水，兩手不由自主地發抖……我努力地想著這件事可笑的那一面，就算我只是想像那些不存在的小狼狗，我還是辦不到。我拿起裝著髒水的桶子，離開房間去倒掉。

「你們沒看見那個賤人都不說話？」胡安大聲說。「你們有沒有看到，她百口莫辯了吧？」

沒人理他。安東尼雅在廚房裡一邊唱歌，一邊搗缽裡的東西。此時，胡安如往常那般一股怒氣上來，他穿過門廳，大力敲打自己的房門。葛洛莉雅——她出去打牌已經不再遮遮掩掩——正在睡覺，很疲倦，因為很晚才上床睡覺。他們的房門一推就開，胡安朝著葛洛莉雅衝了過去，我聽到她被胡安毒打的驚叫聲。原本安靜待在飯廳的小孩也開始嚎啕大哭。

我很自私地鑽進浴室。我覺得嘩啦嘩啦打在我身上的水不冷也不熱，沒辦法清潔我的身體，也沒辦法讓我感到舒暢。

當這個城市開始被夏天的熱氣包圍時，它就會帶著一種令人窒息的美，一點悲傷。黃昏時，看著我朋友畫室窗外的巴塞隆納景色，我感覺它是悲傷的。從那裡可以看到一整片的頂樓平台和屋頂被泛著紅色的水氣包圍，古老教堂的尖塔彷彿在波浪中航行。上方，無雲的天空變換它單純的顏色。從灰藍變成血紅、金黃、紫晶。接著黑夜到來。

彭斯和我在壁龕式窗戶邊。

「我媽想認識你。我一直跟她提到你。她想邀請你跟我們一起到布拉瓦海岸[24]避暑。」背後聽得到朋友們說話的聲音。他們全部都在。伊圖狄亞加說話的聲音尤其大聲。

彭斯在我旁邊咬著手指。他跟平常一樣很緊張，很像個孩子，我覺得他有點煩，但同時又很喜歡他。

當天下午我們慶祝那一季最後一次聚會，因為奇修斯要去避暑了。伊圖狄亞加的爸爸叫他跟全家人一起去錫切斯[25]，但是他堅決不去。不過因為他爸也只是利用暑期的最後幾天在那裡度個小假，所以伊圖狄亞加能陪他吃飯他就已經感到心滿意足。

「我快說服他了！我快說服他了！」伊圖狄亞加大喊。「我爸不再受我媽和我姊妹的負面影響，變得比較理性了……他在估計幫我出書要花多少錢……而且別人稱呼我藝評家讓他感到很驕傲……」

我轉頭。

「有人稱呼你藝評家？」
「是某個知名報社封的。」
我覺得有點震驚。
「你研究哪一類藝術？」
「我什麼也沒研究。評論只需要有敏銳的感覺，這個我有。另外，還需要有朋友……這些我也有。等奇修斯第一次辦畫展時，我就要說他已經達到個人風格的巔峰。另一方面，我還要批評大咖，評論那些沒人敢評論的名人……我一定會成功。」
「你不覺得說我已經到達個人藝術的巔峰有點言之過早了嗎？而且被你這樣一說，我乾脆封筆，然後躺在金色的光環裡就好了啊，」奇修斯說。
伊圖狄亞加興奮過了頭，根本沒在聽。
「你們看！開始燒火堆了！」普鳩爾用很假的聲音大叫。
當天是聖胡安之夜[26]。彭斯跟我說：
「安德蕾雅，用五天的時間考慮一下。給你考慮到聖彼得紀念日[27]。那一天是我和我爸的聖人紀念日。我們會在家裡舉行宴會，你就過來吧。你來跟我一起跳舞。我會把你介紹給我媽，她比我還有辦法說服你。你想想看，如果你不來，那天對我就沒什麼意義了……之後我們可以一起去避暑。安德蕾雅，聖彼得紀念日你會來我家嗎？你會被我媽說服跟我去海邊嗎？」
「是你自己說我有五天可以考慮的。」
我對彭斯說這句話時，我感覺我極度渴望擺脫煩惱，渴望解放，渴望可以接受他的邀請，然後躺在他提供的沙灘上，跟童話故事裡的情節一樣感受時光的流逝，並且逃離周遭世界的壓迫。不過彭斯對我的愛意讓我感到厭煩，所以我還是沒有接受。我認為要是我正面地答覆他的邀請，我就會跟他產生其他的關係，讓我感到不自在，因為我覺得那樣很假。

不管怎樣，參加舞會這個想法讓我很心動，即便那個舞會是在下午——對我來說，舞會這個詞讓我想到晚禮服和閃亮舞池的撩人美夢，這是第一次讀灰姑娘的故事所造成的影響——因為，雖然我懂得讓自己沉醉在音樂裡，隨著節奏搖擺，事實上也常常自己一個人這樣跳舞，但我從來沒有「真正」跟男生共舞過。

當我們道別時，彭斯緊張地握著我的手。伊圖狄亞加在我們後面喊著：

「聖胡安之夜是巫術和奇蹟的夜晚。」

彭斯向我靠過來。

「我今晚想向你要個奇蹟。」

當下我天真地希望奇蹟發生。我用盡全力，渴望能夠愛上他。彭斯立刻發現我變得更溫柔。但是他只知道把我的手握得更緊來表達所有心情。

我回到家時，氣氛已經熱鬧騰騰，一年之中的這個獨特夜晚的專屬魔法散發著熱力。我在這聖胡安之夜根本沒辦法睡覺。天空萬里無雲，不過我感覺頭髮和指尖都在放電，彷彿有暴風雨要發生。上千個夢與回憶壓在我的胸口。

我穿著睡衣，從安古斯蒂雅斯房間的窗戶探出頭，看見好幾處的火光把天空染成紅色。甚至阿里保街也充斥著激動的歡呼聲，持續好長的時間，因為阿里保街跟其他街道交會的十字路口也點了兩三個火堆。過了不久，年輕小伙子跳過餘燼，為的是在灰燼發出的劈哩啪啦聲中清楚地聽見他們戀人的名字，他們的眼睛因為熱氣、火星和火焰的明亮魔法而變得通紅。接著，喧囂聲漸漸消失。人群散去，分別到露天派對狂歡。阿里保街變得寧靜，只不過還是有騷動，火仍持續在燒。聽得見遠方有人在放煙火，一道道明亮的火光劃破屋頂上方的夜空。我想起聖胡安之夜的鄉村歌曲，如果在炎熱的田裡摘下魔法幸運草，就能在那個晚上戀愛。我的手肘在黑暗中靠著陽台，被激烈的渴望和影像擾亂得睡不著。看來我是不可能離開陽台了。

我不只一次聽到警衛四處走動，去勘查遠處有人拍手的聲音。接著，公寓的大門關上時發出的巨大聲響引起我的注意。我朝人行道的方向看了看，發現走出門的是羅曼。我見他往前走，之後在路燈下停了一下，點了一根菸。就算他沒有停在路燈下，我還是認得出來那個人是他。那個晚上亮得不得了，彷彿天空中灑滿了金色的光……我特意觀察他的動作，他那比例完美的黑色剪影。

當他聽見腳步聲時，他像隻小動物緊張又迅速地抬頭。我也抬起頭來。葛洛莉雅穿越街道，朝我們這裡走來。（朝樓下他所在的人行道方向，也朝著樓上我那雙被黑影遮蔽的眼睛。）不用說，她剛從她姊姊家回來。

經過羅曼旁邊時，她一如往常看了他一眼。路燈照亮了她的頭髮，同時也照亮了她的臉。羅曼做了一件讓我覺得奇怪的事。他把菸丟掉，伸出一隻手走向她，跟她打招呼。葛洛莉雅吃驚地向後退。羅曼抓住她的手臂，她用力把羅曼推開。然後兩個人面對面，混亂中悄悄說了幾秒鐘的話。我看得入神而且太過驚訝，以至於不敢亂動。從我站的位置來看，這兩個人的動作像阿帕契舞[28]的舞者。最後葛洛莉雅逃走，進了屋裡。我見羅曼再點一根菸，同樣把菸丟掉，走了幾步準備離開，最後決定轉頭去追她。

與此同時，我聽見家裡的大門被打開，葛洛莉雅走了進來。我聽見她躡手躡腳地經過飯廳，往陽台的方向走去。或許她想知道羅曼是不是還在那裡。那一切開始讓我感到興奮，彷彿就是我的事。我無法相信我親眼所見。當我聽見羅曼的鑰匙鑽進家裡大門的鎖孔時，我興奮到發抖。他和葛洛莉雅在飯廳相遇。我聽到羅曼壓低音量，很清楚地說：

「我跟你說過，我必須跟你談一下。過來！」

「我沒時間聽你說。」

「別說傻話。快過來！」

我聽到他們走到陽台上，關上背後的玻璃門。我感覺像在做夢，無法理解正在發生的事。要是聖胡安之夜的巫婆真的存在呢？是巫婆們要讓我看到這些影像的嗎？當我再次把頭探出安古斯蒂雅斯的房間窗戶時，我根本沒想過我是在做下流的竊聽行為。陽台很近，我幾乎可以感覺到他們兩個人的呼吸。在掩蓋了遠方煙火爆炸聲和狂歡的音樂聲的寂靜背景下，他們的說話聲清楚地傳到我的耳裡。

我聽到羅曼說：

「你只想著那些雞毛蒜皮的小事……你忘了我們在戰爭時去巴塞隆納的旅行了嗎，葛洛莉雅？你連長在城堡公園的紫色百合都不記得了……在紫百合的襯托下，你的身體是如此地白，頭髮像火一樣紅。雖然我表面上對你很壞，但是我常想到你那幾天在那裡的樣子。如果你上來我的房間，你就會看到我為你畫的畫像。我還放在那裡……」

「臭小子，這我全都記得。一直以來我唯一能做的就是想著這些。我還希望你哪天提醒我，這樣我就可以朝你的臉上吐口水……」

「你在吃醋。你以為我不知道你愛我？你以為我不知道有好幾個晚上當大家都安靜下來時，你躡手躡腳地走到我房門口？這個冬天有好幾個晚上我都聽見你在階梯上哭……」

「我就算哭也不是因為你。我愛你就像愛一隻被抓去宰的豬一樣。這就是我愛你的方式……你以為我不會把這事跟胡安說嗎？我正打算這麼做。我正想要你開口對我說話，這樣你弟終於就能相信你是什麼樣的人……」

「你不要那麼大聲！……有很多是你不能講的，所以你講話小聲一點……你知道我可以找到證人向你先生證明說某一天晚上看到你自動送上門，但是我一腳把你踢出去……如果我肯費這個工夫，我早就可以這樣跟他說。葛洛莉雅，你別忘記那時候城堡裡有很多士兵，他們有些現在還住在巴塞隆納……」

「那天你把我灌醉，一直親我……我去你房間時，我愛你。你用最惡劣的方式嘲笑我。你讓你的朋友躲在那裡，他們瘋狂嘲笑我，而且你還羞辱我。你跟我說你還沒有打算要偷你弟的東西。臭小子，我那時候很年輕。我那天晚上去找你的時候，我認為我跟胡安已經沒關係了，我打算拋棄他了。神父還沒有祝福我們，你別忘了。」

「但是你也別忘記，你那時候還懷了他的孩子……你今天晚上不用那麼拘謹，跟我不需要這樣的……我那時候可能鬼遮眼了，不過我現在想要你。上來我房間，我們現在一次解決。」

「臭小子，我不知道你有什麼企圖，因為你就跟猶大一樣是個叛徒……我不知道你跟那個被你騙得團團轉的金髮女孩艾娜發生了什麼事，你才會這樣跟我說話。」

「不干她的事！……能夠滿足我的人是你，不是她。葛洛莉雅，這樣你開心了！」

「你讓我哭得很慘。我一直在等這一刻……如果你覺得我還對你有意思，那你錯了。如果你覺得我會因為你帶那個女孩進房間而失望，那你可以把自己想成比胡安還笨。臭小子，我恨你！自從那一晚你羞辱我之後，我就恨你，那一晚我為了你忘記一切……還有你想知道是誰舉發你，害你差點被槍殺嗎？是我！我！我！……你想知道是誰害你被抓去關嗎？是我害的。還有你想知道如果可以的話，誰還會再陷害你嗎？也是我！現在我就是有權利在你臉上吐口水的人，而且我現在就吐。」

「你為什麼要說這麼多傻話？我開始厭倦你了。你不用期望我會求你……你就是愛我啊，女人！好吧，進我房間我們再一次講完。好啦！走嘛！」

「小心別碰我，混帳，不然我叫胡安來！你再靠過來我就把你眼睛挖出來！」

講到最後，葛洛莉雅的音量大到像歇斯底里的尖叫。

我聽到外婆在飯廳走路的聲音。因為他們關在陽台上，在星光的照射下外婆可以看到他們兩個的身影。

羅曼沒有顯露慌張，只有他的聲音帶有微微緊張，從他一開口我就注意到那種異樣的音調：

「閉嘴啦，智障！……我才沒想過要動手強迫你。你想來就自己來……不過如果你今晚不來，就別怨恨再也看不到我的臉。我給你最後一次機會……」

他走出陽台，撞見外婆。

「是誰？是誰？」老太太說。「我的天啊，羅曼，你發什麼瘋啊，孩子！」

他沒有停下來。我聽見門砰了一聲。外婆緩慢地移動腳步走到陽台。她的聲音聽起來無助、受到驚嚇：

「孩子！……孩子！葛洛莉雅是你嗎，我的孩子？是嗎？是你嗎？……」

此時我聽到葛洛莉雅在哭。她大喊：

「媽，您去睡吧，讓我靜一靜！」

過了一會，她哭著跑進自己的房間：

「胡安！胡安！……」

外婆朝她走去。

「安靜啊，孩子，安靜……胡安出去了。他跟我說他睡不著……」

完全沒聲音。我聽見樓梯間有腳步聲。胡安來了。

「你們都還醒著？發生什麼事了？」

停頓了一陣子。

「沒事，」葛洛莉雅最後開口。「我們去睡。」

對我來說，聖胡安之夜變得很詭異。我站在臥室中間，拉長了耳朵聽著家裡的風吹草動，感覺脖子上緊繃的肌肉發痛。我的雙手冰冷。人的內心和人說話的含義有千絲萬縷的關係，到底誰能懂？那個女孩，即當時的我，不懂。我記得《聖經》裡有一段話，以非常俗世的方式來理解：「他們有眼卻不能看，有耳卻不能聽……」[29]我的眼睛撐得很大，耳朵聽得很痛，但是卻沒捕捉到整段對話裡的脈動，深層的關鍵……我認為羅曼不可能像情人一樣哀求葛洛莉雅。用音樂迷惑艾娜的羅曼……我之前看過他在大家面前羞辱葛洛莉雅，讓她難堪，他不可能無緣無故就突然哀求葛洛莉雅。在他緊張顫抖的聲音裡，我的耳朵沒有聽出原因。在那星光閃爍、深藍的黑夜裡，我的眼睛也沒有從陽台上觀察出理由……我蓋住臉，不想看見那個太過美麗又無法理解的夜晚。最後我終於睡著。

我醒來時夢到艾娜。我不自覺地將這個影像跟羅曼的背叛、他的刻薄和他說的話聯想在一起。我的心中滿漲著那段日子我一想到她就會感受到的苦澀。我衝動地跑到她家去，不曉得要跟她說什麼，只想保護她，防止我舅舅傷害她。

我沒找到我的好友。他們說那天是他外公的聖人紀念日，她整天都在那位老先生在波納諾瓦[30]的「巨塔」裡度過。聽到這消息，我的內心出現一股莫名的欣喜。我覺得不管怎樣都要找到艾娜，立刻跟她說。

我搭電車穿越巴塞隆納。我現在還記得，那天早上天氣很好。所有波納諾瓦的花園都開滿了花，美麗的景色讓我原本就很飽滿的精神更加有活力。而且，就跟花園的牆上整面布滿了丁香花、九重葛和金銀花一樣，我為好友的人生與夢想感受到的情感和焦急的恐懼都澎湃無比，我好像要被淹沒了……也許在我們這整段友情歷程中，在陽光普照的聖胡安紀念日早晨一事無成地在花園裡穿梭，是我所體驗過最美好也最純真的時刻。

最後我到達我尋覓的宅邸門口。一道鐵門，我透過鐵欄杆看見一塊方形大草皮、一座噴水池、兩隻狗……我不知道要跟艾娜說什麼。我不知道我要怎麼再一次跟她說，她的生活是如此地光明，還有像海梅那樣高貴善良的人會呵護她，羅曼不配把自己的生活跟她攪在一起……我確定只要我一開口，艾娜就會取笑我。

過了漫長的幾分鐘，太陽很大。我靠著花園的粗鐵欄杆。空氣裡飄著濃郁的玫瑰花香，一隻大黃蜂從我頭上飛過，製造出深遠、寂寥的回音。我不敢按電鈴。

我聽見屋子的門——一扇通向白色陽台的玻璃門——嘎嘎地開了，看到小拉蒙·貝倫葛跟著一個黑頭髮的表哥走出來。兩個人跑下台階，衝到花園裡。我立刻被嚇到，彷彿我正要用手偷採花，剛好被他們逮個正著。我也開始奔跑。我忍不住這麼做，我要逃離那裡……呼吸平緩下來後，我笑自己，但是我沒有再回去鐵門那裡。就跟那天早上我為艾娜感受到的欣喜和情感一樣突然，我開始被一陣巨大的憂鬱席捲。一整天過去了，我不再想跨越她在我們兩人間撐開的距離。我想最好還是讓該發生的事情自然發生。

我聽見狗從羅曼的房間下樓，在樓梯間害怕地狂吠。牠的耳朵有被咬過的紅色痕跡。我顫抖了一下。羅曼已經把自己關在房裡三天。據安東尼雅說，他在創作音樂，不斷地抽菸，讓自己陷在痛苦的境地中。小雷應該是知道那樣的氣氛讓牠主人的情緒變得怪怪的。傭人發現狗是被羅曼咬傷，嚇到發抖，之後照顧狗的傷勢，自己好像也快哀嚎起來。

我看著月曆。聖胡安之夜已經過了三天。彭斯的宴會還有三天就到了。我的內心等不及要脫逃，興奮地跳個不停。一想到我的朋友將幫我實現這個令人迫不及待的願望，我感覺幾乎要愛上他了。

# 18

現在我回憶起住在阿里保街的晚上。那些晚上像一條黑色的河，從每個白日的橋下流過，帶著死水的氣味，散發出鬼魅呼吸的氣息。

我記得秋天開始的那幾個晚上，也記得在那些夜晚的刺激下我最初在這個家裡感到不安的時刻。我記得潮濕憂鬱的冬天晚上：一張椅子發出的嘎嘰聲打斷我的睡眠，還有當我發現那隻貓兩顆明亮的眼珠子盯著我的眼睛看時，我緊張地直打哆嗦。在那些冰冷的時刻，我的生命幾度擺脫所有保守的顧慮，赤裸裸地呈現在我眼前，吶喊著悲傷的心事，那些心事只讓我覺得可怕。早晨則盡責地把心事抹去，好像它們不曾存在……接著是夏天的晚上。香甜、濃重的地中海夜晚籠罩著巴塞隆納，金色甘泉從月亮流瀉而下，海仙女散發濕潤的氣味，梳著水流一般的秀髮，長髮披在她們白皙的背上，披在金色魚尾的鱗片上……在某個像這樣的炎熱夜晚，飢餓、悲傷和青春的精力帶給我潮湧的情緒，一種渴望溫柔的身體需求，那就跟預感暴風雨即將到來的乾枯大地一樣貪婪且沙塵遍布。

一開始，我疲憊地躺在床上，先是頭痛，然後腦袋空轉，嗡嗡作響，折磨著我的顱骨。我必須拿掉枕頭，把頭放平，才慢慢舒緩頭痛，家中和街上成千上百個熟悉的噪音也來湊熱鬧。

就這樣，我的睡意一波接著一波愈來愈濃，直到熟睡完全忘記身體和靈魂的存在。酷暑朝我身上噴著熱氣，就像蕁麻汁一樣讓人刺痛，甚至我會像做了惡夢一樣有壓迫感，又再度醒來。

完全的寂靜。街上偶爾有警衛的腳步聲。更上面有陽台、屋頂、頂樓平台和燦爛星光。

我被不安的感覺逼著跳下床，因為那些來自星辰世界、摸不到的明亮光線以各種力量影響了我，那些力量無法定義，卻真實存在。

我記得某個有月光的晚上，我在奔波了一天後神經緊繃。我從床上起來，在安古斯蒂雅斯的鏡子裡看見整個房間充滿一種灰色絲綢的色調，而且裡面站著一個長長的白色影子。我靠近它，那個幻影也靠向我。最後我看見我模糊的臉，接在亞麻睡衣上。那是我媽多年前穿的一件亞麻睡衣，上面繡了許多厚重的蕾絲，因為穿了有一段時間所以表面被磨得很滑順。我不太習慣這樣看自己。雖然我睜開了眼，但是幾乎看不見自己。我抬起手想摸自己的臉，但五官卻似乎從我手上溜走。鏡子裡出現修長而且比臉還要蒼白的手，沿著骨架的輪廓摸了摸兩邊的眉毛、鼻子和雙頰。總之，我就在那裡，安德蕾雅這個人，活在圍繞著我的影子和熱情中。有時我會懷疑這一點。

彭斯的宴會就在那一天下午舉行。

在等待的那五天裡，我盡力為這個擺脫平日生活的機會投入美好的期望。在此之前，我很容易把過往的事拋在腦後，想著要隨時開始新生活。那天我有預感，我將大開眼界。那種感覺就好像有時候在火車站聽到火車啟動的鳴笛聲，或是當我沿著港口漫步時空氣裡突然飄來一陣船隻的氣味一樣，讓我極度心神嚮往。

彭斯早上打電話給我，他的聲音讓我心生百般柔情。被期待、被呵護的感覺在我內心激起無數的女人本能；一種勝利的心情，一股被讚美、被崇拜的欲望，渴望像童話裡的灰姑娘，長久以來無人聞問，最終得以當幾個小時的公主。

我想起小時候常常重複做的一個夢，那時我是個面黃肌瘦的小女孩，就是那種從來不會被家中訪客稱讚說漂亮的小孩，他們的父母只會得到委婉的安慰說詞……孩子們雖然表面上專心玩耍，不在乎大人說什麼，但其實都很認真把那些話聽進去：「等她長大一定是個大美女」，「女大十八變」……

在睡夢中，我看見我在奔跑，跌跌撞撞，我震了一下，感覺有東西從身上掉下來，好像是衣服，又好像是個毀損脫落的蟲蛹，皺巴巴的掉在腳邊。我看到人們驚訝的眼神。我跑到鏡子前，激動地看到自己大變身，成了金髮公主，就跟童話故事裡寫的一模一樣，真的是金髮，而且還因為長得漂亮，立刻被賦予甜美、迷人、善良的特質，以及大方散播微笑的神奇能力……

當我用微微顫抖的手試著把我的頭髮梳得更優雅，還有穿上仔細燙好、比較不舊的漂亮連身裙準備參加宴會時，這個在我童年的夜晚不斷反覆出現的故事總讓我發出會心的一笑。

「應該就是今天了，」我有點臉紅地想著。要是彭斯發現我這麼美麗、這麼迷人（他曾經口拙地這樣跟我說過，或者有好幾次說得更流暢一點，不過沒有用這幾個字），那就彷彿舊的軀殼已經掉了。

「或許對一個女人來說，生命的意義僅僅在於以這種方式被發現、被人欣賞，這樣她自己也會覺得散發光芒。」生命的意義不在於看別人或聽別人口出穢言跟出糗，而在於完全地享受活在自己的各種感覺和感官之中，享受活在自己的沮喪與快樂之中。還有自己的善與惡……

因此我逃離阿里保街的家，而且幾乎必須摀住耳朵才能不聽到羅曼痛苦彈琴的聲音。

我舅舅已經關在自己的房裡五天。（根據葛洛莉雅的說法，他完全沒到街上去。）那天早上他出現在家裡，用銳利的眼睛觀察家裡的變化。在幾處角落他發現少了些傢俱，被葛洛莉雅賣給收破爛的人。在那些空出來的地方，蟑螂到處亂竄。

「你偷我媽的東西！」他大吼。

外婆連忙趕來。

「沒有，孩子啊，沒有。是我賣的，那些是我的東西。我賣是因為我需要這麼做，因為我有權利……」

那個苦命的老婆婆是一個在食物不夠時寧可自己餓死也會把食物留給別人，寧可自己冷死也會把毛毯留給搖籃裡的孩子的人，因此聽到她說「權利」充滿了違和感，讓羅曼笑了。

下午舅舅開始彈琴。我從走廊的門看見他在客廳，一道太陽光打在他的後腦勺。他轉過頭，也看見我了，並且對我露出熱情的笑容，以此遮掩了他所有的想法。

「只是想聽我彈琴，你會不會穿得太漂亮啊？你就跟家裡所有的女人一樣，要逃跑了……」

他激動地按下琴鍵，讓它們發出春天般燦爛的感覺。他的眼睛跟喝太多酒或好幾天沒睡覺的人一樣發紅。他一彈琴，臉上就布滿了皺紋。

所以我跟其他時候一樣逃離他。到了街上我只記得他獻殷勤的模樣。「不管怎麼樣，羅曼讓他身邊的人都活過來了，」我想。「他真的知道他們發生了什麼事。他知道我今天下午滿懷期待。」

想到羅曼，我就不由自主地聯想到艾娜，因為我雖然曾經極力防止這兩個人認識，但現在他們在我腦中已經無法分開。

「你知道聖胡安之夜那天下午艾娜有來探望羅曼嗎？」

葛洛莉雅斜眼看著我說：

「我看到她用跑的離開，跟那天小雷衝下樓梯一樣……一模一樣啊，孩子，簡直像個瘋子……你怎麼想？……之後她就沒再來過。」

我在前往彭斯家的路上摀住耳朵，抬頭看著樹上的葉子。樹葉都已經很蒼綠，與火紅的天空強烈地碰撞。

再次置身繁華的街道，我又變成了準備和第一位追求者跳舞的十八歲少女。一股愉悅、輕飄飄的期待完全掩蓋過其他人的聲音。

彭斯住在孟塔內爾街盡頭的豪宅裡。他家的花園有很重的都市感，以至於裡頭的花聞起來像是蠟和水泥做的假花。花園的圍欄前停了長長一排車子。我的心開始撲通撲通地跳，幾乎讓我感到疼痛。我知道再過幾分鐘我應該就可以進入輕鬆快樂的世界。那是一個圍繞在堅固的金錢基礎之上的世界，而且我從朋友們的對話中耳聞那裡的人的想法很樂觀。那是我第一次參加社交宴會，因為之前去艾娜家裡參加的是具有文藝特色的私人聚會。

我到現在還記得那個大理石的門廊和它透心涼的感覺，記得我在門口的僕人面前搞不清楚狀況，記得裝飾著植物和大花瓶的昏暗門廳。我也記得來和彭斯媽媽握手的那個珠光寶氣的女人身上的味道，那時彭斯媽媽狐疑地盯著我的舊鞋，目光與彭斯看她時熱切的眼神相交會。

她身材高挑，頗有威嚴。她笑笑地跟我說話，微笑彷彿停格，永遠黏在她的嘴脣上。那時我心裡很容易受傷。我一度因為衣著寒酸而感到痛苦。我不太確定地伸出一隻手挽著彭斯手臂，跟他一起進入大廳。

那裡有好多人。在緊鄰的小廳裡，大部分的「大人們」在吃東西，說說笑笑。我記憶裡永遠忘不了一位把小蛋糕塞進嘴巴時臉上堆滿笑容的胖女人。我至今仍不曉得為什麼在那人來人往的紛亂場景中，那個畫面永遠留在我的腦海裡。年輕人也吃吃喝喝，不斷換地方聊天。大多是漂亮女孩。彭斯把我介紹給四五個一群的女孩，說是他的堂表姊妹。我在她們之間感到很害羞。我幾乎要哭了，因為那跟我原本期待的興高采烈的感覺完全不一樣。我又急又氣地想哭。

我不敢跟彭斯分開，而且我漸漸發覺他在面對那些居心不良觀察著我們的漂亮眼睛時變得有點緊張，為此我感到恐懼。最後有人叫彭斯過去一下，他露出了抱歉的笑容，然後丟下我一個人，留我跟那些女孩和兩個不認識的小伙子在一起。那段時間我都不知道要說些什麼。我一點也不覺得有趣。在一面灰白的鏡子裡，我看見我在四周亮麗的夏季禮服間顯得黯淡無光。在所有人都興致勃勃的氣氛當中我嚴肅到不行，我感覺自己很可笑。

彭斯已經消失在我的視線中。最後當整個大廳響起緩慢的狐步[31]節奏時，我就孤零零的一個人挨著窗戶，看其他人跳舞。

沒人來找我，舞就在一陣嘰嘰喳喳的聊天聲中結束了。我聽到伊圖狄亞加的聲音，立刻回頭。賈斯帕坐著，被兩三個女孩圍住，給她們看我不知道是什麼東西的設計圖，跟她們解釋他未來的計畫。他說：

「現在這個岩石去不了，但是我會做個纜車通到那裡，我的城堡就要蓋在那個岩石上面。我會在那裡結婚，然後一年十二個月都在城堡裡生活，只有我心愛的老婆可以陪我，聽著咻咻的風聲、老鷹的叫聲、轟隆隆的雷聲……」

一位聽到目瞪口呆的美麗少女打斷他：

「不過那是不可能的，賈斯帕……」

「小姐，怎麼不可能？我有設計圖！我已經跟建築師和工程師說了！你跟我說這樣還會不可能嗎？」

「我說不可能，那是因為你找不到願意跟你住在那裡的女人！……是這樣的，賈斯帕……」

伊圖狄亞加抬起眉毛，高傲地苦笑了一下。他藍色的長褲下配了一雙亮得跟鏡子一樣的鞋子。我不曉得要不要過去找他，因為我感到卑微又渴望有人陪伴，像條狗……就在那時我聽到背後有人清楚地叫他的姓「伊圖狄亞加」，引開了我的注意力，於是我轉過頭。我當時靠在一扇面向花園的矮窗戶上，從那裡看見兩位男士在一條鋪著柏油的小徑上走路，顯然正在聊生意。其中一個又高又魁，長得有點像賈斯帕。他們在離窗戶幾步遠的地方停下來，討論得很激動。

「您知道在戰爭中我們可以從這個交易獲得多少好處嗎？上百萬啊，先生！上百萬！……這不是小孩子玩扮家家酒，伊圖狄亞加！……」

他們繼續前進。

我嘴上露出微笑，彷彿我實際看到他們騎著在歐洲沙場上飛翔的黑色戰爭幽靈，飛越傍晚泛紅的天空（大人物尊貴的頭上戴著巫師帽）……

對我來說時間過得太慢。我獨自一人待了一個小時，或許有兩個小時。我觀察那些我一看到就讓我難以忘懷的人在做什麼。現在想想，我是再度看到彭斯才回神的。他臉泛紅，開心地跟兩個女生喝酒，人遠在大廳的另一端。我手上也拿著一只孤獨的酒杯，傻笑看著它，一個人在那裡感到無關緊要又無用的悲傷。事實上我誰都不認識，感覺格格不入。就像我為打發時間把一堆幻想疊成城堡的形狀，像孩子的積木一樣，結果一陣風來把它吹倒了。我幻想彭斯買康乃馨給我，彭斯答應我會有一個美好的暑假，彭斯牽著我的手從我家出來去享受快樂。求了我很久之後最後用溫柔感動我的彭斯，毫無疑問那天下午我讓他感到丟臉……或許他媽媽第一次注意到我的鞋子時就已經壞了這一切……又或許是我的錯。我為什麼從來不知道事情會怎麼發展呢？

「小可憐，你很無聊……我的孩子真粗心！我馬上找他來！」

彭斯的媽媽一定是觀察了我好一陣子。我懷著怨氣看著她，因為她跟我想像的樣子差很多。我看她走近我朋友，過沒多久他就出現在我身旁。

「安德蕾雅，原諒我，拜託……你想和我跳支舞嗎？」

音樂再次響起。

「不想，謝謝。我在這裡不舒服，我想走了。」

「欸，安德蕾雅，為什麼？……你該不會在生我的氣吧？……我好幾次都想回來找你……走在路上一直有人攔住我……不過，我很開心你沒有跟別人跳舞。我看了你好幾次……」

我們都不說話。他摸不著頭緒，感覺快哭了。

彭斯的一個表妹走過去，問了一個無厘頭的問題：

「情侶吵架？」

她露出電影明星般的假笑。那個假笑真的是太有趣了，到現在我想起來都還會噗嗤一笑。然後我見彭斯臉紅了。那就像個惡魔從我心中升起，讓我煎熬難耐。

「跟他們『這種』人在一起我一點也開心不起來，」我說。「比方說，那個女孩……」

彭斯像被刺傷，變得有攻擊性。

「你對那個女孩有什麼意見嗎？我認識她已經一輩子，她聰明又善良……也許是你覺得她太漂亮。你們女人都一樣。」

當下我臉紅了，而他則立刻後悔，想牽起我的一隻手。

「我可能成了這幕荒謬劇的主角了？」我想。

「我不知道你今天怎麼了，安德蕾雅，不知道你為什麼跟平常不一樣……」

「確實不一樣。我不舒服……你聽著，我其實原本不想來。我只想祝福你然後就走了，你懂嗎？……當你媽媽跟我打招呼時，我覺得很困惑……你看我的打扮一點也不像樣。你沒注意到我穿的是舊運動鞋嗎？難道你沒發現？」

「喔！」我內心的某一面想著，做出厭惡的表情。「我為什麼要說這麼多白痴的事？」彭斯不知所措，驚恐地看著我。他耳朵發紅，穿著高雅的黑色禮服讓他看起來很瘦小。他出於本能地朝遠方他媽媽的身影投射痛苦的眼神。

「我完全沒發現，安德蕾雅，」他吞吞吐吐，「不過你如果想走……我……我不知道要怎樣才能把你留下來。」

停頓了很久，我開始感覺剛剛說的那句話有點不妥。

「彭斯，抱歉，我批評了你的客人。」

我們不說話，走到門廳。浮誇大花瓶醜醜的樣子讓我更有自信、感覺踏實，也讓我比較不緊張。要分開時，彭斯突然心情激動，親了我的手。

「我不知道發生了什麼事，安德蕾雅。先是侯爵夫人來……（你知道嗎？我媽在這方面有點老派，很重視頭銜。）接著是我表妹努莉雅把我帶去花園……嗯，她跟我表白了……沒有……」

他停頓，吞了吞口水。

他讓我發笑。我覺得那一切就像鬧劇。

「是剛才跟我們講話的那個漂亮女孩？」

「是。我本來不想跟你說。當然任何人我都不想講……然後……你就曉得了，安德蕾雅，我那時沒辦法陪你。總之，她做那樣的事真的很有勇氣。她很迷人。成千上萬的人想追她。她會擦香水……」

「沒錯，當然。」

「再見……那……我們什麼時候還會再見？」

他再次臉紅，因為他實際上還是個孩子。他跟我一樣很清楚，從今以後，或許假期結束後在學校裡，我們只會偶遇。

外面的空氣熱得燙人。面對眼前那麼長的孟塔內爾街斜坡，我不知道該如何往下走。上面的天空是深到發黑的藍，顏色愈變愈重，甚至有壓迫感，一朵雲也沒有。天空鋪展在安靜的街道上方，它自古以來的壯闊蘊含某種令人畏懼的力量，讓我感覺像希臘悲劇主角一樣被宇宙的諸多力量擠壓，變得渺小。

那麼強烈的光還有乾到發燙的石頭與柏油似乎讓我感到窒息。我走著，彷彿走在我人生荒蕪的道路上。邊走邊看著那些從我身旁溜走的人群的影子，我抓不到他們。不斷地走，無計可施地走向孤寂。

開始有汽車經過。一台塞滿人的電車爬坡上來。對角線大道[32]在我眼前，有人行道、棕櫚樹、長凳。最後我坐在其中一張凳子上，樣子很呆。身體又累又瘦，好像剛剛走得多麼辛苦一樣。

我覺得假如人必須一直走在同一條自己的性格築成的道路上，而且沒有出口，那用跑的也沒有用。有人生來是為了生活，有人是為了工作，有人是為了觀察人生。我扮演的角色就是小小、卑微的觀察者。我沒辦法脫離那個角色，我沒辦法解脫。在那時候我唯一感到真實的就是極大的悲傷。

陽光讓灰色的霧呈現出幾秒鐘彩虹的顏色，霧後面的世界開始搖撼。我乾枯的臉愉悅地吸入滴下的淚水。我氣憤地用手擦乾眼淚。我在那冷漠的街道提供的隱密處哭了好久，我這樣才覺得靈魂慢慢地被淨化。

其實，我這個失落小女孩的悲傷也不需要驚天動地。我只是快速地在我不值得回憶的人生中翻了一頁。在我身旁，有更巨大的傷痛讓我的感覺痲痺，甚至讓我自嘲……

我幾乎從阿里保街的街頭跑到街尾，回到了家中。我剛剛太專心想事情，坐到天都黑了。黃昏時阿里保街活了過來，櫥窗的燈亮了，就像一整排黃色跟白色的眼珠從黑暗的眼窩裡透出目光……

千百種氣味、悲傷、故事從石頭路面竄了出來，伸進阿里保街沿路的陽台和大門。一大群精神奕奕從對角線大道優雅的街區要往下走的人，遇上另一大群從大學廣場活躍的生活圈要往上走的人。交錯的生活、特質、品味，這就是阿里保街。我本人也是其中一名渺小無依的成員。

我快回到家了，從第一次參加舞會但沒有跳到舞的地方回來，沒有任何歡樂過暑假的邀請讓我擺脫那個家。我消沉地走著，想要躺下來。在我有點疼痛的眼睛前方，那盞立在公寓大門前黑色支柱上的路燈亮了，它對我來說就像戀人的容貌一樣熟悉。

就在那時候我驚訝地看到艾娜的媽媽從我家出來。她也看見我，朝我走了過來。那女人甜美和素雅的魅力一如往常，深深觸動了我。聽到她的聲音，我回憶起許多往事。

「真幸運見到您，安德蕾雅！」她對我說。「我在您家裡等了好久……您有空嗎？我可以請您到哪裡吃個冰淇淋嗎？」

# 第三部分

# 19

當我們剛開始面對面地坐在咖啡廳時，我還像個做美夢被打斷、痛苦地縮著身體的孩子，後來才慢慢地想聽艾娜的媽媽要跟我聊什麼。我恍神，最後內心恢復平靜。

「您怎麼了，安德蕾雅？」

從那位太太口中說出的「您」是如此地溫柔、熟悉，讓我很想哭。我咬著嘴唇。她把視線撇向別處。當她再回頭，我看到她那雙被帽簷遮住的眼睛滿是熱淚……我已經平靜下來，反倒是她有點害怕地對著我微笑。

「我沒事。」

「有可能，安德蕾雅……我已經有好幾天在大家的眼中發現奇怪的影子。您從來不會這樣嗎？您不會把自己的精神狀態投射在周圍朋友身上嗎？」

她微笑似乎是想讓我也跟著笑。她用輕鬆的語氣說這些話。

「還有，您這陣子怎麼都沒來家裡？您跟艾娜鬧脾氣？」

「沒有，」我低頭，「我認為應該說她覺得我無趣了。當然……」

「為什麼？艾娜非常喜歡您……是的，是的，您不要那麼悶悶不樂的表情。您是我女兒唯一的女性朋友，所以我才來找您聊……」

我看她在玩手套，把手套弄平。她的手很細，指尖輕觸手套，然後溫柔地縮回去。她嚥了一下口水。

「我很難開口談論艾娜。我從來沒跟人說過；我太愛她才會那樣……可以說我太寵她了，安德蕾雅。」

「我也非常喜歡她。」

「是，這我知道……可是您怎麼會懂我的心情？對我來說，艾娜跟我其他那幾個孩子不一樣，她比我生命中其他的人都還要重要。我對她的愛特別不一樣。」

我懂。但主要是透過她說話的口氣，而不是她的言語。是透過她聲音裡的熱情，而不是她說的內容。她讓我有點害怕……我一直感覺那個女人在燃燒自己。一直都是。當我第一次在她家聽她唱歌，還有之後她用一種特別的眼神看我，我只從中感受到一陣痛苦的顫抖，那時我就這樣認為了。

「我曉得艾娜這陣子很煎熬。您知道這對我來說代表什麼嗎？在此之前她有完美的人生，似乎她選擇的每一步都是對的。她的笑聲讓我感覺到真正的生命本身……她向來都是那麼健康，那麼單純，那麼快樂。當她愛上了那個小伙子，海梅……」

（我很意外，她的微笑同時有悲傷和淘氣的成分。）

「她愛上海梅時，一切就像一場美夢。她剛好在脫離青春期的時候，也是她正需要的時候，找到一個能夠了解她的人，這在我看來就像完成一件再自然不過的美事……」

我不想看她。我緊張，心想：「這位太太到底要從我身上打聽到什麼？」不管艾娜的媽媽可能知道多少事，我無論如何都不會出賣她的任何祕密。我決定閉嘴讓她講。

「您知道，安德蕾雅，我不會要您講我女兒想保密的事給我聽。您不必這麼做。而且我還要拜託您不要跟艾娜說有關她的事。我很了解她，我知道她有時會變得很難溝通，到時候她絕不會原諒我的。再說，她總有一天會自己跟我說她的事。艾娜每次有事發生，我就開始等著她哪天跟我說……她從沒讓我失望過。那一天總會到來。所以我拜託您保密，也請您聽我說……我知道艾娜經常去您家裡，而且不盡然是去找您……我知道她跟您一位叫羅曼的親戚在交往。我知道從那時候起，她跟海梅的關係就變冷淡或完全斷了。艾娜好像整個人都變了……您跟我說，您覺得您舅舅怎麼樣？」

我聳肩，然後說：

「這件事也讓我思考了……我想最糟糕的一點是，羅曼並不是個可敬的人，卻有他吸引人的地方。如果您不認識他，那我也沒辦法跟您解釋……」

「羅曼？」那位太太的笑容幾乎讓她變美了，好有深度的笑容。「認識，羅曼我認識。我認識他好幾年了……您曉得，我們以前是音樂學院的同學。他十七歲時我就認識他，他那時候自以為了不起，覺得全世界都應該是他的……雖然他的惰性害他發展受限，但是他似乎有過人的天賦。老師們都對他有很高的期望。可是他之後開始走下坡，最後被自己的劣根性打敗……前幾天我再度看到他時，感覺他整個人都沒救了。不過他還是有他的舞台魅力，他還是有一副看起來像個準備去發現什麼奧祕的東方巫師的樣子，他還是有他的詭計和他音樂的技巧……我不要我的女兒被一個像這樣的男人帶走……我不要艾娜因為他哭泣或遭遇不幸……」

她的嘴唇顫抖。當她意識到她是在跟我說話時，便盡力克制自己，眼眶都泛紅了。接著她閉上雙眼，讓內心翻騰的話語如洪水潰堤般發洩出來，捲走一切……

「天啊！我當然知道羅曼是怎樣的人。孩子，我愛他愛得太久，以至於我太了解他了。他的魅力、吸引力，您跟我說這些我怎麼會不曉得？初戀的狂烈似乎是無法緩和也無法冷卻的，您說說看還有什麼苦是我不曾承受過的呢？我太了解他的缺點，況且，如果跟我猜想的一樣，他又經歷過生活的壓榨，對人生滿懷怨恨，所以就算到了今天，只要光想到我女兒可能跟我當初一樣被他那些缺點吸引，對我來說那是無法想像的可怕。經過這幾年，我萬萬沒料到這種命運的圈套，這真的好殘酷……年紀十六、十七、十八歲，成天只想著一連串的表情、心情、行動，這些都湊在一起就成了某種有時令人覺得不真實的東西，那東西就是人，這樣的事情你懂嗎？……不，那真的太痛苦了！您用您平靜的眼睛到底能看到什麼？您完全不懂什麼是控制滿溢的渴望，也不知道什麼是無法收斂的情感。我在少女時期唯一能做的就是一個人流淚，其他我做的和我感受到的一切都受到四面八方嚴密的監視……看個男人，即便他在遠處，就像我那時偷偷跟蹤羅曼，即使是從阿里保街的一個轉角，在雨中，在早晨，眼睛盯著他必定會出現的公寓大門，看他腋下夾著學生書包，幾乎總是拍打著他弟弟的背，就像剛起床的小狗一樣打打鬧鬧，就這樣子呢？沒辦法，我永遠沒辦法一個人在那裡等他，我必須賄賂陪同的女僕，她很愛打聽，而且沒辦法忍受那些破壞她對愛情的美麗幻想的空等待……我一想到那個女人眼睛外突還長了黑鬍子，想到冬天早上她在雨傘下打哈欠，我就覺得艾娜很獨立，非常佩服她……某天我得到我父親的同意，可以在家裡和羅曼共同舉辦一場鋼琴和小提琴的音樂會，演奏羅曼作的曲子。演出相當成功。來聽的人都好像被電到一樣……不，不，安德蕾雅，不管我活得再久，我都再也沒辦法體驗到像那幾分鐘我所體驗到的感動，沒辦法再體驗羅曼幾乎眼中帶淚對著我笑、讓我融化的感覺。過了一會，在花園裡，羅曼察覺到我對他的迷醉傾慕，所以他就像貓玩弄牠剛抓到的老鼠一樣，帶著無恥的好奇心玩弄我。他就是在那時候跟我要我的辮子。

「『你沒辦法把它剪下給我，』他說，同時眼睛發亮。

「我連做夢也想不到有什麼事會比他跟我要東西還要幸福。不過，剪掉辮子真的犧牲很大，我都發抖了。十六歲時，我最美麗的就是頭髮。我當時會把頭髮編成一條蓬鬆的辮子，滑過胸部一直延伸到腰間。它是我的驕傲。羅曼用他一貫的微笑一天又一天地看著這條辮子。某次那個眼神害我哭了。最後我再也受不了，經過某個失眠的夜晚後，我幾乎閉著眼把辮子剪了。那條辮子很粗，而且我的手還抖個不停，害我剪了好久。我本能地抓起自己的脖子，彷彿有個技術很差的劊子手笨手笨腳地企圖把它砍下來。隔天我照鏡子時嚎啕大哭。啊！年輕人真傻！……同時有種卑微到不行的自豪完全腐蝕我的心。我知道沒有人能夠像我一樣勇敢。沒有人比我還愛羅曼。我帶著狂熱的期盼把辮子寄給他，就像言情小說裡的女主角一樣，鐵石心腸的人看了會覺得做作。我沒有收到他任何一句回應。在我家，這事情彷彿成了一件真正敗壞門風的醜聞。我被罰禁足一個月不能上街……不過這很容易做到。我閉上眼，看見羅曼手上握著那條從我頭上剪下的金色粗髮辮。我覺得那就是最大的回報……最後我終於又見到羅曼了。他用奇怪的眼神看著我，跟我說：

「『你最珍貴的東西在我家裡。我手上已經有你的美的精華。』接著他不耐煩地收尾：『女人，你為什麼要做那種蠢事？你幹嘛像條哈巴狗跟著我？』

「現在事隔多年來看，我不禁問我自己：那種忍氣吞聲的能力是怎麼達到的？我們怎麼會病態成那樣？人在痛苦的時候怎麼還能感覺那麼快樂？……因為那時候我生病、發燒，一度沒辦法下床。那就是我的毒藥，我心中充滿的執念……您問我認不認識羅曼？我在數不盡的日子裡，獨自一人找遍每個他會出現的角落，每個隱密的地方……我父親很緊張。他做了調查，女僕跟他報告我『奇怪的舉動』……我內心最私密的地方被發現、被揭發，那是怎樣的痛？那跟為了看血管在肌肉間跳動，然後一塊塊地把我的皮膚撕下來沒兩樣……他們把我帶到鄉下一年。我父親給羅曼一筆錢，叫他離開巴塞隆納一陣子，這樣我回來的時候就見不到他了。而他竟然不要臉地收下，還簽了一張履行承諾的收據。

「到現在我還記得很清楚，那次我搭火車回到巴塞隆納累得半死的樣子。您無法想像我們那時候只是旅行四個小時就要帶多少毯子、帽盒、手套還有紗巾。我記得我父親的那輛大汽車停在車站外面等我們。我們穿著毛茸茸的外套，椅子震到我們都彈了起來，引擎的聲音大到我們耳朵都聾了。我已經整整一年沒聽到羅曼的名字，所以當時的每一棵樹，還有任何一絲絲燈光——巴塞隆納特有的那種巴洛克燈光——都讓我想起他散發的氣息，甚至我連深呼吸都能感受到他的存在……

「我父親激動地抱著我，因為我跟艾娜一樣都是家裡唯一的女兒。一逮到機會，我立刻跟他說我想繼續學鋼琴和唱歌。我記得那是我當時跟他提的第一件事。

「『嗯，你這樣追著那個小伙子絲毫不會覺得丟臉嗎？』

「我父親的眼睛發出怒火。您不認識我父親吧？我沒有看過有人的眼神可以比他更溫柔，或更陰險。

「『你沒別人追了嗎？你一定要這樣倒貼人家嗎？』

「我父親的那些話完全傷害了我為所愛的人自豪的感覺。我替羅曼說話，說他多麼有才華，多麼風度翩翩。我父親默默地聽，最後拿出那張收據放在我手中。

「『你可以私底下看。我不想在場。』

「從此之後我們兩個再也沒有聊過羅曼。我們內心的反應很奇怪。我相信我當時一定是默默地忍下那個新的恥辱。家人的眼睛全盯著我，我似乎沒辦法再繼續愛那個男人。我在心裡聳了一下肩，感覺無奈，然後嫁給我父親最中意的人選路易斯……

「現在就像您了解的，安德蕾雅，我已經忘記那段往事，我很幸福。」

聽她說著說著，我開始感到可恥。我每天都聽到我們語言中最髒的粗話，對葛洛莉雅大談俗氣物質生活的對話也見怪不怪——但當我聽著艾娜的媽媽像告解的那段話時，我竟臉紅，開始不舒服。我當時憤世、不願意妥協，年輕就是如此。我討厭故事裡任何有關挫折或受壓抑的部分。那個女人大聲地說出自己不幸的遭遇，幾乎讓我感覺難受。

我看著她，發現她眼中充滿淚水。

「安德蕾雅，我要怎麼把這些事解釋給艾娜聽呢？我要怎麼跟我愛的人說這些令我百般煎熬、只可能在懺悔時說的話？我要怎麼跟她說我剛才跟您講的這些話？……艾娜認為我是冷靜、光明的代表……要是她知道這個在她眼中有如女神的形象是立在情慾和瘋癲的爛泥上，我想她會受不了，而且會減少對我的愛……她一點一滴的愛對我來說都十分重要。她造就了今天的我。您覺得她會毀掉自己的作品嗎？……我們兩個這樣的合作真的很微妙、很靜默、很深沉！」

她的眼睛變得黯淡，她那像貓一般的細長瞳孔縮小。她的臉細緻極了，像植物：不是瞬間有老態、出現細紋，要不然就像花朵一樣綻放……我搞不懂為什麼之前會覺得她長得不好看。

「我跟您說，安德蕾雅。艾娜出生時我並不愛她。那是我的第一胎，但是我並不想生。結婚初期生活不容易。兩個彼此不了解的人住在一起，可以變得多麼生疏，想起來真的很奇怪。路易斯很幸運，他整天忙到沒時間去想我們不和諧的關係。不過儘管這樣，他還是不適應有一個幾乎不講話的太太。我現在還記得我們一起度過的那些永無止境的夜晚，我試著專心看書，他在抽菸，卻一下看自己的錶，一下看我的鞋子，一下看著地毯。我們之間存在一個幾乎無限的距離，而我深信時間一久，那樣的距離感就會慢慢拉近。有時我看他緊張地起床，走到窗邊。最後，他放棄再跟我提任何有趣的計畫……他喜歡我出門穿得很漂亮，喜歡我們家很舒適、很豪華……一旦這些我都做到了，這個可憐的男人就想不出來我們生活還缺什麼了。

「他偶爾勉強微笑地牽起我的手，似乎對我在他手中過小且冷漠的手指感到驚訝。他抬起眼睛看著我，整個臉充滿了孩子般的苦惱。那些時候我就很想笑。那就像我對之前失敗人生的一種反擊。我一度覺得自己變強壯、有力量。我一度體會到羅曼折磨我時內心激動的快感。路易斯會問我：

「『你想念西班牙嗎？』

「我會聳聳肩，然後說『不』。時間從我們手中溜走，快速剪斷了完全灰暗的人生……不，安德蕾雅，我那時候不想跟我先生有小孩，不過就懷上了。我每次身體疼痛，便感覺到我原本就難以忍受的人生又遭到一次新的虐待。當他們跟我說生的是女孩時，我的不情願又多了一種說不上來的憂傷。我不想看到她。我躺在床上，把頭轉開……我記得那時候是秋天，看得到窗戶外是一個灰濛濛、十分悲傷的早晨。一棵大樹金黃色的枯枝推擠窗戶的玻璃，幾乎要發出嘎嘰聲。靠在我耳邊的女嬰開始大哭。我後悔把她生下來，還強迫她繼承我的一切。我想著那個哀號的小娃兒總有一天會變成女人，於是我帶著淡淡的哀傷開始流淚。我也動了同情心——幾乎就像在路上看到可憐人，我們把銅板放在他們的手上一樣，感到不好意思——我把那塊生下來的肉靠近我的身體，讓她吸我的奶水得到養分。她就這樣第一次實際把我吞下肚，擄獲我的心……

「從那時候起，艾娜就比我強勢。我受她控制，被她束縛。我對她的生命力、精力和美貌嘖嘖稱奇。我一直驚訝地看著她成長，就像看到我沒辦法達成的所有願望都逐漸在她身上實現。我曾夢想有健康，有活力，有我無法企及的個人成就，而這些都在艾娜還是小女孩的時候我就看著它們成長。安德蕾雅，您也知道我女兒是個精力充沛、生命力旺盛的人……當我在她身上看到我一切的驕傲、力量和完美的願望有如魔法一般地實現了的時候，我卑微地體會到我存在的意義。我可以用新的眼光看待路易斯，欣賞他所有的特質，因為我先在我女兒身上看到了那些特質。這女孩讓我發現生命細微的變化，以及釋手和愛情中數不盡的甜蜜。我也發現愛不只是男女肉體與靈魂的情慾和盲目的自私，還包含了所謂的理解、友情和溫柔。艾娜也讓我愛上她的爸爸，讓我想要有更多的孩子，還有因為她希求一個母親要跟她完美和健康的特質相稱，所以她讓我特別留心不再病懨懨地抱怨，不再封閉地只顧自己……她教我對其他人敞開心胸，這樣才能發現未知的世界。在我幾乎是硬生生地用我的血和骨還有苦澀的養分把她生下之前，我是個精神失衡、心胸狹小的女人。既不知滿足又自私……我寧可去死都不想被艾娜懷疑我是那樣的女人……」

我們不說話。

到這裡已經沒有什麼好說的了，因為對我來說，成了女人、開始有相同的生理構造後，血、痛、生產這些語言並不難理解。我知道我的身體就像準備繁衍生命的種子，所以不難理解她說的話。雖然此時這一切都還只是個憧憬，在我身上還沒成熟，還沒準備就緒，但是我可以理解。

艾娜的媽媽一講完，我們的想法完全達到了和諧一致。

我嚇到了，發現周圍的人就像停滯的黑色海浪突然撞擊峭壁激起浪花和巨響，又開始喧鬧了起來。咖啡廳和街上的燈光全在同一時間照進我的雙眼，此時，她再度開口說話。

「所以我需要您的幫忙……只有您和羅曼可以幫我，但羅曼拒絕了我。我很希望艾娜可以在不知道我跟您說的這段悲慘往事的情況下，對羅曼死心……我的女兒不像我年輕的時候一樣有病，她絕對不會像我一樣被心魔拖著走……我連想請您幫我做點什麼都不知道怎麼開口。當他們在樓上羅曼的房間彈奏音樂時，我很希望有人單純地去把燈打開，讓昏暗的氣氛跟迷幻的假象消失。我很想要有人代替我去跟艾娜說羅曼是怎樣的人，有必要的話說謊騙她……說他打過您，強調他是虐待狂，人很殘暴，精神有問題……我知道我的要求太過分……我現在問您：您知道您舅舅的這一面嗎？」

「知道。」

「所以，您會幫我的忙？尤其是不要跟之前一樣離開艾娜身邊……如果她有信任的人，那一定是您。她很重視您，雖然她不願對您表現出來。這一點我相信。」
「我這邊你可以放心，我會盡力幫你。但我不認為這些舉動會有任何幫助。」
（我的心跟一張被揉皺的紙一樣窸窸窣窣響。當我某一天看見艾娜緊握羅曼的手，我的心就是像這樣子窸窣響。）
她頭痛，我幾乎可以感覺到她的痛。
「我真想把她帶離巴塞隆納！……您可能會覺得我連在哪裡過暑假這種事都無法說了算，真的很可笑。但是現在我先生沒辦法放下他的生意，艾娜為自己找藉口，說是不想丟下我先生一個人……搞得路易斯現在對我的堅持有點火大，還半開玩笑地指責我一個人獨占了我們兩人最愛的女兒。他要我帶兒子離開，把艾娜留給他。他很興奮，因為艾娜平常不會大方表露她的情感，可是最近對他特別溫柔。我失眠了好幾天……」
（我想像她在沉沉睡去的先生旁雙眼睜得大大的樣子，躺到骨頭痠痛，因為害怕一動就把先生吵醒而睡姿僵硬……她注意聽著床發出的嘎嘰聲，想著眼皮失眠的痠痛，在意自己內心的擔憂。）
「還有，安德蕾雅，我已經試著跟您說羅曼荒謬、粗暴的故事。我的腦子裡充滿了這類的故事……不過，我通常不太敢冒險這麼做。要是艾娜看著我，我覺得我會臉紅，好像我是罪人，因為她的眼睛能看透我的心……我父親答應我九月開始就要把路易斯調到馬德里分公司工作……不過從現在到九月還可能會發生很多事……」
她起身準備離開，沒有因為跟我聊過而感覺比較放鬆。在戴起手套前，她僵硬地用手擦了一下額頭。她的手細緻到我很想把她的手掌轉過來拉到我眼前，就像我偶爾喜歡把葉子翻到背面，驚訝地看著它細嫩的模樣……

過了一會，我看著她離開，看著她瘦小的身影消失在人群當中，此時我還因為剛才那段對話久久無法回神。

之後我在房裡，夜晚充滿了不安的氣息。我想著艾娜的媽媽說的那些話：

「只有您和羅曼可以幫我，但羅曼拒絕了我……」所以，她總算單獨去見了那個男人——我不知道為什麼當時羅曼給我一種悲傷的感覺，我覺得他像個可憐蟲——那個多年前讓她念念不忘的男人。艾娜的媽媽看過那個小房間，也就是在時間的催化下，羅曼最後把自己封閉起來的那個小舞台。她用痛苦的眼睛一看，就應該猜得到那裡有什麼可以誘惑她的女兒。

黎明時，一大片烏雲有如細細長長的手指開始在空中飄蕩，最後遮住了月亮。

# 20

早上了。雖然我的眼睛還沒睜開，但我似乎感覺到早晨像是黎明女神駕著巨大的馬車而來，輾過我的頭。骨頭嘎啦嘎啦作響，混合著搖晃的木頭和鐵在地面產生的噪音，我聽得快聾了。電車叮叮叮。樹葉在光影之間沙沙作響。遠方傳來一聲大喊：

「有酒矸倘賣無！……」[33]

我身旁陽台的門打開又關上。一陣風完全推開我的房門，害得我不得不睜開眼。我看見房間裡充滿柔和的光。時候不早了。葛洛莉雅往飯廳陽台走去，呼喊那個在街上吆喝的收破爛的人。胡安拉住她的手阻止她，並用力關上玻璃門，猛然砰了一聲。

「放開我，臭小子！」

「我跟你說過了，我們沒有東西要賣。聽清楚了嗎？這家裡的東西不全是我的。」

「那我告訴你，我們需要吃飯……」

「我賺得夠多了！」

「你明知道不多，而且你很清楚我們為什麼不至於餓死在這裡……」
「你在激我啊，死女人！」
「我不怕，臭小子！」
「啊！……不怕？」
胡安火大地抓住她的肩膀。
我見葛洛莉雅跌倒，頭撞到陽台的門。
玻璃喀啦一聲裂開。我聽到她在地上哀嚎。
「我要殺了你，媽的！」
「我不怕你！孬種！」
葛洛莉雅的聲音尖銳而顫抖。
當她試圖站起來時，胡安拿起了水罐就往她身上砸。雖然沒丟準，但這次玻璃破了。水罐砸在牆上。彈飛起的碎片割傷坐在兒童高腳椅上睜大眼睛嚴肅地看著這一切的孩子。
「孩子！看你對兒子幹的好事。你沒腦！爛媽媽！」
「我怎樣？」
孩子受到驚嚇，立刻哭了起來。胡安衝了過去，把他抱在懷裡，說盡好話哄他，然後把他帶去擦藥。
葛洛莉雅哭著走進我的房裡。
「安德蕾雅，你看到那個禽獸了嗎？他真是禽獸！」

我坐在床上。她也坐著，同時揉著因為撞到而發痛的後腦勺。

「你有發現我沒辦法住在這裡嗎？我沒辦法……他會殺了我，但我不想死。生活是很美好的，孩子。你看到了……安德蕾雅，他逮到我玩牌的那一晚，你是不是看到他已經知道我是唯一會想辦法讓大家不要餓死的人？……他沒在你面前這麼說嗎？他沒有哭著親我嗎？你說啊，他沒親我嗎？」

她擦乾眼淚，小巧的鼻子隨著微笑皺了起來。

「儘管如此，有一件搞笑的事，孩子……有點搞笑。我跟你說……我告訴胡安，我把他的畫賣到藝廊。事實上我是賣給收舊貨的人，而且帶著他們給的五或六杜羅[34]，我就可以去我姊的店裡玩牌……我姊的朋友晚上都會去她那裡聚會。我姊很喜歡這樣，因為他們會付她酒水錢，我姊靠這個賺錢。有時候他們天亮才離開。他們都很會玩，也很愛賭。我幾乎每次都贏錢……孩子，幾乎每次……如果輸了錢不夠，我姊會先借我，之後我贏了錢再附加一點利息還給她……這是唯一不求人就可以賺點錢的方法。我跟你說，有幾次我一口氣就帶了四十或五十杜羅回家。孩子，玩牌很刺激……那天晚上我贏了，三十杜羅就在我眼前……你看看就那麼剛好，胡安偏偏在那個時候殺了出來，因為我的對手是個傻子，我耍了一點小手段……有時候你不得不這麼做。嗯，對！那傢伙有一顆眼睛脫窗。他人很奇特，安德蕾雅，你會想認識他。糟的是你不太清楚他到底在看哪裡，他看到了什麼，或什麼沒看到……他專門走私，跟羅曼有一點關係。你知道羅曼在做下三濫的生意嗎？」

「那胡安幹嘛了？」

「喔，對！對！那時候很刺激，孩子，我們沒人說話，但托內特開口了：

「『嗯，我覺得沒有人會耍我……』

「我心裡有點怕怕的……這時候開始聽到有人敲門的聲音。我姊的一個朋友卡梅塔，很美的一個女孩子，你不要不信……她說：

「『托內特，我覺得是來找你的。』

「疑神疑鬼一直在聽的托內特迅速地站了起來，因為那幾天他在跑路。我姊夫跟他說……其實我姊夫也不是我姊的老公，懂了嗎？不過都一樣啦。他就跟托內特說：

「『你跑到頂樓，從那裡到馬蒂耶特家。我數到二十才會開門。那邊樓下好像只有一兩個人……』

「托內特開始往樓上衝。門好像快被敲下來。我姊處事比較圓滑，她去開門應付。那時我們聽到胡安瘋言瘋語。我姊夫不喜歡聽那些哭哭啼啼的故事，皺起了眉頭。他跑出去看是什麼事。胡安跟他吵起來。我姊夫雖然胖，而且有兩百公分高，但你知道瘋子的力氣都很大呀，孩子。胡安那時候跟瘋子沒兩樣。他攔不住胡安。但是當胡安從他前面擠過去，準備掀開窗簾時，我姊夫朝他的背揍下去，他頭著地倒在我們的房間裡。我很難過，可憐的人（因為我愛胡安，安德蕾雅。我愛得要死要活的才跟他結婚，你知道嗎？）。我跪在他旁邊，扶起他的頭，跟他說我為了孩子才會在那裡賺錢。他大力把我推開，搖搖晃晃地站起來。那時候我姊兩手插腰，數落了他一長串。她說，當初她幫我介紹過有錢的好人家，不過我因為太愛胡安而不願意接受那些男的，儘管因為他我一直過得很慘，默默為他受苦。可憐的胡安冷靜下來，雙手無力下垂，看著四周的一切。他發現桌上有賭金，看到卡梅塔和特蕾莎，還有兩個正經的男孩是她們的男朋友。他發現那裡沒有宴會，是個認真賭博的地方……我姊還跟他說，當他準備殺我的時候，我已經贏了三十杜羅。此時我姊夫雙手插腰，站在角落開始打飽嗝。胡安似乎不甘心，準備再過去找他大幹一架……不過，孩子啊，我姊很厲害，你也見過。她就說：

「『小胡[35]，現在跟我去喝杯酒，你老婆馬上就跟這些朋友把錢算清楚，然後再回家幫你帶孩子[36]。』

「那時候我的頭腦開始不停地轉。當我姊把胡安帶去店裡時，我開始想胡安之所以來是因為你或者外婆打電話給他，還有在那個時候最有可能的情況就是小孩死了……我真的想很多，孩子。你不覺得嗎？我真的想很多。

「我突然覺得傷心、痛苦，在我們剛才玩牌的桌上我沒辦法數錢……因為我太愛那孩子了，他真的很可愛，對吧？小可憐！……

「卡梅塔真的很好心，幫我數錢，而且沒人再提我詐賭的事……後來我看到你跟胡安還有我姊一起出現。你看我有多傻，那時候看到你們幾乎沒有覺得奇怪。我腦子光只想著一件事：『孩子死了，孩子死了』……那時候你應該看得出來，當我跟他說那件事時，他真的很愛我……孩子啊，男人都對我非常著迷，對我念念不忘，你別不相信……我跟胡安曾經很相愛……」

我們不說話。我開始換裝。葛洛莉雅漸漸平靜下來，伸了個懶腰。突然她看著我。

「你的腳好怪！很沒肉！很像耶穌的腳！」

「對啊，」——葛洛莉雅最後總是把我逗笑——「你的腳很不一樣，很像女神的……」

「很美，對吧？」

「對啊。」

（她的腳又小又白，線條柔和，像小孩的腳一樣嫩。）

我們聽到樓下大門的聲音。胡安出去了。外婆笑笑的走進來。

「他帶孩子出去散步……我的這個兒子比較乖！……小壞蛋，」——她對著葛洛莉雅說——「你為什麼要回嘴害他跟你吵呢？哎呀，哎呀！你不知道總是要給男人留點面子？」

葛洛莉雅笑笑的摸著外婆，然後開始上睫毛膏。她從窗戶叫住路過收舊貨的人。外婆痛苦地搖了搖頭。

「孩子，快，快，趁胡安或羅曼還沒回來……想想要是羅曼看到會怎樣！我想都不敢想！」

「媽，這些是您的東西，不是他們的。安德蕾雅，不是嗎？我應該留這些爛東西然後讓孩子挨餓？況且羅曼還欠胡安錢。這件事情我知道……」

外婆逃離現場，她自己說是因為不想成為葛洛莉雅的共犯。她很瘦，在蓬鬆凌亂的白髮下看得到兩隻像是透明的耳朵突出來。

我去洗澡，然後到廚房燙衣服，安東尼雅用敵意的眼神看著我，因為她向來難以接受有人入侵她的地盤。此時，我聽到葛洛莉雅的尖銳嗓音和收舊貨的人帶有感冒鼻音的聲音在用加泰隆尼亞語爭吵。我想到很久以前葛洛莉雅提到她和胡安的故事時，她跟我說：「……那就像電影的結尾。那跟所有悲情電影的結局沒兩樣。我們曾經很幸福……」那是好久以前的事了，當時胡安不再眷戀戰爭，回到幫他生了一個兒子的女人身邊，娶她為妻。他們幾乎已經忘了……但不久之前，在那個悲傷的夜裡，葛洛莉雅和我聊天時，我再度看到他們兩人如膠似漆，直到感覺到彼此的脈搏，彼此深愛，在痛苦中相互扶持。好像所有的仇恨和不諒解都一筆勾銷了。

「如果那個晚上是世界末日，或是他們之中有一個人死了，那他們的故事就會像個美麗的圈圈圓滿落幕，」我心想。這就像小說和電影裡經常發生的一樣，但在生活中不常見……我第一次漸漸發現，生活中的一切在開始之後就變得灰灰暗暗，然後苟延殘喘……我體悟到只能等到死，等到軀體腐敗，我們的故事才會結束……

「安德蕾雅，你在看什麼？……你睜大眼睛在鏡子裡看什麼？」

當我穿好衣服時，葛洛莉雅出現在我背後，她現在心情不錯。我看到外婆春風滿面地站在她後面。老婆婆對她媳婦做的那些交易感到恐懼。外婆確定收舊貨的人買下家裡的舊傢俱是幫了我們一個大忙，但當葛洛莉雅和買主討價還價時，外婆心裡害怕地怦怦跳。她會在布滿灰塵的小祭壇前發抖著禱告，祈求聖母快讓她的媳婦不必再低聲下氣。可怕的收舊貨的人一走，她像個從診所出來的孩子，鬆了一口氣。

我滿懷溫情地看著她，總覺得對她有一絲絲的內疚。在我生活最困難，窮到買不起午餐和晚餐的時候，有幾次我回到家裡，發現床邊櫃上有一小盤煮完好幾個小時的難吃蔬菜或一塊硬麵包，「不小心」被忘在那裡。一股比我強大的需求驅使我吃下可憐的老婆婆刻意省下她的份來給我吃的食物。吃的時候我感覺自己可惡極了。隔天我會笨手笨腳地在外婆身邊打轉。我從她明亮的眼珠子裡察覺，她看我時展現出無比甜蜜的笑容，我因此深受感動，彷彿我心靈的鬚根緊緊扣住了我，讓我想哭。要是我出於感動用雙手抱住她，我就會發現那個又硬又冷像金屬絲做的小身體裡，隱藏了一顆以驚人的活力跳動著的心。

葛洛莉雅靠近我，頗為滿意地隔著上衣觸摸我的背。

「安德蕾雅，你也是個瘦子……」

接著，因為不想被外婆聽到，快速地說：

「你朋友艾娜今天下午會來羅曼的房間。」

（我內心一陣騷動。）

「你怎麼知道？」

「因為他剛剛叫傭人去樓上打掃，叫她去買酒……孩子，我又不是笨蛋，」然後，她瞇起了眼睛，「你朋友是羅曼的情人。」

我的臉瞬間漲紅，把葛洛莉雅嚇得後退。外婆不安地看著我們。

「你這個禽獸，」我氣憤地說。「你跟胡安都是禽獸。難道男女之間就沒有別種關係了嗎？難道在愛裡你就想不到別的東西了嗎？噢！真下流！」

激動的情緒直衝腦門，讓我掉下眼淚。那時候我替艾娜感到害怕。我愛她，所以無法忍受那些會毀掉她人生的閒言閒語。

葛洛莉雅咧嘴，露出諷刺的微笑，但看到這個表情讓我平靜下來，因為我知道那女人也快哭了。外婆被嚇到，表情痛苦地說：

「安德蕾雅！我的孫女這樣說話！」

我跟葛洛莉雅說：

「你為什麼把我的朋友想得那麼下流？」

「因為我太了解羅曼了……你想要我跟你說件事嗎？我跟胡安結完婚之後，羅曼想來當我的情人……你看，對這樣的男人你還能指望什麼？」

「好。不過我了解艾娜……她屬於你完全不了解的那種人，葛洛莉雅……她可能會有興趣當羅曼的朋友，可是……」

（大聲地把這些事講出來讓我感覺舒服一點，同時我也開始厭惡跟葛洛莉雅談論我的好友。我不說話。）

我轉身，走出大門。經過外婆旁邊時，她拉著我的衣服說：

「孩子！孩子！這就是我那個從來不生氣的小孫女！天啊，天啊！」

不知道為什麼當時我嘴巴裡有股又鹹又苦的味道。我跟他們沒兩樣，跟所有人都沒兩樣，砰的一聲關上了大門……

在街上，我緊張到時時刻刻都感覺眼睛濕濕的。天空積滿了有壓迫感、滾燙的雲。之前別人說過的話開始緊咬住我不放，在我耳邊窸窸窣窣。艾娜說：「你吃太少了，安德蕾雅，你歇斯底里……」「你歇斯底里，你歇斯底里……」「如果你沒歇斯底里，那為什麼要哭？……」「你為什麼要哭？……」我看到人們有點驚訝地看著我，我氣憤地咬著嘴唇，此時我發現……「我跟胡安一樣顯露緊張的表情……」「現在我也要瘋了……」「人是會餓瘋的……」

我沿著蘭布拉大道下坡走到港口。艾娜的回憶時不時在我腦中閃過，讓我覺得好親切。她媽媽向我肯定她很欣賞我。那麼可愛，那麼閃亮動人的她讚美我、欣賞我。有人請求我做一件天意授予的任務，我感到好興奮。不過，我不曉得我干涉她的人生是否真的對她有幫助。葛洛莉雅跟我說她那天下午會來，這件事讓我憂心忡忡。

我在港口。在我眼前是港灣裡呈現油亮汙漬的海，瀝青、纜繩的氣味滲透了我的身體。船高聳的側邊讓船顯得特別巨大。水面上偶有波動，好像是一條魚的尾鰭、一艘小船或一支槳拍打引起的漣漪。夏天的中午我待在那裡。或許，某個北歐人的藍色眼睛從某艘船的甲板上看著我，就像看著外國版畫裡一顆被點上去的小點……我，西班牙少女，深色頭髮，短暫停留在巴塞隆納港的碼頭。過了一會，生命將繼續，我將被移到下一個地點。我將會發現我的身體出現在另一幅裝飾藝術品當中……「或許，」我最後這麼想，因為我跟平常一樣被飽受折磨的本能打敗，「在某個地方吃飯。」我身上的錢不多，但還有一點。我緩緩地往巴塞隆納愉悅的酒吧和餐廳前進。在天氣晴朗的季節裡，它們被裝飾成具有水手歡樂氣氛的藍色或白色。在某些有露天座位的餐廳裡，客人大快朵頤吃著米飯和海鮮，從海灘或碼頭飄來溫暖、紅色的夏日氣息，替他們助興。

那天海上吹起一陣灰色、燠熱的風。我聽到人說，有暴風雨要來。我點了啤酒、起司和杏仁……我待的那間酒吧是在一棟靛藍色的兩層樓房裡，用水手用具裝飾。我坐在街上的一張小桌子前，彷彿有個隱藏的引擎在震動，搖晃了我腳下的地，要把我帶離那裡……再度開拓我的視野。這種渴望總是在我的生命中反覆出現，一有機會就要爆發。

我在那裡待了很久……我頭痛著。最後我以非常緩慢的速度往家裡前進，白雲像一袋袋的羊毛壓在我肩膀上。我走走停停，多轉了幾圈……但隨著時間愈來愈晚，似乎有一條隱形的線從阿里保街，從公寓樓下的大門，從公寓樓上羅曼的房間拉著我……半個下午的時間過去了，那股拉扯的力量變得無法抵抗，最後我進了公寓的大門。

當我往樓上爬時，樓梯間充滿熟悉的、鎮定心神的寧靜氣氛，那股寧靜伸出爪子，緊抓著我。在樓梯平台上，我從一片破掉的玻璃窗聽見一個女傭在中庭唱歌的聲音。

羅曼和艾娜在上面，我也必須上樓。我不知道為什麼我那麼肯定我的朋友在那裡。葛洛莉雅的猜測不足以讓我那麼肯定這件事。我就像條尋覓東西的狗，光用鼻子聞就嗅得到她的存在。我平常習慣任由局勢擺布，這次要做出似乎將會逆轉情勢的行動，我感到興奮。

每爬一階，我就感覺我的腳步更沉重。體內所有的血逐漸流到雙腿，我的臉色變得愈來愈蒼白。到了羅曼的房門口，我的雙手又冰又冒冷汗。我停在那裡。在我右手邊，通往頂樓平台的門開著，這讓我想到直接走過那扇門。我不能一直待在羅曼的房門口。雖然我聽到裡面有人竊竊私語，但我還沒準備好要敲門。我需要一點點時間冷靜。我出去到了屋頂。天空變得愈來愈有威脅感，四周出現——就像一群大白鳥——一大片屋頂，幾乎要墜落到我身上。我聽見艾娜在笑。她假笑的聲音令我發抖。羅曼房間的氣窗開著。我突然想要用爬的，像隻貓，然後匍匐前進，因為怕被看到，爬到那個打開的氣窗下面坐著。艾娜的聲音很大、很清楚：

「羅曼，到頭來，這對你不過是個簡簡單單的交易。你之前是怎麼想的？我應該會嫁給你？我會像我媽一輩子過著提心吊膽的日子，擔心你跟我要錢？」

「你現在聽我說……」羅曼用一種我從沒聽過的語氣說。

「不要，已經沒什麼好說了。我掌握了所有的證據。你知道你是逃不出我手掌心的。這個惡夢終於要結束了……」

「那你會聽我說，是嗎？雖然你不想聽……我從來沒跟你媽要過錢。我不相信你有任何勒索的證據……」
羅曼的聲音就像爬行的蛇一樣傳到我耳裡。
我沒有多想就迅速沿著牆壁溜過去，離開頂樓平台，衝到我舅舅的房門口敲門。沒人回應，我再敲，於是羅曼開門了。
我第一時間沒發現他臉色蒼白。我的眼睛忙著瞧艾娜，她坐著抽菸，似乎非常平靜。她臉很臭地看著我，拿菸的手指有點發抖。
「安德蕾雅，你敲得真是時候，」她冷淡地說。
「艾娜，親愛的……我想說你在這裡，上來跟你打個招呼……」
（我想說的是這句或類似的話。只是我不曉得當時有沒有把整句話說完。）
羅曼似乎反應過來了。他機靈的眼神看著我和艾娜。
「哎呀，小朋友，乖……快走吧。」
他很不耐煩。
艾娜出乎意料地站起來，動作迅速敏捷，瞬間就到了我身旁，抓著我的手臂，羅曼和我都來不及反應。當她靠近時，我依稀感覺到心跳。我不曉得那顆害怕的心是她的還是我的。
羅曼開始微笑，就是我很熟悉的那種帥氣、緊繃的笑容。
「小女孩們，你們想幹嘛隨便你們。」他只看著艾娜，沒看我。「可是我很驚訝你們突然就要走了。艾娜，我們剛剛才聊到一半。你知道這件事不能就這樣結束……你知道的。」
我不曉得為什麼羅曼客氣又緊張的說話語調令我感覺那麼可怕。他看著我的朋友時，眼睛發光，就像胡安的理智快崩潰時會有的眼神。

艾娜把我推到門口，然後像開玩笑輕率地跟他鞠了個躬。

「我們改天聊，羅曼。到時候別忘了你說過的話。掰！……」

她也在笑。她的眼睛也是亮閃閃的，卻面無血色。

此時，我發現羅曼的右手一直插在口袋裡。那裡鼓鼓的。當我舅舅更用力擺出笑容時，我不知道是哪根筋不對勁，想到他的黑色手槍。才幾秒鐘的事情。我發瘋似的抱住他，大聲叫艾娜快走。

我感覺羅曼用力把我推開。我見他臉上原本緊張焦躁的表情已經不見，變得十分憤怒。

「荒謬！你是以為我要拿槍殺了你們？」

他恢復平靜後看了我一眼。我的背剛才撞了樓梯扶手一下。羅曼用手撥開他前額的捲髮。就跟之前發生過的情形一樣，他的容貌在我眼中迅速老化。接著他轉身進到自己的房間。

我感覺身體疼痛。一陣帶著塵土的風吹來，將頂樓的門砰一聲地關上。我聽到從遠方傳來隆隆的雷聲。

我發現艾娜在樓梯平台等我。她露出在心情最糟時才會顯露的譏諷眼神。

「安德蕾雅，你為什麼要那麼悲情啊，親愛的？」

她的眼神傷害了我。她頭抬得高高的，嘴唇彎成了令人受不了的輕視表情。

我很想揍她。後來我的怒氣聚集成一種痛苦，讓我轉頭就向樓下憤不顧身地狂奔，眼淚模糊了我的視線……熟悉的門板圖案、踩腳墊、閃亮或無光澤的門環、標示著每個住戶職業的金屬牌……「外科醫生」、「裁縫師」……都迅速地撲了過來，在我眼前飛舞，隨後被我的眼淚吞噬，消失。

在崩潰的悲傷情緒催逼下，我就這樣極力狂奔，逃離一切事物，來到了街上。我把路人推開，沿著阿里保街下坡衝向大學廣場。

# 21

暴風雨的天空進入我的胸口，用悲傷遮蔽我的視線。阿里保街的氣味快速地在包覆我的憂傷薄霧裡魚貫而行。有香水店的氣味、藥局的氣味、食品店的氣味。在令人窒息的黑色天空中，還有被揚起的塵土覆蓋的街道氣味。

大學廣場變得又大又安靜，如同惡夢裡出現的場景。極少的過路人、汽車和電車彷彿癱瘓了。有個抬起腳的人停留在我的記憶裡：我看一切事物的視覺變得如此奇怪，也如此快速地忘記所有我看到的事物。

我發現我不再哭泣，但我的喉嚨發痛，我的太陽穴抽動著。我靠著大學花園的欄杆，就跟艾娜回憶裡的那天一樣。那天，我顯然沒有意識到從天而降的雨水淋在我身上……

一張舊紙飛來，黏在我的膝蓋上。我看著凝重的空氣重壓地面，開始揚起塵土和落葉，讓它們在空中跳起駭人的死亡之舞。一種孤寂的痛反覆出現，那比我幾天前離開彭斯家裡時的失落感還要令人難以忍受。現在我哭完後，那感覺像是一種刑罰，刮傷我的內心，刺痛我的眼皮和喉嚨。

當我感覺身旁有人影時，我沒有多想也不抱任何期望，腦袋放空。原來那是艾娜，她的樣子焦慮不安，好像剛才是用跑的過來。我緩慢地轉頭，彷彿我身體的齒輪壞了，彷彿我生病了，任何的移動對我來說都異常困難。我發現她的眼裡充滿淚水。那是我第一次看到她哭。

「安德蕾雅！……噢！你這女人，真傻！……」

她露出好像要笑的表情，但開始哭得更厲害。她似乎是為我而哭，她的眼淚沖淡了我悲傷的情緒。她對我伸出雙手，完全無法開口說話，我們兩人就在街上抱了起來。她的心——她的，不是我的——跳得飛快，和我緊緊靠在一起。我們就這樣抱了一秒。然後我突然跟情真意摯的艾娜拉開距離。我發現她的眼淚立刻收乾，現在她輕輕鬆鬆就展露笑顏，彷彿剛剛完全沒哭過。

「安德蕾雅，你知道我很愛你嗎？」她說。「我不曉得我那麼愛你……我本來不想再看到你，不想再看到任何會讓我想起阿里保街那個可惡房子的任何人事物……可是，你剛才那樣看著我時，當你要離開時……」

「我剛才『那樣』看著你？是哪樣？」

我不在意我們說了什麼。我在意的是陪伴和安慰帶給我的舒服感覺，那就像靈魂經過了一次滋潤的洗滌。

「嗯……我不知道要怎麼跟你解釋。你剛才絕望地看著我。而且，因為我知道你多麼愛我，情感又多麼忠誠。就跟我愛你一樣，你不要不信……」

她講話雖然前後不連貫，但對我來說充滿意義。從柏油路飄起一陣濡濕塵土的氣味。下起了溫熱的大雨，我們沒離開。艾娜將一隻手放在我的肩上，用柔軟的臉頰貼著我的臉。看來我們憋在心中的情緒全都得到發洩。不愉快的時光也已經平息了。

「艾娜，今天下午的事我感到很抱歉。我知道你受不了有人監視你。我之前不會那樣的，我發誓……如果我有打斷你和羅曼聊天，那也是因為我覺得他在威脅你……我知道那聽起來很可笑，可是我真的是這麼覺得。」

艾娜退了一步看著我。嘴形看似隨時要笑。

「安德蕾雅，這就是我需要的！你真是我的天使！難道你沒發現你救了我嗎？……如果我剛剛對你太凶，那是因為我太緊張了。我怕我哭出來。你也看到了，我剛剛就哭了……」

艾娜深呼吸，好像那樣做可以緩和她一千種激烈的情緒。她雙手交叉在背後，好像在伸展，釋放所有緊張的壓力。她沒有看著我，彷彿不是說給我聽。

「安德蕾雅，事實上，在心底我一直都特別珍惜你對我的好，只是我從來都不想承認這件事。在認識你之前，真正的友誼對我來說像虛構的神話，就像認識海梅之前我也不相信愛情存在……有時候，」艾娜靦腆地笑，「我在想我不知道做了什麼好事，命運才會給了我這兩個禮物……我可以肯定地告訴你，我之前個性很差，對什麼都不滿。我從來不相信任何甜蜜的美夢，結果我跟一般人相反，現實生活中最美好的事物都落在我身上。我一直都是如此幸福……」

「艾娜，你沒愛上羅曼？」

我說話太小聲，現在雨規律地落下，雨聲蓋過了我的問題。我再問一次：

「跟我說，你有沒有愛上他？」

她用一種無可名狀的眼神快速掃過我，那眼神亮得有點刺眼。然後她抬頭看著雲。

「安德蕾雅，我們淋濕了！」她大喊。

她把我拉進學校大門，我們在那裡躲雨。被雨淋過後她的臉看起來更清新了，只是有點蒼白，彷彿發燒了。暴風雨開始肆虐，降下傾盆大雨，挾帶陣陣猛烈的雷聲。我們有一段時間不說話，聽著雨聲，那場雨讓我的心平靜下來，也讓我恢復生氣，就像樹恢復鮮綠。

「好美喔！」艾娜說，同時張大鼻翼。「你問我是不是愛上羅曼了……」她帶著一種像是在做夢的表情繼續說。「我之前對他非常有興趣！非常！」

她默默地笑。

「我從來沒讓人那麼沮喪、那麼難堪……」我有點吃驚地看著她。她看著落在眼前被雷電照亮的大雨瀑布。大地似乎在沸騰、喘息、排毒。

「啊！真開心！知道有人在偷窺你，以為自己掌握了你，然後你跑了，把他耍得團團轉……好詭異的遊戲！……安德蕾雅，羅曼的內心齷齪。他很有魅力，也是大藝術家，可是心底真的卑鄙、下流！……他到目前為止都跟哪種女人搞在一起？我猜是跟那兩個趁我上樓看他時在樓梯間打轉的女鬼……就是你們家那個可怕的傭人，還有另一個紅髮的怪女人，我現在知道她叫葛洛莉雅……除此之外，可能還有一個像我媽一樣溫柔又害羞的人……」

她斜眼看著我。

「你知道我媽年輕時愛過他？……光衝著這一點我就想認識羅曼。結果太令人失望了！我最後討厭他……你不會嗎？你想像了某人的傳奇神話，然後你發現他不如你幻想的那麼厲害，甚至實際上還不如你，難道你不會恨他？有時候我恨羅曼恨到他都發現了，他就會像觸電似的把頭轉開……

我們剛開始認識那幾天真的很詭異！我不知道那時候我是幸還是不幸。我被他迷得神魂顛倒。我躲著你，還因為某件蠢事跟海梅吵架，接著就無法忍受跟他在一起。我想，當時我覺得如果我再和海梅見面的話，就得硬生生放棄這場冒險。我那時候太投入，幾乎對一切都中毒太深……如果我現在跟海梅交往，我就會變成好女孩，安德蕾雅，我就是另外一個人了……但願你能了解，我有時害怕感覺兩股力量的拉扯。當了一陣子太崇高的聖女，我就想去抓傷人……做出點什麼事去傷害他。」

她抓住我的手，見我本能地把手抽回來，她無限溫柔地對我微笑。

「我嚇到你了？那你要怎麼跟我當好朋友？安德蕾雅，雖然我很喜歡你，可是我不是什麼天使……有人填滿我的心，像海梅、我媽，還有你，各有各的方式……但是某部分的我需要發洩，需要釋放身上的毒。你覺得我不愛海梅？我非常愛他。我沒辦法忍受我的人生跟他的分開。我想跟他在一起，想要他整個人。我熱烈地崇拜他……不過還存在別種東西：好奇心，我心中邪惡的騷動，永遠無法平息……」

「羅曼有跟你求愛嗎？你說。」

「跟我求愛？我不知道。他對我很失望，有時候還氣到想掐死我……但是他很有自制力。我想讓他的理智斷線。我只成功過一次……安德蕾雅，在今天之前，我最後一次去找他是一個禮拜前的事。我去見過羅曼五次，每次去我都想辦法讓人知道我跟他在一起，因為羅曼總是讓我打從心底感覺怕怕的。我敲了你家的門，那時候我知道你應該不在，然後就問起你。那兩個怪女人一看到我來顯得特別有顧忌，但我覺得非常剛好，因為我知道我可以拿她們兩個當保鏢。不過你不知道那種沉重的氣氛後來讓我覺得多麼有趣。有時我甚至忘記我對他懷有戒心。我在那裡很興奮、很開心，我毫無顧忌地大笑。我從沒有過這樣的實驗場……羅曼就在那些時刻慢慢地坐到我身邊。不過當我感覺到他身體的熱度時，我的內心升起一股無名火。我花了很大的力氣掩飾這股怒火。接著，我仍笑笑的，只不過移動到房間的另一邊。

「我慢慢把他逼瘋。當他以為我變得萎靡，以為靠著他的音樂，還有他給我們的談話染上那種幾乎有點放蕩的私密語調，已經快要征服我了，這時候我突然在他的沙發床上站起來。

「『我好想跳！』我對他說。

「我開始跳，就跟我和我弟弟們玩的時候一樣，我跳到幾乎要碰到天花板。他聽著我哈哈大笑，不知道我是單純的蠢，還是瘋了……我無時無刻不用眼角餘光在觀察他。在一開始不自主的驚訝反應後，他的臉還是保持得跟平常一樣，很難猜透他在想什麼……安德蕾雅，我想要的不是這個。要是你知道羅曼年輕時讓我媽吃的苦……」

「誰跟你講了那段故事？」

「誰？……嗯，對啦！……是我爸。有次我媽生病，她發燒時說到了羅曼，那時候我爸跟我說的……可憐的老爸那天晚上很激動，以為媽媽就要死了。」

（我必須偷笑。才那麼短短幾天，我的生活就跟我原本預期的大不相同。既複雜但同時又很簡單。我想最痛苦、最處心積慮把守的祕密或許就是我們周邊所有人都知道的事。愚蠢的悲劇。沒用的眼淚。那時候我開始覺得人生就是這樣。）

艾娜轉過來對著我。我不曉得她在我眼裡看到什麼想法。她突然跟我說：

「不過你不要把我想得太好，安德蕾雅……你不用幫我找藉口……我不是單單因為這個理由才想羞辱羅曼的……我要怎麼跟你解釋那整件事對我來說已經成了令人興奮的遊戲？……那是一場愈來愈激烈的戰爭。一場殊死戰……」

我很確定，艾娜一邊說話一邊看著我。我似乎隨時都感覺得到她的眼神。我只能乖乖聽她說，眼睛盯著外面忽大忽小、不停狂下的雨。

「安德蕾雅我跟你說，這段時間我沒想到你，也沒想到海梅跟其他人。我全心全意投入這場決鬥，看是羅曼的冷淡和鎮定可以贏過我，還是我的邪惡和自信可以擊敗他……安德蕾雅，那天最後我嘲笑他，而且在他以為我被征服的時候，從他手掌心逃走，真的是太爽了……」

她笑了開來。我有點被嚇到，轉頭看她，發現她眼睛發亮，變得更美了。

「你無法想像我上週跟羅曼結束關係的那個場景，就在聖胡安之夜，我記得很清楚……我逃跑……就像這樣用跑的跑下樓，差點死掉……我把包包和手套甚至髮夾都留在他房裡。可是羅曼還是待在那裡……我從來沒看過比他還要悽慘的臉……你問我有沒有愛上他？……愛上那樣的男人？」

我開始觀察我的好友，我第一次看見真實的她。在天空詭譎多變的光線下，她的雙眼被陰影遮住。我當下感覺我永遠都沒辦法判定她是怎樣的人。我挽起她的手，把頭靠在她的肩上。我感覺好累。千頭萬緒逐漸在我腦中梳理開來。

「那件事是在聖胡安之夜發生的？」

「沒錯……」

我們沉默了一會。寂靜中，海梅的記憶不由自主地浮現在我腦海裡。那就像心有靈犀。

「在這整件事裡我最對不起的人就是海梅，我很清楚，」艾娜說。

她再度露出像孩子鬧脾氣的臉。她看著我，眼神裡不再有挑釁或嘲弄。

「那時每當我想起海梅，內心就會經歷痛苦折磨，要是你懂就好了！但是我控制不了我內心的魔鬼……某天晚上我和羅曼出去，他把我帶去平行線大道。我們進了一間煙霧瀰漫和充滿了人的咖啡廳，此時我又累又覺得無聊。當我看見海梅的眼睛跟我對望時，我以為我腦中出現幻覺。他隱沒在鼎沸的人群和煙霧中，沒跟我打招呼，就只是直愣愣地看著……那天晚上我大哭。隔天你替他轉達訊息給我，你還記得嗎？」

「記得。」

「我當時只想見到海梅，跟他和解。當我們見面時，我好激動啊！之後一切都搞砸了，到現在我還不曉得是我的錯還是他的錯。海梅曾經答應我會包容我，可是在我們談話的過程中他變得咄咄逼人……顯然他從頭到尾都在跟蹤我，而且還調查羅曼的生平事蹟。他跟我說，你舅舅是個爛人，他在做無敵下三濫的走私生意。他跟我解釋了那些生意……最後他開始怪罪我，失望地說我『任由這樣的惡徒擺布』……那已經超過我能忍受的範圍。我想不到其他的辦法，只好火力全開，開始替羅曼說話來反擊他。你從來沒有過那麼糟的經驗嗎？你不曾被自己說的話卡住然後動彈不得嗎？……那天我跟海梅不歡而散……他離開了巴塞隆納，你知道吧？」

「知道。」

「他也許以為我會寫信給他……是嗎？」

「當然啊。」

她對著我笑，把頭靠在牆壁的石頭上。她累了……

「我跟你說了好多，安德蕾雅，是嗎？說了好多……你該不會厭倦我了？」

「你還沒跟我說到重點……你還沒跟我說，既然你和我舅在聖胡安之夜就斷絕關係了，那為什麼今天還會在他的房間裡……」

艾娜在回答我前看著馬路。暴風雨過去了，天空仍陰陰沉沉，混合著黃棕色。地上的雨水沿著人行道流進下水道。

「安德蕾雅，我們走吧。你覺得呢？」

我們手挽著手，開始漫無目的地閒晃。

「今天，」艾娜說，「我抱持著跟他豁出去的決心回到羅曼的房間。他之前寫了幾句話跟我說，他房裡還有我的一些東西，他想還我……我知道他沒那麼容易放過我。我想到我媽，我突然覺得如果我沒跟他做個了斷，我就會一輩子像我媽一樣躲著他……當時我想到可以用海梅調查到的訊息當作護身符來對付羅曼。我帶著這唯一的防護就過去了，準備和他見最後一面……你不要以為我不怕。你到的時候我嚇死了。安德蕾雅，我嚇死了，甚至後悔我那麼衝動……因為羅曼瘋了，我覺得他瘋了……你敲門的時候，我快崩潰了，當時我的神經就是那麼緊繃……」

艾娜停在馬路中間看著我。路燈剛亮，從濕濕的黑色路面反射上來。剛被洗滌過的樹木散發出綠色的氣息。

「安德蕾雅，你了解嗎？親愛的，我那時候沒辦法跟你說實話，甚至還在樓梯上對你很凶，你了解嗎？那些時刻似乎都從我的生命中被抹去了。當我意識到我是艾娜，我還活著的時候，我已經在阿里保街上跑下坡去找你了。我在轉角拐彎，最後找到了你。在暴風雨前的天空下，你的身影顯得很小、很迷惘，靠在大學花園的牆上……那就是我看到你的樣子。」

# 22

艾娜最後離開我們去北部的海邊度假前，我和她還有海梅三個人再度像春天天氣好的時候一樣出去玩。不過，我的感覺變了。我的頭腦變得一天比一天虛弱，我的心變得更加柔軟，任何事都能讓我紅了眼眶。在萬里無雲的天空下躺在朋友的身旁，這種對我來說完美、單純的幸福偶爾會離我而去，成了朦朧有如夢境的幻想。遠方的藍色景象在我腦中嗡嗡作響，有如牛蠅發出噪音，逼得我把眼睛閉上。等我再睜開眼，在長角豆樹的樹枝間我看見炎熱的天空，搭配著小鳥嘰嘰喳喳的叫聲。我彷彿死了幾世紀，我的軀體化為微小的塵土，飄散在廣闊無邊的大海和山間，我的肉體和骨頭感覺起來是那麼零散、輕盈、模糊……有幾次我發現艾娜不安的雙眼在我的臉上方。

「你怎麼那麼會睡？我怕你生病了。」

對我生命這麼溫柔的關懷也要結束了。再幾天艾娜就得走了，而且暑假結束後她也不會再回到巴塞隆納了。她的家人打算直接從聖塞巴斯蒂安[37]搬到馬德里。我想，等新學期開始後，我又要跟前一年一樣過著內心寂寞的生活。不過當下我的肩膀上扛著更沉重的記憶包袱，壓得我有點疲累。

跟艾娜說再見那天，我感覺失落至極。她在人聲鼎沸的車站出現，被金髮的弟弟們包圍著，被那位似乎很趕著離開的媽媽催促著。她摟著我的脖子，對我親了又親。我感覺我的眼睛溢滿淚水。那真的很殘忍。她在我耳邊說：

「安德蕾雅，我們很快會再見，相信我。」我以為她的意思是她很快就會回到巴塞隆納，或許嫁給海梅。

火車離開後，偌大的車站只剩下我和艾娜的爸爸。她爸爸突然間一個人孤零零地待在城市裡，看起來有點洩氣。他邀我上計程車，我的拒絕似乎讓他有點尷尬。他帶著和善的微笑看了我很久。我當時在想，他是那種連一分鐘都不曉得該怎麼跟自己的想法獨處的人。我想他應該是沒什麼自己的想法。不過，他對我超乎尋常地客氣。

儘管天氣又濕又熱，悶得所有東西都喘不過氣來，我還是打算繞一大圈自己從車站走回家。我開始走呀走……巴塞隆納完全空蕩蕩。七月的熱氣真的很驚人。我穿過關閉、寂寥的伯恩市場。過熟的水果和稻草把馬路搞得髒兮兮。幾匹拉著馬車的馬踢著後腿。我突然想到奇修斯的畫室，便鑽進蒙卡達街。氣派的院子和用刻鑿過的石頭砌成的傾頹階梯就跟平常沒兩樣。一輛倒過來的馬車保留了原本裝載紫苜蓿的痕跡。

「小姐，沒人在家，」開門的女傭說。「奇修斯少爺出去了。現在已經沒有人會來，連伊圖狄亞加先生也不來了，他上週去了錫切斯。彭斯先生現在也不在巴塞隆納……如果你想上去，我可以給你鑰匙。奇修斯少爺允許我可以給你們任何一個人……」

細細回想，我過去那裡時本來沒有打算進去畫室，因為我早就知道那裡沒開。不過我接受了女傭的提議。能夠置身在冷清寧靜的房子裡及冰涼的古老牆壁之間，在這裡受到一陣子的保護，這種幸福的情景突然在我腦中浮現。不流動的空氣裡仍聞得到一點淡淡的清漆味。在奇修斯習慣存放食物的門後面，我發現一塊被遺忘的巧克力。那些小心翼翼地被蓋上白布的畫作看起來像裹了屍布的鬼魅，像是記憶了無數次愉快對話的幽魂。

快天黑時，我回到了阿里保街。離開畫室之後，我繞著這座城市繼續我失落的步伐，走了好久。

進到房裡，我發覺一股眼淚在窗戶緊閉的空間中發出的熱氣。我隱約看見葛洛莉雅的身影躺在我床上啜泣。她一察覺有人進來，便使勁地哭。後來她看到是我才變得比較冷靜。

「安德蕾雅，我剛才睡了一下下，」她說。

我發現燈打不開，因為有人把燈泡拔掉了。我不知道當時是什麼原因讓我坐到床邊，雙手握起葛洛莉雅因為流汗或流淚濕掉的手。

「葛洛莉雅，你為什麼在哭？你以為我不知道你在哭嗎？」

因為我那天也不開心，所以別人的悲傷不會讓我覺得不快。

她沒有立刻回答我，而是過了一會才小小聲地說：

「安德蕾雅，我會怕！」

「欸，怎麼會？」

「你之前什麼都不過問啊，安德蕾雅……現在你有好一點。我很想跟你說我在怕什麼，可是我沒辦法。」

停頓了一下。

「我很不想讓胡安知道我哭過。如果他發現我眼睛腫腫的，我就跟他說是睡覺害的。」

我至今仍不曉得，那天晚上為什麼東西會痛苦地抖動，像是個壞預兆。我睡不著，那一陣子我被疲憊折騰時經常會睡不著。在我決定閉上眼睛前，我在大理石的床邊櫃上用手摸啊摸，找到了一小塊前一天的麵包。我像個餓鬼把它吃掉。可憐的外婆很少忘記把她的小禮物留給我。最後當我完全睡著時，我就像昏迷一樣，幾乎像在等待死神的召喚。我真的累到不行。我想，那陣可怕的聲音傳到我耳裡時，某個人應該已經哭喊了很久。或許，那只是幾秒鐘的時間。不過，現在回想起來，在那些聲音迫使我回到現實以前，它們早已成了我夢境的一部分。我在阿里保街的家裡從來沒聽過那樣的叫聲。那聲音悲慘淒厲，像發瘋的野獸發出來的，嚇得我從床上坐了起來，之後又發抖著跳下床。

我發現傭人安東尼雅躺在門廳，兩腳亂踢亂蹬，露出黑乎乎的陰部，兩手在地磚上抓來抓去。大門完全敞開，一些好奇的鄰居陸續出來探頭探腦。我剛開始還迷迷糊糊，覺得這一幕很搞笑。

胡安打著赤膊趕了過來，他朝大門踹了一腳，門砰一聲在鄰居的眼前關上。接著他開始對著那女人抽搐的臉搧耳光，又命令葛洛莉雅拿一罐冷水來，朝她臉上倒。最後傭人像一頭被制伏的野獸，喘氣和抽搐開始緩和下來。不過這就像暫時休兵，不一會她又開始發出嚇人的慘叫。

「他死了！他死了！他死了！」

同時指著上面。

我見胡安的臉一沉。

「誰？白痴啊，誰死了？……」

他不等傭人回答，立刻拔腿往門外衝，發了狂似的往樓上爬。

「他拿剃刀割斷喉嚨，」安東尼雅總算說出口。

她坐在地上，終於放聲大哭。很難得看到她淚流滿面。她彷彿成了惡夢裡的人物。

「他叫我早點送杯咖啡上去，因為他準備去旅行……他今天早上才通知我的！……但現在卻跟野獸一樣倒在那裡，血流滿地！哎呀！哎呀！小雷啊！我可憐的孩子，你老爸走啦……」

整個家裡開始傳來像是雨愈下愈大的聲音，接著有吼叫、警告聲。我們嚇得一動也不動，從敞開的大門看見鄰居爬上羅曼的房間。

「要叫警察來，」住三樓胖胖的外科醫生從樓上下來，激動地說。

我們家中幾個女人聽著那位先生說話，傻不隆咚地擠在一起，全身發抖。面對這樣令人難以置信的意外，我們都不敢輕舉妄動。安東尼雅又開始大叫，在我、葛洛莉雅、外婆和她共同組成的緊密、奇怪的團體中，唯一聽得見的就是她的聲音。

我在某個時間點感覺自己的血液再度流動。我走去關門。轉頭時，我發現外婆第一次讓我意識到她的存在。她整個人包在準備去參加每日彌撒戴的黑色頭巾下，彷彿受重壓似的縮成一團。她在發抖。

「安德蕾雅，他不是自殺……他死前就後悔了，」她像孩子一樣跟我說。

「沒錯，外婆，沒錯……」

我的附和沒有安慰到她。她嘴脣發紫，說話支支吾吾。淚水在她的眼眶裡打轉，沒有直接流下來。

「我想上去……我想去找羅曼。」

我想最好是順著她的意。我開門，帶著她一階一階爬上那個熟悉的樓梯。我根本沒察覺自己沒換衣服，就只是在睡衣外面套了個罩袍。我不曉得當時擠在樓梯的那些人到底是從哪裡冒出來的。在入口的地方聽得到警察企圖控管大批圍觀群眾的聲音。他們讓路給我們過去，同時盯著我們看。我覺得我的頭腦有幾度是清醒的。每往上走一步，我就覺得多了一股恐懼、悲傷和排斥感。我的膝蓋開始緊張到不聽使喚，讓我難以移動。胡安哀傷地下樓，面無血色。他突然看到我和外婆，便擋在我們前面。

「媽！靠北！」我現在還是不明白，為什麼他看到外婆出現會那麼火大。他暴怒地吼叫：「立刻回去！」

他舉起拳頭像是要揍外婆。人群中突然發出窸窸窣窣的聲音。外婆沒哭，但她下巴抽搐，露出像是孩子要哭的臉。

「他是我兒子！是我的小孩！……我有權利上樓！我要看他……」

胡安冷靜下來。他轉動眼睛，察看那些睜大眼睛看著他的人。他似乎猶豫了一下，最後忿忿地讓步。

「外甥女，你下去！這裡沒你的事！」他說。

接著，他摟著他媽媽的腰，幾乎是用拖的把她帶上樓。我聽到外婆靠在她兒子肩上開始痛哭。

進到我們公寓的門，我發現裡面塞了一大堆人。他們分散開來，占據了每個角落，一邊東看看西看看，一邊小聲地說著同情我們的話。

我推開幾個人，在人群中開路，最後逃到了偏僻的角落——浴室。我把門鎖上，躲在裡面。也不曉得為什麼，我機械似的塞進骯髒的浴缸裡，跟平常一樣脫光衣服，等著蓮蓬頭的水流下來。我在鏡子裡看到自己瘦得可憐、冷到要死直打哆嗦的樣子。其實是因為這一切太可怕，已經超出我承受悲傷的能力。我打開蓮蓬頭，當我發現自己是那個樣子，彷彿那天就跟隨便任何一天沒兩樣，彷彿那天什麼也沒發生，我想，這時我開始像個神經病大笑。「我認為我歇斯底里了，」我心想，同時水落下來打在我身上，讓我感到清爽。水滴滑過我的肩和胸，在肚子上形成小水流，再滑過我的腿。羅曼躺在樓上流著血，他的臉被痛苦張開的嘴分成兩半，就像死刑犯喪命時齜牙咧嘴的模樣。蓮蓬頭像永不乾枯的瀑布，不停地流下清涼的水，拍打在我身上。我聽到門的另一邊人群愈聚愈多，我感覺我永遠都沒辦法離開浴室。我就像是個笨蛋。

此時開始有人用力敲浴室的門。

# 23

接下來幾天我們陷入了完全的黑暗中。因為事情發生後，立刻有人關上所有的陽台，幾乎把它們釘死，不讓一絲外面的風吹進來。一股很濃又難聞的悶熱氣味籠罩全家，而我開始喪失時間感。一小時和一天感覺起來都一樣，白天和晚上也沒有差別。葛洛莉雅生病，沒人照顧她。我坐在她旁邊，發現她發高燒。

「那個男的被送走了嗎？」

她不時就問。

我拿水給她，感覺她一直想喝水。有時安東尼雅來，帶著相當厭惡的表情看著她，讓我看了不忍，寧可盡量留在她身邊陪她。

「她死不了的，老巫婆！她死不了，凶手！」安東尼雅會這麼說。

我從傭人那裡得知羅曼生前最後的細節。那些細節在我聽來像是蒙上一層霧。（我感覺自己逐漸失明，事物的輪廓在我眼前變得模糊不清。）

顯然羅曼在死掉的前一晚打電話給安東尼雅，跟她說他剛旅行回來——羅曼確實那幾天都不在——而且明天一大早就要出門。「您上來幫我準備一下行李，把我所有乾淨的衣服帶過來；我要出門很久……」根據安東尼雅的說法，這些是羅曼最後講的話。割喉應該是他刮鬍子時的一時衝動或突然失心瘋所犯下的錯。安東尼雅發現他時，他還塗了滿臉的肥皂。

葛洛莉雅音調平淡地問有關羅曼的細節。

「那畫呢？沒有人看到畫嗎？」

「葛洛莉雅，什麼畫？」我的疲累使我以一種虛弱的姿態把臉湊過去。

「就是羅曼畫我的那幅畫。有我跟紫百合……」

「不知道。我什麼都不知道。我什麼都搞不懂。」

葛洛莉雅的情況好一點時，她跟我說：

「安德蕾雅，我沒有和羅曼談過戀愛……孩子，我看你的臉就知道你在想什麼。你覺得我不恨羅曼……」

事實上我什麼都沒在想。我頭腦昏昏沉沉。我握著葛洛莉雅的手，聽著她說話，最後都忘了她是誰。

「是我殺了羅曼。我跟警察舉發他，所以他才自殺……那天早上警察要來抓他……」

我不相信葛洛莉雅說的話。比較可信的推論是想像羅曼在多年前就死了，我們看到的是一個死人的影子，而他現在終於返回地獄……回想著他的音樂，回想著那些我深深喜歡的絕望音樂，那些最後在我腦中留下大勢已去甚至傷心欲絕而死的深刻印象的音樂，有時候我覺得很感動。

外婆偶爾會來找我。她兩眼睜得大大的，小小聲地說著我聽不懂的神祕話語來安慰我。她不停地禱告，堅強的信念讓她精神煥發，她深信天主的聖恩在最後一刻已經觸碰到他兒子有病的心。「聖母已經跟我說過了，孩子啊。昨晚，祂頭上戴著神聖、美麗的光環，顯靈跟我說……」她說話時透露出的精神錯亂讓我感到安慰，我摸摸她，對她表示贊同。

胡安離開家好久，也許超過兩天了。他應該陪羅曼的遺體去停屍間，之後也許再陪他去偏僻的最後安息地。

某天的白天或晚上我終於看到他出現在家裡，我以為我們最煎熬的時間已經過去了。但是我們還沒聽見他哭。不管我年紀多大，我到現在仍永遠忘不了他絕望的哭泣。我了解羅曼說得沒錯，胡安是他的。他現在死了，胡安的悲痛肆無忌憚，就像一個女人對她的情人，或是一個年輕的媽媽對她第一個孩子的死那樣令人心碎。

我不曉得當時我有幾個小時沒睡。我睜著乾巴巴的雙眼，蒐集所有在家中深處聚集、像蟲子那般活躍的悲傷。最後我倒在床上，不曉得我睡了幾個小時。不過我這輩子從沒有像這樣子大睡。彷彿我也準備永遠閉上雙眼不再起來了。

當我再度發現我還活著時，我感覺剛剛從很深的井底爬上來，還保留著在黑暗中聽到空谷回音的感覺。

我的房間昏暗無光。整個房子靜悄悄的，很詭異，有墓穴的感覺。我從來沒在阿里保街感受過那樣的死寂。

當我睡著時，我記得家裡充滿了人和聲音。現在卻一個人都沒有，彷彿家裡所有的人都棄我而去。我看了一下廚房，發現爐火上有兩個鍋子正滾沸著，磁磚似乎被清過，呈現出一種家庭緩慢、輕柔、寧靜的感覺，跟那裡的實際情況似乎不搭。在屋子的盡頭，我看見葛洛莉雅穿了一身黑，正在走廊上搓洗一件小孩的衣服。我頭痛，眼睛又腫。她對我微笑。

「安德蕾雅，你知道你睡了多久嗎？」她說，朝我走過來。「你睡了整整兩天……你不餓嗎？」她接著問。

她倒了一杯牛奶遞給我。我當時覺得熱牛奶太讚了，迅速把它喝掉。

「安東尼雅今天早上跟小雷走了，」葛洛莉雅通知。

「啊！」

當下我才明白為什麼她會待在安靜的廚房裡。

「今天一大早她趁胡安還在睡的時候就出門了，因為胡安不讓她帶狗出去。孩子，你知道小雷是她的愛……他們兩個一起落跑了。」

葛洛莉雅笑得跟個傻妞一樣，接著對我眨了個眼。

「昨天你姨媽來了……」她在開我玩笑吧。

「安古斯蒂雅斯？」我問。

「不是啦，是別的，你不認識。兩個嫁出去的阿姨跟她們的先生一起。他們想見你，不過孩子啊，我建議你先換好衣服。」

我不得不換上我唯一一件染色染得很糟、還聞得到手工染劑的黑色夏裝。接著我不情願地走到後頭的房間。進去之前我聽到一陣窸窸窣窣的聲音，感覺裡面的人在禱告。

我停在門口，因為當時什麼都會傷我的眼睛，不管是光還是黑暗。那房間幾乎全黑，聞得到假花的味道。在黑暗中有一個個碩大、豐腴的人影，他們經過夏日的曝晒，身上飄著濃濃的體味。我聽到一個女人的聲音：

「你把他寵壞了。媽！你看看你把他寵成什麼樣。結果下場就是這樣……」

「媽！你從來就不愛我們，對我們有偏見，委屈我們。我們都一直聽到你在抱怨女兒，但是你的女兒們只想讓你開心……這個，這個就是你那些嬌寵的兒子們給你的回報……」

「夫人，您在上帝面前要懺悔很久，因為您害得那個靈魂墮落到地獄裡了。」

我不相信我聽到的，也不相信眼前看到的奇怪影像。他們的臉逐漸清晰，看起來像哥雅[38]《狂想曲》裡的人物，臉不是長得跟鉤子一樣就是被壓扁變形。那些穿喪服的人看起來就像在舉行奇怪的巫師聚會。

「孩子們，你們每個我都愛！」

我沒辦法從那裡看到老婆婆，但我想像她就陷在她破舊的扶手椅裡。沉默了很久之後，我再次聽到一聲顫抖的嘆息。

「哎！主啊！」

「你看看這個家有多寒酸就知道。他們偷你、搶你，但是你卻視而不見。而我們這些女兒拜託你的時候，你從來不想幫我們。現在我們的祖產被騙走了……更糟的是家裡還有人自殺……」

「我一向都是幫忙最可憐的……最需要我幫助的人。」

「你就是這樣才把他們害慘了。難道你還沒看到後果？要是他們至少過得幸福快樂，那我們就算吃虧也沒關係！但你看，事實證明我們才是對的！」

「還有那個在聽我們說話的衰包胡安，娶了一個什麼都不會的小太妹，然後餓得半死。」

（我當時正看著胡安，想要他來發個火。他似乎沒在聽，而是看著玻璃窗外街道上的光。）

「胡安，我的兒子啊，」外婆說。「你跟我說他們說的對嗎？你跟我說你也覺得他們說的是真的嗎……」

胡安突然抓狂。

「媽！對，他們說的都對……媽的！他們全都是混帳！」

於是整個房間陷入混亂，就像鳥群拍動翅膀、嘎嘎亂叫。爆發歇斯底里的刺耳叫聲。

# 24

我記得，當時我過了很久才真的相信羅曼過世了。直到九月，夏日逐漸轉為金黃與深紅之際，我仍感覺羅曼躺在樓上的房間裡，不停抽著菸，或摸著小雷的耳朵。那隻黑到發亮的小狗現在像和戀人私奔一樣，已經被傭人擄走了。

有時我半裸地坐在我房間跟全家一樣熱呼呼的地板上，看看能不能收集到一絲絲涼意，同時我聽著木頭發出嘎吱嘎吱聲，彷彿陽光在窗戶的縫隙裡變紅、燃燒、爆裂……在那樣令人痛苦的下午，我開始想念羅曼的小提琴和它溫暖的呻吟。如果我看著面前的鏡子，會看到裡面反射形形色色的事物……幾張類棕色的椅子、綠灰色的壁紙、一大片的床和一小塊我的身體，在這物件的交響曲之中我受熱氣壓迫，像北非人一樣盤坐在磁磚地板上……在這樣的時候，我開始猜測羅曼從哪些角落把他的音樂改寫成小提琴的曲子。那個男人懂得收集個人的悲傷並把它們壓縮成有如古代黃金般緊實的美麗作品，當我這麼一想，就不再覺得他有那麼壞……於是我開始想念羅曼，而且比他生前還要渴望他再出現。我極度想念他放在小提琴上或放在舊鋼琴斑駁的鍵盤上的那雙手。

某天，我無法承受那份思念之情，便爬上了閣樓那個小房間，我發現裡面被搜刮得慘不忍睹。書和書櫃都不見了。沙發床被立起來靠在牆上，床墊不見了，床腳懸在空中。羅曼原本放在那裡的有趣小玩意，沒有一個倖存下來。小提琴的櫃子被打開，裡面空無一物。房間裡熱到令人受不了。那個面向頂樓平台的窗戶讓一道像火焰的陽光射進來。我感到相當奇怪，怎麼沒聽到那幾部時鐘清脆的滴答聲……

那時我才真的相信羅曼已經死了，相信他的身體正在豔陽下某處分解、腐爛，而同一個豔陽無情懲罰著他的舊窩，這個窩已變得如此殘破，它原有的靈魂已經消散。

於是我開始做惡夢，我的軟弱讓惡夢糾纏不休而且更加恐怖。我開始想著羅曼被包在裹屍布裡，他那雙神經兮兮、懂得捕捉事物的和諧與實質的手瓦解了。那雙被生命磨練得堅強又有韌性的手，膚色黝黑，因為菸漬而泛黃，一舉起便能表達豐富的情感。那雙手懂得怎樣精準傳達特定時刻的豐富意義。那雙靈敏的手——好奇又貪婪，像小偷的手——如今我第一眼看起來是浮腫、癱軟而粗鄙。再看，則成了兩串皮肉殆盡的骨頭。

這個可怕的幻覺在那個夏天的尾聲殘酷無情地反覆追著我跑。在令人窒息的黃昏，在令人感到沉重又無精打采的漫漫長夜裡，我恐懼的心感受到這些我無法用理智驅除的影像。

為了讓幻覺消失，我很常上街，在城市裡東奔西走來消耗精神，但是一點用也沒有。我會穿上那件被染劑染到縮水，卻在我身上愈來愈寬鬆的黑色夏裝出門。我憑本能遊蕩，為我過於寒酸的打扮難為情，避開城市裡的富人區跟精華地段。我熟悉了悲慘的郊區，那裡建築簡陋又塵土飛揚。舊城區還是讓我比較感興趣。

某天下午，我在大教堂附近聽到讓整個城市顯得更古老的緩慢鐘聲。我抬頭仰望，發現天空的顏色變得更藍、更柔和，還看到幾顆最初出現的星星，讓我心中留下幾乎稱得上神祕的美感印象。那就像在即將降臨的無比甜蜜的黑夜底下，仰望天空，興起一股想在那裡、在路邊死去的渴望。我一呼吸就感覺到飢餓和恥於說出口的欲望讓我胸口作痛。我彷彿聞著死亡的氣味，從我對死亡心生恐懼後第一次覺得那是好事……一陣強風突然刮起，此時我還靠著牆，愣愣地、半狂喜地待在原地。某個破房子的舊陽台上晾了一件床單，在它晃動之下，我突然回神。那天我頭腦不清醒。白布讓我誤以為那是一大張裹屍布，所以我拔腿就跑……跑到阿里保街的家時，我處在半瘋癲的狀態。

悲劇發生後幾乎過了兩個月，我就是以這種方式開始感受家裡死亡的氣氛。

很快我就覺得生活跟之前沒兩樣。同樣的吼叫聲讓一切都亂哄哄。胡安繼續揍葛洛莉雅。也許他已經養成了只要對任何事不順眼就揍她的習慣，又或許他變得更粗暴了……但是在我看來沒什麼差別。我們每個人都熱到受不了，只有皮愈來愈皺的外婆冷得發抖。但是這樣的外婆跟之前的外婆沒什麼不一樣，甚至沒有顯得比較悲傷。她依舊對我笑咪咪，並繼續送我東西。每次早上葛洛莉雅叫收舊貨的人時，她仍會在她臥房裡對聖母祈禱。

我記得某一天葛洛莉雅把鋼琴賣了。那次賣了比平常還要好的價錢，很快我鼻子就聞到她當天買了肉給大家加菜。以前安東尼雅把持爐灶，光是她現身就能讓食物變得倒胃口，現在她不在了，葛洛莉雅似乎在盡心盡力改善這一切。

我換衣服準備出門，此時我聽到廚房傳來很大的騷亂。胡安大發火，把剛剛激起我食慾的每一鍋菜都打翻，還一直踹在地上打滾的葛洛莉雅。

「下賤！你賣了羅曼的鋼琴！羅曼的鋼琴！下賤！不要臉！」

外婆顫抖，一如往常地摟著孩子，摀住他的眼，不讓他看到他父親這樣。

胡安口吐白沫，眼睛散發出只有在瘋人院才經常看得到的眼神。當他踹累了，他把手放在胸口，像個快要窒息的人一樣，然後又再度喪失理性，發瘋似的拿松木椅、餐桌、鍋碗瓢盆出氣……被揍得半死的葛洛莉雅趁機逃跑，我們所有人也離開，只留下胡安一個人在那裡吼叫。他們告訴我，當他冷靜下來之後，他抱頭默默痛哭。

隔天葛洛莉雅慢慢地走來我的房間，悄悄跟我說她想叫醫生來，把胡安送進瘋人院。

「我覺得很好，」我說（不過我那時很確定這計畫只不過是說說罷了）。

她坐在房間靠牆的地方，看著我，跟我說：

「安德蕾雅，你不知道我有多害怕。」

她跟平常一樣臉上沒什麼表情，但眼睛冒出恐懼的淚水。

「安德蕾雅，我不應該受這樣的苦，因為我是個善良的女孩子……」

她沉默了一會，好像陷入了沉思。她朝鏡子走去。

「也很美……我真的美嗎？」

她忘了剛才的痛苦，有點自戀地摸著身體。她轉過來看著我。

「你在笑嗎？」

她嘆了一口氣，立刻又變得驚恐……

「沒有女人願意受我所受的苦，安德蕾雅……自從羅曼死後，胡安就不想讓我睡覺。他說他的哥哥痛苦地哀嚎時，我像頭只會睡覺的畜生。孩子，這聽起來很好笑……不過，要是他半夜在床上跟你說呢！……不，安德蕾雅，被一個男人掐著脖子差點窒息醒過來，這可不好笑。他說我是豬，什麼事都不幹，成天猛睡覺。如果我晚上沒辦法睡，我白天怎麼可能不睏？……我現在都很晚才從我姊姊家回來，有時候會在街上遇到他。某一天他亮出一把很長的剃刀給我看，據他說，要是我再晚半個小時回去，他就會拿刀割斷我的脖子……你想他可能不敢這麼做，可是這麼瘋的人，誰知道啊！……他說羅曼每個晚上都會出現，跟他說把我給殺了……安德蕾雅，是你你會怎麼辦？逃跑，不是嗎？」

她不等我回答，接著說：

「可是當一個男人有把剃刀又有兩條腿追你追到天涯海角，你要怎麼逃？唉，孩子啊，你不懂我有多害怕！……要是讓你跟我一樣全身累癱，凌晨才上床，躺在一個發瘋的男人身旁……

「……我在床上等著他睡著，然後我才敢把頭躺進枕頭裡，終於可以休息。但是我發現他從來沒睡著過。我感覺他在我身邊，眼睛睜得大大的。他仰躺著，什麼被子都沒蓋，寬大的肋骨上下起伏，每隔一分鐘就問：『你睡了嗎？』

「為了安撫他，我必須和他說話。最後我受不了，瞌睡蟲像是我眼睛後面一片黑色的痛楚攻擊著我，我愈來愈睏，最後投降了……突然我感覺到他在我旁邊呼吸，他的身體碰到我的身體，然後我就嚇到冒汗，不得不醒過來，因為他的手在我脖子上輕輕地摸過來，摸過去……

「……孩子啊，要是他一直都那麼壞那就好了，我還可以恨死他。偏偏他有時候又會疼惜地撫摸我，向我認錯，跟個孩子一樣哭了起來……那我，我還能幹嘛？我也跟著哭了起來，然後內疚……因為我們都有自己內疚的事，甚至是我，你別不相信……我也會撫摸他……接著到了早上，如果我讓他回想起這些事，他就會想殺我……你看看！」

她立刻脫掉上衣，給我看她背上一大塊充血的瘀青。

當我看著那可怕的傷痕時，我們意識到房間裡有另一個人。我轉頭，看見外婆生氣地搖著她皺巴巴的頭。

啊，外婆的怒火！那是我記憶中她唯一發火的時候……她走了過來，手上拿著別人剛給她的一封信，生氣地搖晃它。

「壞蛋！壞蛋！」她對我們說。「你們在那裡想什麼鬼點子？小壞蛋！瘋人院！……那麼善良的男人，幫孩子穿衣服，餵他吃飯，晚上為了讓老婆睡好覺還帶孩子去散步！……你們瘋了！你們，你們兩個跟我會先關進牢裡，休想動他一根寒毛！」

她帶著復仇的表情把信扔在地上，一邊搖頭離開，一邊自言自語碎念。

被丟在地上的是我的信。艾娜從馬德里寫信來。那將改變我人生的方向。

# 25

打包完行李後，為了確保壞掉的鎖不會迸開，我用繩子緊緊地把行李繫好。我累了。葛洛莉雅跟我說晚餐已經準備好了。她邀我和所有人享用最後一頓晚餐。那天早上她在我耳邊說：

「我把所有富饒之角都賣掉了。我不知道他們會花那麼多錢收購那些又舊又醜的破東西，孩子……」

那天晚餐有很多麵包，還有白肉魚。胡安看起來心情不錯。孩子在高腳椅上晃啊晃，我才驚覺他在一年之內長大了不少。熟悉的路燈反射在陽台的深色玻璃上。外婆說：

「小淘氣！你說看看，你是不是很快就會回來看我們……」

在餐桌上，葛洛莉雅把她的小手放在我的手上。

「是啊，盡快回來啊，安德蕾雅，你知道我很愛你……」

胡安插話：

「你們別去煩安德蕾雅了。她離開是件好事。終於有個工作機會讓她去做點什麼……我只能說她到目前為止整天沒事幹。」

吃完晚餐，我不知道該跟他們說些什麼。葛洛莉雅把髒盤子堆在水槽，然後就去塗口紅、穿大衣了。

「好啦，孩子，抱一下，免得我見不到你……因為你明天很早就離開了，不是嗎？」

「早上七點。」

我擁抱了她，而且奇怪的是我覺得我愛她。之後我看著她離去。

胡安站在門廳的中間，不發一語地看著我努力把行李箱放到靠近大門的地方。我想在離開時發出最小的噪音，盡可能不要打擾大家。舅舅帶著尷尬的善意把手放在我的肩上，隔著一個胳臂的距離對我賠著笑臉。

「嗯，祝你一切平安，外甥女！你要曉得不管怎麼樣，住在別人的屋簷下畢竟和自己家人住是不一樣的，不過把你的眼界打開是件好事。希望你會學到真正的生活是怎麼樣……」

我最後一次踏進安古斯蒂雅斯的房間。天氣很熱，窗戶開著；熟悉的街燈反射光芒，在地磚上延伸成悲傷、泛黃的光河。

我不願再去多想周圍的事，就去睡覺了。艾娜的信打開了我得救的遠景，而且這次是以一種真實的方式。

……安德蕾雅，我爸的辦公室有份工作給你做，這樣你可以獨立生活，而且還可以去大學上課。目前你將住在我們家，但之後可以選擇自己要住的地方，畢竟我們不會強迫你住在哪裡。我媽很興奮地在準備你的房間。我開心得睡不著覺。

那封信很長，她在信中說了她對我所有的擔憂和期望。她跟我說那個冬天海梅也會搬到馬德里住。他終於決定在完成學業後，他們兩個就要結婚。

我無法入睡。我再次感受到一年前在鄉下時的熱切期盼，雖然覺得白痴，但就是情不自禁。一年前的那一晚我每半個小時就從床上跳下來，深怕錯過六點出發的火車。我現在已經沒有像以前一樣的憧憬了，不過那次的離開還是讓我心情激動，像是得到了解放。艾娜的爸爸已經來了巴塞隆納幾天，隔天早上會來接我，我會搭他的車，陪他一起回馬德里。

當司機小心翼翼地敲門時，我已經穿好衣服了。灰色光線從陽台透進來，讓整間房子感覺靜悄悄的，彷彿仍在睡夢中。我不敢探頭進外婆的房間。我不想吵醒她。

我慢慢走下樓梯，一陣強烈的情緒湧上心頭。我還記得那可怕的期望，記得當我第一次爬上這樓梯時對生活的渴望。現在我就要離去，但是對當初懵懂期盼的那些事情仍一無所知：充實的生活、快樂、深切的熱情和愛。我沒從阿里保街的家帶走任何東西。至少我當時是這麼想的。

艾娜的爸爸站在長長的黑色轎車旁等著，伸出雙手溫暖地歡迎我。他轉向司機不知道交代了什麼事情，接著對我說：

「我們中午在薩拉戈薩[39]用餐，不過我們現在要先好好吃頓早餐。」他笑得很開心。「你會喜歡這趟旅行的，安德蕾雅。你會喜歡的……」

早晨的空氣讓人神清氣爽。地面被夜晚的露水沾濕。上車前，我抬頭望著我住了一年的房子。清晨第一道陽光照在它的窗戶上。過了一會兒，阿里保街和整個巴塞隆納都被我留在身後。

# 譯註

01 胡安・拉蒙・希梅內茲（Juan Ramón Jiménez, 1881-1958）的縮寫，西班牙重要詩人，亦為一九五六年諾貝爾文學獎得主。

## 第一部分

02 作者以加泰隆尼亞語 camàlics 來表達負責搬運重物的工人。

03 指一四五〇年設立的巴塞隆納大學（Universitat de Barcelona）本部，位於巴塞隆納市中心，四周被阿里保街（Carrer d'Aribau）、加泰隆尼亞議會大道（Gran Via de les Corts Catalanes）、巴爾梅斯街（Carrer de Balmes）和省議會街（Carrer de la Diputació）圍繞。

04 此處指主人翁的行李箱。

05 富饒之角（cornucopia），羊角造型的飾品，羊角裡一般裝有花草、水果、穀物等，象徵豐收、財富、喜悅、幸運等祝福。其典故源自一則古希臘神話。相傳宙斯的母親為了保護他，不讓他被時間之神克羅諾斯吃掉，將剛出生的小宙斯送到克里特島，交由母山羊阿瑪爾忒婭用奶水養大。某一次宙斯在玩閃電時，不小心劈斷了阿瑪爾忒婭的一隻羊角，為了補償她，宙斯賦予了這隻山羊角神奇的魔力，意即任何得到這隻山羊角的人，都能夠享有源源不絕的財富。

06 十架苦像（crucifixus），天主教十字架的一種，上有耶穌基督被釘死的圖像。

07 比塞塔（peseta），西班牙從一八六八年開始使用的法定貨幣，直到二〇〇二年才真正被歐元取代。

08 摩洛哥軍團（Tercio de Marruecos），又稱外籍軍團（Tercio de Extranjeros），或簡稱為軍團（Tercio），是一九二〇年由西班牙步兵總司令若瑟・米揚・阿斯特拉伊（José Millán-Astray）所成立，當初設立的主要目的是為了平息一九二〇年至一九二七年間在北非的殖民地與柏柏人爆發的里夫戰爭（Guerra del Rif）。西班牙內戰期間（Guerra Civil, 1936-1939），被併入支持佛朗哥的右翼勢力。今日該軍隊編制仍存在，但已改名為西班牙兵團（Legión Española）。

09 西班牙諺語，完整說法為「用一湯匙的蜜捕蒼蠅，勝過二十桶的醋」（Se cogen más moscas con una cucharada de miel que veinte barriles de vinagre）。此處

意指在教育孩子時，口頭上的循循善誘比嚴厲的管教和斥責更有效。

10 紅軍（los Rojos 或 Ejército rojo），即西班牙內戰期間支持佛朗哥的國民軍（Bando nacional）或反叛軍（Bando sublevado）眼中對共和軍（Bando republicano）的代稱。紅軍主要由政府軍的基層士兵和左翼人民陣線（Frente Popular）所組成，該軍隊同時受到蘇聯和墨西哥的援助。

11 西班牙在第二共和（1931-1939）前，一比塞塔以上面額的錢幣皆由銀製成。直到一九三七年，西班牙首度出現銅鎳合金的錢幣。一九三九年佛朗哥上任後，回收所有以貴重金屬（金、銀、銅）製成的錢幣，改採與南斯拉夫的第納爾（dinar）一樣的材質，用鋁製作所有面額的比塞塔。

12 民兵（miliciano），內戰期間民間軍隊的成員，支持共和軍和當時第二共和的西班牙政府。

13 唐人街（Barri Xino），與一般人對於美、加等國的華人區概念不同。事實上，它是巴塞隆納舊城的拉巴爾區（El Raval）西邊一小塊行政區的別稱，位於蘭布拉大道、平行線大道（Avinguda del Paral·lel）和醫院街（Carrer de l'Hospital）之間。此別稱的起源必須追溯到一九二五年，巴塞隆納記者、作家兼文學評論家佛朗西斯科・馬德里（Francisco Madrid, 1900-1952）在十月二十二日出版的文學週刊《轟動》（*El escándalo*）中提到，第五區（即現在的拉巴爾）是巴塞隆納社會底層的縮影，就像紐約、布宜諾斯艾利斯、莫斯科等城市的唐人街，生活條件比較差，龍蛇雜處，進出人士較為複雜，多為社會邊緣人的聚集地。巴塞隆納第五區在過去就是聲名狼藉的風化區，除了夜生活活躍，賣淫及犯罪亦是猖獗。一九五〇年代經過政府整治後，問題已改善不少，又因地處市中心位置，現在吸引許多新式酒吧、餐廳和夜店入駐。

14 聖餐禮（Comunión 或 Eucaristía）是天主教根據《聖經》傳統，信徒在神父的祝聖下領取聖餅和葡萄酒的一種儀式，代表個人與耶穌的肉和血連結。儀式中實質的物體成了無形信仰的記號，在某程度上象徵信徒融入教會這個大家庭。一般來說，西班牙的孩童大約七到十二歲時參加人生第一次的聖餐禮。

## 第二部分

15 從一〇二三年到一一六二年陸續有巴塞隆納侯爵名為拉蒙・貝倫葛（Ramón Berenguer）。作者指的應該是在舊城哥德區裡豎立紀念雕像的拉蒙・貝倫葛三世（1082-1131）。

16 維魯埃拉修道院（Monasterio de Veruela），全名為維魯埃拉聖母皇家修道院（Real Monasterio de Santa María de Veruela），是一所熙篤會在十二世紀建立的修道院，位於西班牙東北部薩拉戈薩省西部的蒙卡約（Moncayo）山腰，距離巴塞隆納約四百公里。相傳那裡的空氣清新，具有治療肺結核的功效。一八三六年當西班牙浪漫主義作家貝克爾（Gustavo Adolfo Bécquer, 1836-1870）生了重病時，決定與他的弟弟一起住進該修道院休養。不到一年貝克爾的病情康復，隨後便離開修道院回到自己出生的故鄉塞維亞（Sevilla）。貝克爾在修道院期間完成了許多重要的文學創作。

17 賈斯帕（Gaspar）為伊圖狄亞加的名。在小說中，安德蕾雅習慣用姓稱呼這群在畫室聚會的朋友，只有在引述家人對話時才能知道這些人物的名字。

18 畢爾包（Bilbao），西班牙北部港口，臨英吉利海峽，距離巴塞隆納約六百公里。

19 蒂比達博山（Tibidabo），位於巴塞隆納市西北邊約三十公里處的小山，最高海拔為五百一十二公尺。

20 原文為加泰隆尼亞語：Pobreta!… Entra, entra。

21 原文為加泰隆尼亞語：Vols una mica d'aiguardent, nena?。

22 原文為加泰隆尼亞語：Que delicadeta ets, noia!。

23 原文為加泰隆尼亞語：noi（男孩）。但根據上下文，譯為「兄弟」更為貼切。

24 布拉瓦海岸（Costa Brava）位於加泰隆尼亞自治區最東北邊的吉洛納省（Girona）沿岸，與法國南部相鄰。

25 錫切斯（Sitges），位於巴塞隆納西南約三十八公里，擁有多處美麗海灘景點，早已成為著名的避暑勝地。

26 聖胡安之夜（Víspera de San Juan或Noche de San Juan），即每年六月二十四日，北半球許多國家的人們會在這一天點燃火堆，慶祝夏天的到來。

27 根據天主教的傳統曆法，幾乎每一天都是紀念某一位或某幾位使徒被封聖的日子。聖彼得與聖保羅的紀念日都在同一天，即每年六月二十九日。在西班牙語系國家，一般人除了慶祝自己的生日，也會在與自己同名的聖人紀念日當天與家人或朋友聚會同樂。

28 阿帕契舞（Apache），一種結合大眾文化和法國街頭文化，極度誇張、戲劇化的舞蹈，流行於二十世紀初。在男女共舞時，經常出現拉扯、拋、舉、揹，甚至扭打等劇烈動作。

29 作者引述《聖經》的《詩篇》（135:15-17）片段：「外邦人的偶像是金的，銀的，是人手所造的；有口卻不能言，有眼卻不能看，有耳卻不能聽，口中也沒有氣息」（譯文參考《聖經》繁體中文和合本）。

30 波納諾瓦（Bonanova），巴塞隆納市西北邊較外圍的一區，多高級別墅，距離市中心約半小時的車程。

31 狐步（foxtrot），一種社交舞，節奏緩慢，經常搭配4/4拍的音樂，俗稱慢四步。此舞步命名與狐狸無直接關係，只因最早的創作者為哈里．福克斯（Harry Fox, 1882-1959），又因早期傳入中國時從英語的狐狸（fox）意譯過來，因此在華語世界稱之為「狐步」。

32 對角線大道（Avinguda Diagonal），貫穿巴塞隆納市區東西部的主要道路，全長近十一公里，路面寬達五十公尺，沿途有多個金融中心與商圈，並且與市區的許多主要幹道交會。

## 第三部分

33 原文為加泰隆尼亞語：drapaire（收舊貨的人）。

34 杜羅（duro），一枚五比塞塔硬幣的俗稱。在西班牙尚未全面改用歐元時，杜羅是一種被廣泛使用的計價單位。例如：西班牙人不說五十比塞塔而說十杜羅，而用五杜羅來代替二十五比塞塔或用二十杜羅代替一百比塞塔等說法都很常見。

35 原文為加泰隆尼亞語：Joanet（胡安的暱稱）。

36 原文為加泰隆尼亞語：nen（孩子）。

37 聖塞巴斯蒂安（San Sebastián），又名多諾斯蒂亞（Donostia），位於西班牙北部，為巴斯克自治區第三大城，臨比斯開灣（Golfo de Vizcaya），主要經濟來源為觀光和貿易。

38 哥雅（Francisco de Goya, 1746-1828），西班牙畫家、版畫家。他的創作風格多元，作品從早期的洛可可到新古典主義風格，最後進入浪漫主義時期。《狂想曲》（Los caprichos）是哥雅在一七九七至一七九九年間創作一系列共計八十幅的版畫，主要以畫中人物軀體和臉部的變形，或將人物的頭換上驢子、貓頭鷹、怪獸等醜陋的造型，或直接畫上具有特殊寓意的動物當作畫中的主角，藉由這些方式來諷刺西班牙社會的黑暗面與弊端。大膽、創新的個人表現風格不僅成了當代藝術的先驅，更讓他在二十世紀時被諸位前衛主義創作者（尤其表現主義）譽為西洋藝術史上不可多得的大師。

39 薩拉戈薩市（Zaragoza），位於巴塞隆納西邊，距離約三百公里處，目前為西班牙第五大城。

國家圖書館出版品預行編目 (CIP) 資料

什麼都沒有 / 卡門・拉弗雷特 (Carmen Laforet) 著；
李文進譯 . -- 初版 . -- 新北市 : 博識出版 , 2019.12
面；　公分
譯自 : Nada
ISBN 978-986-97730-9-6（平裝）
878.7　　108019716

VY005

# Nada 什麼都沒有

定價 320 元
2019 年 12 月 初版 1 刷

作者 卡門・拉弗雷特 (Carmen Laforet)
譯者 李文進
西文譯校 周佑芷
封面設計 朱疋
責任編輯 何秉修

總編輯 陳瑠琍
主編 黃炯睿
資深編輯 顏秀竹
編輯 黃婉瑩
美術設計 嚴國綸
行銷企劃 李皖萍・楊詩韻
出版者 博識圖書出版有限公司
劃撥帳號 19599692・博識圖書出版有限公司
總代理 眾文圖書股份有限公司
新北市 23145 新店區寶橋路二三五巷六弄二號四樓
網路書店 https://www.jwbooks.com.tw
電話 (02) 2369-9978
傳真 (02) 2369-9975



Printed in Taiwan ISBN 978-986-97730-9-6